I0778277

Jules Verne

Abenteuer des Kapitän Hatteras
Zweiter Band

Salzwasser

Jules Verne

Abenteuer des Kapitän Hatteras
Zweiter Band

1. Auflage | ISBN: 978-3-84608-075-7

Erscheinungsort: Paderborn, Deutschland

Erscheinungsjahr: 2015

Salzwasser Verlag GmbH, Paderborn.

Zweite Abteilung.

Die Eiswüste.

Erstes Kapitel.

Die Inventur des Doktors.

Ein verwegenes Unternehmen war es vonseiten des Kapitäns Hatteras, dass er nach dem hohen Norden drang, nur um seinem Vaterlande England die Ehre der Entdeckung des Nordpols zu sichern. Was Menschenkraft nur zu leisten vermochte, dieser kühne Seemann hatte es vollbracht. Und jetzt, – nachdem er neun volle Monate gegen Strömungen und Stürme gekämpft, Eisberge durchbrochen und Eisdecken zertrümmert hatte, – jetzt, wo er einen Winterfrost, der auch in jenen hohen Breiten fast ohne Gleichen war, überstanden und auf seiner Reise die Arbeiten aller Vorgänger zusammenfassend, die Geschichte der arktischen Entdeckungen gewissermaßen kontrolliert und vervollständigt hatte; wo er mit seiner Brigg, dem Forward, schon außerhalb bekannter Meere weilte und sein Unternehmen schon halb gelungen schien – jetzt war alles mit einem Schlage vernichtet. Der Verrat, oder sagen wir lieber die Entmutigung der vielleicht zu hart geprüften Mannschaft, und die verbrecherische Torheit einiger Rädelsführer hatte ihn in eine entsetzliche Lage gebracht. Von achtzehn auf der Brigg eingeschifften Männern waren nun noch vier übrig, die entblößt von allen Hilfsmitteln und ohne Fahrzeug mehr als zweitausendfünfhundert Meilen von ihrer Heimat entfernt waren.

Die Explosion des Forwards, welche soeben vor ihren Augen stattfand, beraubte sie auch noch der letzten Subsistenzmittel.

Trotzdem war diese furchtbare Katastrophe nicht imstande, Hatteras' Mut zu brechen. Die Männer, welche ihm noch blieben, waren die besten der ganzen Gesellschaft und ihr Heldenmut bewährt. Er appellierte an die Energie und den Wissensdrang des Doktors Clawbonny, an die Ergebenheit Johnsons und Bells, er betonte sein eigenes Vertrauen zu dem Unternehmen; jetzt, in der verzweifelten Lage, sprach er voller Hoffnung und fand Gehör bei seinen beherzten Kameraden, von welchen die vergangene Zeit auch für die Zukunft das Beste erwarten ließ.

Nach den kräftigen Worten des Kapitäns wollte der Doktor sich genau über ihre jetzige Lage unterrichten und verließ die Anderen, die etwa fünfhundert Schritte von dem Wrack standen, um sich nach dem Schauplatz des Unglücks zu begeben.

Von dem Forward selbst, der mit so großer, berechnender Sorgfalt gebauten und ohne Rücksichten auf die Kosten ausgestatteten Brigg, war so gut wie nichts übrig; zerrissene Eisstücke, formlose, geschwärzte, halb geschmolzene Trümmer, verbogene Eisenteile, Taustücke, welche noch wie Lunten fortglimmten, und in der Ferne einige Rauchwolken, die da und dorthin auf dem Eisfeld emporwirbelten, zeugten von der Heftigkeit der Explosion. Die Kanone vom Vorderkastell war mehrere Klafter weit zurückgeschleudert und lag auf einem Eisblock, wie auf einer Lafette. Im Umkreise wohl von hundert Klaftern war der Boden mit Bruchstücken jeder Art bedeckt; der Kiel der Brigg in einen Eishaufen eingebohrt, und die Eisberge, welche vorher da und dort geschmolzen waren, hatten schon wieder ihre Granithärte bekommen.

Trauernd gedachte der Doktor seiner verwüsteten Kabine, seiner verlorenen Sammlungen und der kostbaren, nun zertrümmerten Instrumente, seiner zerrissenen oder verbrannten Bücher. Alle diese Schätze waren vernichtet! Feuchten Auges übersah er das ungeheure Unheil, ohne der Zukunft zu gedenken, nur ergriffen von den fast unersetzlichen Verlusten, die ihn vor Allen schmerzlich getroffen.

Bald gesellte sich Johnson zu ihm; seine Züge trugen die Spuren der Leiden, die er überstanden, und des Kampfes, den er gegen die rebellische Mannschaft aufgenommen hatte, um das ihm anvertraute Fahrzeug zu retten.

Der Doktor reichte ihm eine Hand entgegen, die der Schiffer kummervoll drückte.

»Was soll nun aus uns werden? Fragte jener.

– Das weiß Gott allein, erwiderte Johnson.

– Vor allem, versetzte der Doktor, gilt es, jetzt nicht zu verzweifeln und den Mannesmut zu bewahren.

– Ja, Herr Clawbonny, sagte der alte Seemann, Sie haben recht, ein großes Unglück verlangt große Entschlüsse. Wohl sind wir in übler Lage, nun heißt es, sich herauszuziehen.

– Das arme Schiff! Seufzte der Doktor, wie fühlte ich mich daran gefesselt und liebte es fast wie den heimischen Herd, wie das Haus, in dem sich unser ganzes Leben abspielte – und kaum ein Stück ist von jenem noch erkennbar!

– Ja, wer sollte es glauben, Herr Clawbonny, dass solch' ein Bauwerk von Balken und Brettern uns so sehr ans Herz wachsen könnte.

– Und die Schaluppe? Fragte der Doktor sich umsehend, ist auch diese dem Verderben nicht entgangen?

– Ja wohl, Herr Clawbonny; Shandon und die anderen Entwichenen haben sie aber entführt.

– Und die Pirogge?

– Ist in tausend Stücken; da, sehen Sie die noch warmen Blechstücke, das sind Überreste derselben.

– So bleibt uns also nur noch das Halkett-Boot?

– Ja, das danken wir Ihrem Einfall, es bei Ihrem Abstecher mitzunehmen.

– Das ist freilich wenig, sagte der Doktor.

– O, über die elenden, entflohenen Schurken! Rief Johnson; strafe sie der Himmel, wie sie es verdient haben.

– Johnson, mahnte begütigend der Doktor, vergessen wir nicht, dass ihnen eine harte Prüfung auferlegt war. Nur die Besten bleiben auch im Unglück wacker, wo die Schwächeren unterliegen. Beklagen können wir unsere Unglücksgefährten, verdammen dürfen wir sie nicht!«

Einige Augenblicke verharrte der Doktor schweigend und sandte unruhige, forschende Blicke rund umher.

»Was ist denn aus dem Schlitten geworden? fragte Johnson.

– Der ist nur eine Meile rückwärts geblieben.

– Unter Simpsons Aufsicht, nicht wahr?

– Nein, guter Freund, der arme Simpson ist den Strapazen erlegen.

– Er ist tot? Fragte bestürzt der Schiffer.

– Tot! Erwiderte der Doktor.

– Der Unglückliche! meinte Johnson, und doch, wer weiß, ob wir nicht bald sein Schicksal zu beneiden haben!

– Aber für einen Toten, den wir zurücklassen mussten, haben wir einen Sterbenden mitgebracht.

– Einen Sterbenden?

– Ja, den Kapitän Altamont.«

Mit kurzen Worten erzählte der Doktor dem Schiffer das Vorgefallene.

»Also ein Amerikaner! sagte nachdenklich Johnson.

– Ja, alles deutet darauf hin, dass jener ein Bürger der nordamerikanischen Freistaaten ist. Unklar bleibt, was es mit dem Schiffe 'Porpoise', das offenbar Schiffbruch erlitten, für eine Bewandtnis hatte, und was es in diesen Breiten bezweckte.

– Es ist eben untergegangen, entgegnete Johnson, es hatte seine Bemannung zur Todesfahrt eingeschifft, wie alle diejenigen, welche ihre Kühnheit in diese Gegenden trieb. Aber sagen Sie mir zunächst, Herr Clawbonny, hat denn Ihre Exkursion das beabsichtigte Ziel erreicht?

– Das Kohlenlager? fragte der Doktor.

– Ja, dieses.«

Schweigend schüttelte der Doktor den Kopf.

»Also Nichts erreicht? sagte der alte Seemann.

– Nichts. Uns gingen die Lebensmittel aus, und Erschöpfung überfiel uns unterwegs. Nicht einmal die von Edward Belcher bezeichnete Küste erreichten wir!

– Also, setzte der ergraute Schiffer hinzu, auch kein Brennmaterial erlangten Sie?

– Nein!

– Keine Lebensmittel?

– Nein!

– Und kein Schiff trafen Sie, um nach England heimkehren zu können?«

Der Doktor schwieg und Johnson auch; wahrlich, es gehörte kühner Mut dazu, die entsetzliche Lage ruhig zu überschauen.

»Nun denn, nahm der Schiffer wieder das Wort, unsere Verhältnisse klären sich wenigstens; wir wissen, was uns bevorsteht. Darum gehen wir zuerst an das Nötigste; die Kälte ist bitter und wir brauchen zuerst irgendein Unterkommen.

– Jawohl, erwiderte der Doktor, und mit Bells Hilfe wird sich ein Eishaus leicht herstellen lassen; dann wollen wir den Schlitten herholen, den Amerikaner versorgen und mit Hatteras das Weitere beratschlagen.

– Der arme Kapitän! meinte Johnson, der sich selbst dabei vergaß, wie wird er zu leiden haben!«

Der Doktor und der Schiffer schlossen sich den Anderen wieder an.

Da stand Hatteras, unbeweglich, mit gekreuzten Armen, und stumm die Pläne für die Zukunft überdenkend. Seine Gesichtszüge zeigten wieder die alte unbeugsame Festigkeit. Woran dachte wohl dieser ganz außergewöhnliche Mann? War es an seine verzweifelte Lage oder an seine zerstörten Pläne? Überlegte er doch vielleicht den Rückzug, da Menschen und Elemente sich gegen ihn verschworen zu haben schienen?

Seine Gedanken vermochte keiner zu erraten, er wusste sie tief verborgen zu halten. Der treue Duk lag neben ihm schlafend, er trotzte einer Kälte von zweiunddreißig Grad unter null (-37° hunderteilig).

Bell, der auf dem Eis ausgestreckt, wie leblos dalag, bewegte sich gar nicht; seine Unempfindlichkeit konnte ihm das Leben kosten, er war in Gefahr, zu Stein zu gefrieren.

Johnson rüttelte ihn kräftig auf und rieb ihn mit Schnee ab, dennoch konnte er ihn nur schwer seiner Erstarrung entreißen.

»Frisch auf, Bell! Mut, Mut, rief er ihm zu, lass Dich nicht übermannen; steh' auf, wir haben zu reden zusammen, wir brauchen ein Obdach. Hast Du's denn ganz vergessen, wie ein Eishaus gebaut wird? Komm, hilf, Bell! Da ist ein kleiner Eisberg, den wir nur auszuhöhlen brauchen. Ans Werk denn! Das gibt uns zuerst Kraft und Mut wieder, die wir hier vor allem brauchen!«

Bell, den auch diese Worte noch etwas gleichgültig ließen, folgte doch der Leitung des alten Seemanns.

»Unterdessen, fügte dieser noch hinzu, wird sich Herr Clawbonny der Mühe unterziehen, zum Schlitten zu gehen und diesen samt den Hunden herzubringen.

– Ich bin bereit, erwiderte der Doktor, und kann wohl in einer Stunde zurück sein.

– Begleiten Sie ihn, Kapitän?« wandte sich Johnson fragend an Hatteras.

Obgleich noch vertieft in seine Gedanken, hatte dieser den Vorschlag seines Schiffers doch vernommen, denn er erwiderte mit weicher Stimme:

»Nein, mein Freund, wenn sich der Doktor der Sache annehmen will ... Noch diesen Tag muss ein Entschluss gefasst sein, und ich will allein sein, um ungestört nachzudenken. Geht, macht, was alle den Augenblick für das Nötigste halten, ich denke an die Zukunft.«

Johnson näherte sich dem Doktor.

»Das ist merkwürdig, sagte er, der Kapitän scheint schon allen Zorn vergessen zu haben, nie war seine Stimme so sanft und weich.

– Recht gut, entgegnete der Doktor, so hat er auch sein kaltes Blut wieder. Glauben Sie mir, Johnson, dieser Mann und kein Anderer ist imstande, uns alle zu retten.«

Der Doktor hüllte sich so gut wie möglich ein, und ging, den eisenbeschlagenen Stock in der Hand, in der Richtung nach dem Schlitten, mitten durch den Nebel, den der Mond einigermaßen durchdrang.

Johnson und Bell gingen nun sogleich ans Werk. Der alte Seefahrer trieb immer den Zimmermann an, der schweigend arbeitete; zu bauen gab es eben eigentlich Nichts, der gewählte Block war nur auszuhöhlen. Das harte Eis setzte ihnen vielen Widerstand entgegen, dafür versprach das Obdach desto fester und sicherer zu werden. Bald konnten die Beiden schon von der ersten Aushöhlung gedeckt arbeiten, indem sie die losgelösten Eisstücke hinter sich entfernten.

Hatteras setzte sich von Zeit zu Zeit in Bewegung, aber immer blieb er bald wieder stehen, offenbar scheute er sich, bis an das Totenbett seiner Brigg zu gelangen.

Wie er versprochen, kam der Doktor bald zurück; auf dem Schlitten ausgestreckt und mit dem Zeltstoffe möglichst umwickelt, lag Altamont; nur mit Mühe noch zogen die mageren, entkräfteten und hungrigen Grönländer Hunde; es war höchste Zeit, dass die ganze Gesellschaft, Menschen und Tiere, neue Nahrung und Ruhe finden.

Während das Eishaus an Tiefe zunahm, hatte der Doktor, der immer hier und dorthin spähend umherging, das Glück, einen kleinen Ofen zu finden, den die Explosion fast unverletzt gelassen hatte, und dessen zusammengequetschtes Rohr unschwer wieder aufzubiegen war. Triumphierend schleppte ihn der Doktor herbei. Nach drei Stunden war das Eishaus im Ganzen fertig, der Ofen wurde darin aufgestellt; man füllte ihn mit Holzspänen, und bald knisterte das Feuer darin, eine behagliche Wärme verbreitend.

Der Amerikaner wurde unter Dach und Fach gebracht und im Hintergrunde auf Decken gelagert. Die vier Engländer nahmen nahe dem Ofen Platz. Die letzten Lebensmittel aus dem Schlitten, etwas

Zwieback und heißer Tee, erfrischten ihre Lebensgeister; Hatteras sprach nicht, und die Anderen respektierten sein Schweigen.

Als die Mahlzeit vollendet war, winkte der Doktor Johnson, ihm nach außen zu folgen.

»Jetzt, sagte er, wollen wir zunächst eine Inventur über den Rest unserer Habe aufstellen, denn wir müssen den Bestand unseres Besitztums genau kennen. Alles ist umhergestreut, also wollen wir es sammeln, denn jeden Augenblick kann frischer Schnee fallen, und dann dürften wir wohl vergeblich nach irgendeinem Überbleibsel aus dem Schiffe suchen.

– So wollen wir also keinen Augenblick verlieren, versetzte Johnson, Lebensmittel und Holz sind für uns ja wohl das Wichtigste.

– Nun gut, so wollen wir beide dies sammeln, antwortete der Doktor, und den ganzen von der Explosion überstreuten Kreis absuchen; fangen wir in der Mitte an und machen immer größere Kreise bis zum Rande.«

Sofort begaben sich die Beiden nach dem Eisbett, das der Forward eingenommen hatte, und jeder suchte sorgfältig bei dem zweifelhaften Lichte des Mondes nach den Trümmern des Schiffes. Es war eine wahre Jagd, auch hatte der Doktor dazu die Leidenschaft, ja dabei fast das Vergnügen eines Jägers, und das Herz schlug ihm lebhaft, wenn er eine halbwegs unversehrte Kiste entdeckte; aber die meisten waren leer, und nur ihre Trümmer bedeckten den Umkreis.

Die Gewalt der Explosion musste beträchtlich gewesen sein; eine große Menge Gegenstände war geradezu in Staub und Asche verwandelt; große Teile der Schiffsmaschine lagen da und dort, verbogen und zerbrochen; die Flügel fanden sich zwanzig Toisen weit weggeschleudert und tief in den harten Schnee eingesunken; die verbogenen Zylinder waren von ihrem Zapfen abgerissen; der in seiner ganzen Länge gespaltene Schornstein, an dessen oberem Teile noch Reste von Ketten hingen, lag zur Hälfte zerdrückt unter einem großen Eisstücke; Nägel, Haken, Segelteile von den Masten, Eisenteile des Steuers, Platten vom Schiffsbeschlag, und alle Metallteile der Brigg lagen zerstreut, wie aus Kartätschen geschossen, umher.

Aber dieses Eisen, das einen ganzen Eskimostamm hätte glücklich machen können, hatte im Augenblick für die Verunglückten gar keinen Wert; auf Lebensmittel war ihr Verlangen gerichtet, und solche entdeckte der Doktor nur wenige.

»Das lässt sich schlecht an, sprach er zu sich selbst; offenbar ist die Vorratskammer, welche gleich neben der Pulverkammer lag, durch die Explosion total zerstört worden, und was nicht verbrannte, ist in tausend Stücke gegangen. Das ist schlimm, sehr schlimm, und wenn Johnson nicht mehr auffindet, als ich, sehe ich nicht wohl ein, was aus uns werden soll.«

Dennoch entdeckte der Doktor, als er größere Kreise seiner Nachforschung unterzog, noch einige Reste Pemmikan, etwa fünfzehn Pfund, und vier Krüge, welche, trotzdem sie weit weggeschleudert waren, doch durch den weichen Schnee, auf den sie zufällig gefallen, der Zerstörung entgangen war und noch fünf bis sechs Pinten Branntwein enthielten.

Weiter fand er noch zwei Päckchen mit Meerrettich, der nach dem. Verluste alles Zitronensaftes deshalb sehr erwünscht war, da er denselben bei der Bekämpfung des Skorbuts wohl ersetzen konnte.

Nach zwei Stunden fanden sich der Doktor und Johnson wieder zusammen. Sie teilten einander mit, was sie gefunden hatten, doch leider war das bezüglich der Nahrungsmittel nur wenig: kaum einige Stücke eingesalzenes Fleisch, etwa fünfzig Pfund Pemmikan, drei Säcke mit Zwieback, einen kleinen Rest Schokolade, Branntwein und etwa zwei Pfund Kaffee, welcher aber Bohne für Bohne hatte aufgelesen werden müssen.

Keine Decken, Hängematten oder Kleidungsstücke waren aufgefunden worden, offenbar waren diese vom Feuer verzehrt.

Alles in allem hatten der Doktor und der Rüstmeister Lebensmittel für etwa drei Wochen gefunden, wenn man deren Verbrauch aufs Äußerste beschränkte; freilich war da schlechte Aussicht, die Erschöpften wieder zu kräftigen. So sah sich Hatteras, nachdem schon die Kohle ausgegangen, infolge unglücklicher Umstände auch am Vorabende der Hungersnot.

Brennmaterial lieferten wohl die Trümmer des Schiffes, die Stücke der Masten und des Kieles auf ungefähr drei Wochen; bevor man diese aber zur Heizung in dem Eishaus bestimmte, stellte der Doktor an Johnson die Frage, ob man aus diesen Resten nicht ein neues kleines Fahrzeug, mindestens eine Schaluppe, herzustellen vermöge.

»Nein, Herr Clawbonny, erwiderte der Rüstmeister, daran ist nicht zu denken; da ist kein Stück Holz so unversehrt, um es benutzen zu können; alles ist nur noch gut genug, uns ein paar Tage zu erwärmen, und dann ...

– Nun, dann? versetzte der Doktor.

– Dann, wie Gott will«, sagte der alte Seemann.

Als die Inventur fertig war, begaben sich der Doktor und Johnson wieder zum Schlitten; wohl oder übel mussten sich die ermatteten Hunde anschirren lassen, und so kehrte man auf den Schauplatz der Explosion zurück. Dort wurden die wenigen, aber desto kostbareren, noch irgendwie tauglichen Überreste aufgeladen und in die Nähe des Eishauses geschafft; dann erst nahmen beide, halb erfroren, neben ihren Leidensgefährten Platz.

Zweites Kapitel.

Altamonts erste Worte.

Als gegen acht Uhr abends der Himmel eine kurze Zeit von den ihn erfüllenden Nebeldüsen frei war, glänzte ein sternenreiches Firmament durch die klare, aber bitterkalte Luft.

Hatteras benutzte sogleich diese Gelegenheit, um die Höhe einiger Sterne zu bestimmen; ohne ein Wort zu sagen, ging er mit den nötigen Instrumenten hinaus. Er wollte ihre Stellung bestimmen und sich vergewissern, ob das ganze Eisfeld sich etwa fortbewegt habe, oder nicht.

Nach einer halben Stunde trat er wieder ein, warf sich in einer Ecke des Hauses nieder und verharrte dort in tiefer Ruhe, fiel aber nicht in Schlaf.

Am andern Morgen fiel wieder reichlich Schnee; der Doktor konnte froh sein, dass er seine Nachforschungen schon Tags vorher angestellt hatte, denn bald verhüllte eine ungeheure weiße Decke das Eisfeld, und jede Spur von der Explosion war unter einer drei Fuß mächtigen Schicht verschwunden.

Während dieses ganzen Tages konnte man keinen Fuß ins Freie setzen; zum Glück bot die Wohnung genügende Bequemlichkeiten, mindestens erschien es unsern abgehetzten Reisenden so. Der kleine Ofen tat gute Dienste, nur dass dann und wann ein ungestümer Windstoß den Rauch nach innen trieb; an seinen Flammen bereitete man sich Tee oder Kaffee, Genüsse, welche bei so niedriger Lufttemperatur doppelt wohltätig waren.

Die Schiffbrüchigen, denn diesen Namen verdienten sie wohl in der Tat, verspürten ein Wohlbehagen, das ihnen lange fremd geblieben war; dabei erfreuten sie sich nur an der Gegenwart, an der wohltuenden Wärme und der augenblicklichen Ruhe, und vergaßen der grausigen Zukunft, die sie doch mit nahem Tode bedrohte.

Der Amerikaner litt jetzt weniger und kam nach und nach ins Leben zurück; er öffnete schon die Augen, sprach aber noch nicht; seine Lippen zeigten die Spuren des Skorbuts und vermochten noch keinen verständlichen Laut zu bilden; doch da er nun offenbar hörte, wurde er von seiner Lage in Kenntnis gesetzt. Er bewegte nur den Kopf als Dank; er erkannte seine Rettung aus dem Schnee- und Eisgrab, doch vermied der Doktor noch, ihm mitzuteilen, wie nahe er dem Tod gewesen war, und wie kurze Zeit dieser nur aufgeschoben schien, da ihnen Allen in höchstens drei Wochen die Nahrungsmittel völlig ausgehen mussten.

Erst gegen Mittag regte sich Hatteras wieder und näherte sich den drei anderen.

»Meine Freunde, sagte er, wir müssen nun zunächst einen bestimmten Entschluss fassen, was wir jetzt vornehmen. Zuerst ersuche ich aber Johnson, zu erzählen, wie jener Schurkenstreich, der uns vielleicht alle ins Verderben bringt, ausgeführt wurde.

– Aber wozu das? Meinte der Doktor, die Tatsache steht fest, und es ist wohl besser, ihrer nicht mehr zu gedenken.

– Im Gegenteil, jetzt denke ich noch sehr daran, erwiderte Hatteras; nach Johnsons Bericht mag sie vergessen sein.

– Nun gut, ich werde alles erzählen, begann der Rüstmeister. Ich habe alles getan, das Verbrechen zu hindern ...

– Das weiß ich, Johnson, und füge gleich hinzu, dass ich die Sache überhaupt schon für einen seit Langem geplanten Streich halte.

– Ganz meine Meinung, fiel der Doktor ein.

– Die Meinige auch, nahm Johnson wieder das Wort, denn gleich nach Ihrer Abreise, Kapitän, schon den andern Morgen, zeigte sich Shandon, der uns immer das Leben sauer machte, in seiner ganzen Schlechtigkeit und maß sich an, von der ganzen Rotte unterstützt, zunächst das Kommando auf dem Schiffe anzueignen; was half mir Einzigem da mein Einspruch dagegen? Von da ab handelte fast jeder nach eigenem Gutdünken, und Shandon ließ es zu; es kam ihm darauf an, der Mannschaft zu zeigen, dass nun die Zeit der Arbeit und der nötigen Einschränkung vorüber sei. Nun wurde nichts mehr gespart; immer glühte der Ofen, der unbarmherzig vom Holz der Brigg geheizt wurde. Über den Proviant schaltete jeder nach Willkür, über die geistigen Getränke desgleichen, und Sie können sich leicht denken, welchen Missbrauch Leute, die bei dem Verlangen danach sie doch so lange entbehrt hatten, damit trieben. So verlief die Zeit etwa vom 7. bis zum 15. Januar.

– Also Shandon war es, der die Leute in Aufruhr brachte, sprach Hatteras mit ernstem Tone.

– Ja, Kapitän.

– Erwähnen Sie den Schurken nicht wieder. Jetzt fahren Sie fort!

– Etwa am 24. oder 25. Januar kam nun die Absicht zum Vorschein, das Schiff zu verlassen. Sie wollten die westliche Küste der Bassins-Bay zu erreichen suchen, von dort sollte mithilfe der Schaluppe ein Wallfischfahrer gesucht oder doch auf die Grönländer Niederlassungen an der Ostseite losgesteuert werden. Proviant hatten sie in Überfluss; auch die Kranken erholten sich durch die Hoffnung auf die Rückkehr ganz auffallend. Nun betrieb man die Vorbereitungen zur Flucht. Zunächst wurde ein Schlitten gebaut, der Nahrungsmittel, Brennmaterial und die Schaluppe tragen sollte; die Mannschaft selbst sollte ihn ziehen. Das dauerte etwa bis Mitte Februar; Tag für Tag erwartete ich Ihre Rückkehr, Kapitän, und doch fürchtete ich sie fast; auch Sie hätten bei den Leuten nichts ausgerichtet, welche Sie eher ermordet hätten, als dass sie auf dem Schiffe geblieben wären. Ein wahrer Freiheitsschwindel hatte sie erfasst. Ich nahm die Mannschaft einen nach dem Anderen vor, ich bat sie, ermahnte, stellte ihnen die Gefahren ihres Vorhabens vor Augen; ich sagte ihnen auch, dass sie im Begriff wären, einen elenden Schurkenstreich zu begehen. Es war alles umsonst, auch bei den Besten von ihnen! Die Abfahrt wurde auf den 22. Februar festgesetzt. Shandon wurde ungeduldig. Es wurde auf den Schlitten und in die Schaluppe gebracht, was nur an Proviant und Getränken aufzutreiben war; mit Holz versahen sie sich reichlich, wozu die Steuerbordseite bis auf die Wasserlinie herunter hatte herhalten müssen. Den letzten Tag gab es nun noch eine wahre Orgie; sie plünderten nach Herzenslust, und als sie toll und voll betrunken waren, steckte Pen mit noch zwei oder drei Anderen das Schiff in Brand. Ich stritt aus Leibeskräften dagegen; sie überwältigten und schlugen mich; dann wandten sich die Schufte, Shandon an der Spitze, nach Osten und entschwanden meinen Blicken. Ich war nun allein; was konnte ich aber gegen das Feuer anfangen, das schon an dem ganzen Schiffe fraß? Selbst unser Wasserloch war dick übereist und so hatte ich keinen Tropfen. Zwei Tage stand der Forward in Flammen, und – das Ende wissen Sie.«

Dumpfes Schweigen herrschte in dem Eishaus, als dieser Bericht beendet war. Das düstere Bild des brennenden Fahrzeuges, der Verlust der kostbaren Brigg, trat den armen Schiffbrüchigen grell vor die Augen; sie fühlten sich nur einer Unmöglichkeit gegenüber, der Unmöglichkeit nach England zurückzukehren. Kaum wagten sie einander anzusehen, aus Furcht, einer möge auf des anderen Antlitzes die helle Verzweiflung lesen. Nur der beklommene Atem des Amerikaners war hörbar.

Endlich nahm Hatteras das Wort:

»Ich danke Ihnen, Johnson, sagte er, Sie haben getan, was in Ihren Kräften stand, mein Schiff zu retten. Aber allein vermochten Sie das nicht; noch einmal, ich danke Ihnen von Herzen, und nun – wollen wir von diesem Unglück nicht mehr sprechen. Mit vereinten Kräften lasst uns zur Rettung aller wohl zusammenwirken. Vier Schicksalsgenossen sind wir hier, vier Freunde; des Einen Leben gilt so viel, wie das des Anderen. Nun gebe jeder seine Meinung ab, was wir beginnen sollen.

– Fragen Sie uns, Hatteras, begann der Doktor; wir sind Ihnen alle ergeben, unsere Worte werden vom Herzen kommen. Aber haben Sie nicht zunächst selbst einen Vorschlag?

– Ich darf noch mit keinem solchen hervortreten. Mein Urteil könnte eigensüchtig aussehen. Erst möchte ich die Ansicht der Anderen hören.

– Kapitän, sagte Johnson, bevor wir uns unter so schwierigen Umständen aussprechen, hätte ich noch eine Frage.

– Reden Sie, Johnson.

– Sie haben gestern unsere Position bestimmt; ist nun das Eisfeld weiter getrieben, oder sind wir noch an derselben Stelle?

– Es hat seine Lage nicht verändert, erwiderte Hatteras. Ganz wie vor unserer Expedition habe ich achtzig Grad fünfzehn Minuten nördlicher Breite und siebenundneunzig Grad fünfunddreißig Minuten Länge gefunden.

– Und, sagte Johnson, wie weit sind wir von dem nächsten Meere im Westen entfernt?

– Gegen sechshundert (englische) Meilen.

– Und dieses Meer ist? ...

– Der Smith-Sund.

– Also dasselbe, bis zu dem Wir im vergangenen April nicht vorzudringen vermochten?

– Dasselbe.

– Gut, Kapitän, nun, da unsere Ortslage bekannt ist, können wir darauf hin einen Entschluss fassen.

– So sprechen Sie«, sagte Hatteras, der den Kopf in beide Hände senkte.

Er konnte so seine Gefährten hören, ohne sie anzusehen.

»Nun denn, Bell, forderte der Doktor diesen auf, was ist nach Ihrer Ansicht am besten zu tun?

– Das bedarf wohl kein langes Überlegen, erwiderte der Zimmermann; wir müssen, ohne einen Tag, ohne eine Stunde zu verlieren, nach Ost oder West aufbrechen, und die nächste Küste zu erreichen suchen ... und sollten wir auch zwei Monate Zeit dazu brauchen.

– Wir haben nur für drei Wochen zu leben, warf Hatteras ein, ohne den Kopf zu erheben.

– Gut, sagte Johnson, so sind wir gezwungen, die nötige Strecke in drei Wochen zurückzulegen, denn das bietet uns die einzige Aussicht auf Rettung; und sollten wir uns auf den Knien fortschleppen, in fünfundzwanzig Tagen müssen wir an der Küste sein.

– Aber dieser Teil des hohen Nordens ist noch ganz unbekannt, entgegnete Hatteras. Wir können auf unzählige Hindernisse, Berge und Gletscher stoßen, die uns den Weg völlig versperren.

– Darin sehe ich keinen Grund, behauptete der Doktor, wenigstens nicht den Versuch zu wagen. Wir werden Beschwerden haben, vielleicht viele, und müssen uns mit der Nahrung aufs Äußerste beschränken, wenn nicht zufällig die Jagd ...

– Wir haben nur noch ein halbes Pfund Pulver, erwiderte Hatteras.

– Wohlan, Hatteras, sagte der Doktor, ich unterschätze die Bedeutung Ihrer Einwürfe nicht und wiege mich nicht in leerer Hoffnung. Aber ich glaube, Ihre Gedanken zu erraten; haben Sie einen ausführbaren Vorschlag?

– Nein, erwiderte der Kapitän nach einigem Zögern.

– Sie misstrauen unserem Mute nicht, fuhr Clawbonny fort, Sie kennen uns alle als Männer, die Ihnen bis zum Ende folgen; aber müssen wir nicht für jetzt jede Hoffnung aufgeben, noch bis zum Pol hinauszudringen? Eine Verräterei hat Ihre Pläne zum Scheitern gebracht; den Widerstand der Elemente konnten Sie bekämpfen und besiegen, nicht so die Treulosigkeit und Schwäche der Menschen; Sie haben alles getan, was menschenmöglich war, und würden den Erfolg errungen haben, das glaube ich gern, aber angesichts unserer heutigen Lage, sollten Sie sich nicht gezwungen fühlen, Ihre Pläne zu verschieben und nach England, sei es auch nur aus dem Grunde zurückzukehren, um jene ein andermal wieder aufzunehmen?

– Nun, was meinen Sie, Kapitän?« wandte sich auch Johnson an Hatteras, der eine Antwort lange schuldig blieb.

Endlich erhob dieser den Kopf und sagte mit gepresster Stimme:

»Ihr glaubt also wirklich alle, ermüdet wie wir sind und fast ohne Nahrungsmittel, die Küste der Meerenge zu erreichen?

– Nein, erwiderte der Doktor, aber auf keinen Fall wird die Küste zu uns kommen. Wir müssen sie also aufsuchen. Vielleicht treffen wir auch weiter südlich auf einen Eskimostamm, mit dem wir leicht in Verbindung treten könnten.

– Könnten wir nicht auch, fügte Johnson hinzu, in der Meerenge auf ein Fahrzeug stoßen, das dort zu überwintern gezwungen wäre?

– Und im Notfalle, sagte noch der Doktor, wenn die Meerenge zugefroren ist, könnten wir nicht über dieselbe hinaus bis zur Westküste von Grönland gelangen, und von da entweder über das Prudhon-Land oder über das Kap York bis zu einer dänischen Niederlassung vordringen? Nun, Hatteras, keine dieser Möglichkeiten bietet das Eisfeld hier! Der Weg nach England führt dahinunter, nach Süden, nicht dorthinauf nach Norden!

– Ja, sagte Bell, Herr Clawbonny hat recht, wir müssen uns ohne Zögern aufmachen. Bis jetzt haben wir die Heimat und alle, die uns dort lieb und teuer sind, zu sehr vergessen.

– Das ist also Ihre Ansicht, Johnson, fragte Hatteras noch einmal.

– Ja, Kapitän.

– Und die Ihre, Doktor?

– Auch die meine, Hatteras.«

Noch immer verharrte dieser Letztere schweigend; seine Gesichtszüge verrieten aber wider seinen Willen, was in ihm vorging. An die Entscheidung, welche er zu fällen im Begriff war, knüpfte sich ja das Schicksal seines ganzen Lebens. Wenn er jetzt zurückkehrte, war es wohl mit seinen kühnen Entwürfen für immer vorbei; er konnte nicht hoffen, zum vierten Male ein derartiges Unternehmen zustande zu bringen.

Wieder ergriff der Doktor, da der Kapitän noch immer schwieg, das Wort:

»Lassen Sie mich noch erwähnen, Hatteras, sagte er, dass wir keinen Augenblick zu verlieren haben; wir werden den Schlitten mit allem disponiblen Proviant und soviel Holz beladen müssen, als eben möglich ist. Ein Weg von sechshundert Meilen wird unter solchen Umständen lang, ich weiß das, aber nicht ohne Ende sein; wir können oder müssten vielmehr jeden Tag zwanzig Meilen zurücklegen, um binnen einem Monat, d. h. gegen den 26. März, die Küste zu erreichen ...

– Aber, sagte Hatteras, könnten wir nicht einige Tage damit warten?

– Worauf hoffen Sie? Fragte Johnson.

– Weiß ich das? Wer kann die Zukunft durchschauen? Nur einige Tage noch! Wir wollen unseren erschöpften Kräften aufhelfen. Keine zwei Tagereisen würdet Ihr zurücklegen und vor Müdigkeit umsinken, ohne ein Eishaus zum Schutze zu haben.

– Aber hier erwartet uns ein furchtbarer Tod! Rief Bell.

– Freunde, sagte Hatteras fast mit bittender Stimme, Ihr verzweifelt etwas zu früh. Schlüge ich vor, im Norden den Weg des Heils zu suchen, so würdet Ihr mir wohl nicht folgen mögen. Übrigens, leben ganz nahe am Pol nicht auch noch Eskimos, wie am Smith-Sunde? Jenes offene Meer, dessen Existenz so gut wie sicher ist, muss wieder von Festland umspült sein. Die Natur verfährt logisch in allen ihren Werken. So muss man auch annehmen, dass die Vegetation da wieder zum Leben erwacht, wo der heftige Frost aufhört. Haben wir nicht ein Land in Aussicht, das unser im Norden harrt, und wohin Ihr auf Nimmerwiedersehen fliehen wollt?«

Hatteras wurde lebhafter durch die Rede; sein erregter Geist malte ihm Lieblingsbilder dieser doch so sehr problematischen Gegenden vor.

»Noch einen Tag nur, wiederholte er, nur noch eine Stunde!«

Doktor Clawbonny fühlte sich bei seinem abenteuerlustigen Charakter und seinen regen Vorstellungsvermögen schon halb gewonnen; er wollte bereits nachgeben.

Doch Johnson, der überlegender und kühler war, rief ihn noch zur Vernunft und Pflicht zurück.

»Frisch auf, Bell, rief dieser, zum Schlitten!

– Vorwärts denn! Antwortete Bell.

– O, Johnson! Auch Sie! Auch Sie! Sagte der Kapitän, doch, es ist gut, geht, geht alle! Ich bleibe!

– Kapitän! Fiel Johnson ein, und blieb wider Willen stehen.

– Ich bleibe, sage ich! Reist ab! Verlasst mich so gut, wie die Anderen! Geht mit Gott! Komm her, Duk, wir beide halten aus!«

Bellend schmiegte sich das treue Tier an seinen Herrn.

Johnson sah den Doktor an. Dieser war zweifelhaft, was er tun sollte, das Beste schien zu sein, Hatteras dadurch zu beruhigen, dass man für einen Tag auf seine Ideen einging. Der Doktor war schon dazu entschlossen, als er plötzlich seinen Arm berührt fühlte.

Er drehte sich um. Der Amerikaner hatte seine Decken abgeworfen, er lag noch auf dem Boden, mühsam erhob er sich auf die Knie und von seinen Lippen quollen einige unartikulierte Laute.

Erstaunt, fast erschrocken sah ihn der Doktor schweigend an. Hatteras seinerseits näherte sich ihm und nahm ihn forschend scharf ins Auge. Er suchte die Worte zu erraten, die der Kranke nicht auszusprechen vermochte. Nach minutenlanger Anstrengung ward endlich ein Wort hörbar.

»Porpoise ...

– Der Porpoise! Rief der Kapitän aus.

– Der Amerikaner bejahte durch Zeichen.

– In diesen Gewässern?« frug Hatteras klopfenden Herzens.

Der Kranke gab dieselbe Antwort.

»Im Norden von hier?

– Ja! Erwiderte der Unglückliche.

– Und Sie wissen seinen Ort?

– Ja!

– Genau?

– Ja wohl!« sagte Altamont.

Einen Augenblick schwieg alles; gespannt horchten die Zuschauer dieser unerwarteten Scene.

»Passen Sie wohl auf, sagte endlich Hatteras zu dem Kranken, wir müssen die Lage des Schiffes natürlich genau wissen. Ich werde die Grade mit lauter Stimme zählen und Sie unterbrechen mich durch ein Zeichen.«

– Der Amerikaner nickte zustimmend.

»Nun gut, sagte Hatteras, bestimmen wir erst die Längengrade. Hundertfünf? Nein. – Hundertsechs? Hundertsieben? Hundertacht? – Wir meinen doch westliche Länge?

– Ja, sagte mühsam der Amerikaner.

– Also weiter. – Hundertneun? Hundertzehn? Hundertzwölf? Hundertvierzehn? Hundertsechzehn? Hundertachtzehn? Hundertneunzehn? Hundertzwanzig ...?«

Der Amerikaner machte ein Zeichen.

»Hundertzwanzig Grad westlicher Länge? Fragte nochmals Hatteras. Und wieviel Minuten? Ich zähle wieder ...«

Er begann bei eins; bei Fünfzehn gab Altamont das Zeichen, inne zu halten.

»Schön, sagte der Kapitän. Und nun gehen wir zur geografischen Breite über. Sie verstehen mich doch? – Achtzig? Einundachtzig? Zweiundachtzig? Dreiundachtzig?«

Der Amerikaner hielt ihn durch eine Handbewegung an.

»Gut. Und die Minuten? Fünf? Zehn? Fünfzehn? Zwanzig? Fünfundzwanzig? Dreißig? Fünfunddreißig?«

Abermals machte Altamont lächelnd sein Zeichen.

»Also, wiederholte Hatteras mit ernster Stimme, der Porpoise findet sich bei hundertzwanzig Grad fünfzehn Minuten westlicher Länge und dreiundachtzig Grad fünfunddreißig Minuten nördlicher Breite?

– Ja«, stammelte noch einmal der Amerikaner, der kraftlos in die Arme des Doktors zurücksank.

Die Anstrengung hatte ihn erschöpft.

»Meine Freunde, rief Hatteras aus, Ihr seht, unser Heil liegt im Norden, immer im Norden! – Wir werden gerettet sein!«

Aber gleich nach diesem Ausbruch der Freude schien es, als ob ein furchtbarer Gedanke ihn packe. Sein ganzes Wesen veränderte sich. – Die Schlange der Eifersucht biss sich in sein Herz.

Ein Anderer, und noch dazu ein Amerikaner, hatte ihn in der Richtung zum Pol um drei Grade überholt. Warum? Zu welchem Ende war er in so hoher Breite?

Drittes Kapitel.

Siebenzehn Tage unterwegs.

Dieses neue Ereignis, die ersten Äußerungen Altamonts, hatten die Lage der Schiffbrüchigen vollkommen verändert; während sie früher abgeschnitten von aller Hilfe waren, auch nur eine sehr seichte Hoffnung hatten, die Bassins-Bay zu erreichen, und ihnen für die Länge des zurückzulegenden Weges eine Hungersnot drohte, die bei der Erschöpfung ihrer Kräfte desto gefährlicher erschien, befand sich, etwa sechshundert Meilen von ihrem Eishaus, ein Fahrzeug, das ihnen reiche Hilfsmittel bot und wohl gar die Aussicht eröffnete, den verwegenen Zug nach dem Nordpol fortzusetzen. Hatteras, der Doktor, Johnson und Bell, die schon so nahe der Verzweiflung waren, schöpften wieder Hoffnung.

Da aber Altamonts Aussagen nur noch sehr lückenhaft waren, nahm der Doktor, als jener sich etwas erholt hatte, die wichtige Unterhaltung wieder auf; wobei er alle Fragen so zu stellen wusste, dass der Kranke nur mit dem Kopfe zu nicken oder durch Bewegung der Augen zu antworten brauchte.

Bald hatte er erfahren, dass der Porpoise ein amerikanischer Dreimaster aus New York sei, der, belastet mit reichlichem Proviant und Brennmaterial, mitten im Eis Schiffbruch gelitten hatte. Wenn auch auf die Seite geworfen, war doch Aussicht, dass er der Zerstörung widerstanden habe, und seine ganze Ladung noch zu bergen sein werde.

Schon zwei Monate hatte Altamont mit seiner Mannschaft das Schiff verlassen, wobei sie die Schaluppe auf einem Schlitten mitgenommen hatten; sie beabsichtigten bis zum Smith-Sund vorzudringen, wollten dort einen Wallfischfahrer aufsuchen und mit dessen Hilfe nach ihrem Vaterlande zurückkehren; bald aber überwältigten sie Erschlaffung und Krankheiten, und einer nach dem Anderen kam unterwegs um. Zuletzt waren der Kapitän und zwei Matrosen von einer dreißig Köpfe zählenden Mannschaft übrig, und dass der Erstere noch lebte, war doch nur einem Wunder der Vorsehung zu danken.

Hatteras lag vorzüglich daran, von dem Amerikaner zu hören, was der Porpoise in so ungewöhnlich hoher Breite vorgehabt habe.

Altamont gab zu verstehen, dass das Schiff vom Eis eingeschlossen und dahinauf getrieben worden sei.

Ängstlich suchte Hatteras noch den Zweck der Expedition zu erforschen.

Altamont behauptete, dass man nur die nordwestliche Durchfahrt habe aufsuchen wollen.

Der Kapitän beruhigte sich dabei und stellte keine weitere Frage der Art.

Der Doktor ergriff wieder das Wort:

»Alle unsere Anstrengungen, sagte er, können jetzt nur darauf gerichtet sein, den Porpoise aufzufinden; statt den gefahrvollen Weg nach der Bassins-Bay einzuschlagen, können wir nun auf einem um ein Drittel kürzeren Wege ein Fahrzeug erreichen, das alles Nötige zu einer Überwinterung bietet.

– Es ist gar keine andere Wahl möglich, meinte Bell.

– Und ich füge hinzu, sagte der Schiffer, dass wir dazu keinen Augenblick zu verlieren haben. Freilich müssen wir, entgegen der gewöhnlichen Art und Weise, die Dauer unseres Zuges nach unserem Vorrat an Nahrungsmitteln berechnen und baldmöglichst aufbrechen.

– Sie haben Recht, Johnson, erwiderte der Doktor; wenn wir morgen, den 26. Februar, abreisen, müssen wir, mit genauer Not dem Hungertode entgehend, am 15. März beim Porpoise eintreffen. Was meinen Sie, Hatteras?

– Treffen wir sogleich alle nötigen Vorbereitungen zur Reise. Der Weg könnte auch weiter sein, als wir annehmen.

– Warum? Entgegnete der Doktor, der Mann scheint doch der Lage seines Schiffes sicher zu sein.

– Wenn nun der Porpoise aber, antwortete Hatteras, mit seinem Eisberge weiter getrieben ist, wie es uns mit dem Forward erging?

– Freilich, sagte der Doktor, diese Möglichkeit ist nicht ausgeschlossen.«

Johnson und Bell berührten eine Sache gar nicht, die ihnen so verderblich gewesen war.

Altamont, dem diese Reden nicht entgingen, bedeutete dem Doktor durch Zeichen, dass er sprechen wolle. Nach einer viertel Stunde Bemühen hatte Clawbonny so viel sicher erfahren, dass der Porpoise mit einer Seite auf dem Strande liege und sein Felsenbett unmöglich verlassen haben könne.

Wenn das auch den vier Engländern einerseits eine sehr beruhigende Nachricht war, so raubte es ihnen andererseits doch die Aussicht, mithilfe des Schiffes nach Europa zurückkehren zu können, wenn es Bell nicht etwa gelänge, aus Teilen des Porpoise ein neues kleines Fahrzeug zu erbauen. Doch wie dem auch sein mochte, man war darüber einig, den Platz des Schiffbruchs baldigst aufzusuchen.

Noch eine letzte Frage richtete der Doktor an Altamont; die, ob er in jener Breite von dreiundachtzig Grad schon etwas von einem eisfreien Meere bemerkt habe.

»Nein«, erwiderte dieser.

Die Unterhaltung brach hier ab, und man begann sofort, sich zur Abreise zu rüsten; Bell und Johnson besorgten den Schlitten und stellten ihn jetzt, da ihnen Holz dazu nicht fehlte, dauerhafter her; die auf der Exkursion nach dem Süden hin gesammelten Erfahrungen wurden nun verwertet; vor allem erhöhte man auch die Kufen, da man die schwachen Seiten dieser Transportmethode kennengelernt, und auf reichlichen, dichten Schnee zu rechnen hatte.

Auch ein bequemes Lager richtete Bell darauf ein, dem die Zeltleinwand als schützende Decke diente, und welches für den Amerikaner bestimmt war. Der wenig beträchtliche Proviant belastete das Gefährt ja nicht sehr, dafür wurde aber Holz so viel als möglich mitgenommen.

Der Doktor, der die Provision ordnete, nahm ihre Menge mit peinlichster Sorgfalt auf. Seiner Rechnung nach musste sich jeder Reisende für eine Zeit von drei Wochen mit Dreiviertel-Rationen begnügen. Für die Zughunde reservierte man das volle Futter; zog Duk mit ihnen, so sollte dasselbe auch ihm zugutekommen.

Die Eile der Arbeiten wurde jetzt freilich durch die gebieterische Notwendigkeit, sich auszuruhen und zu schlafen, unterbrochen. Bevor sie sich aber niederlegten, umringten die Schiffbrüchigen den Ofen, den man nicht spärlich heizte. Die Armen gestatteten sich einen Luxus von Wärme, dessen sie lange entwöhnt waren; etwas Pemmikan, Zwieback und einige Tassen Kaffee erzeugten eine fast heitere Stimmung, die wohl zur Hälfte dem Hoffnungsstrahl zuzurechnen war, der ihnen so schnell, wenn auch nur aus der Ferne, aufleuchtete.

Um sieben Uhr morgens ging man wieder an die Arbeit, welche erst gegen drei Uhr nachmittags beendet ward.

Schon dunkelte es wieder; zwar war die Sonne seit dem 31. Januar wieder sichtbar geworden, doch verbreitete sie nur ein schwaches und kurz dauerndes Licht. Zum Glück ging der Mond schon halb sieben Uhr auf und seine Strahlen erhellten bei dem klaren Himmel den Weg. Die Temperatur, welche seit einigen Tagen merklich herunterging, erreichte endlich dreiunddreißig Grad unter null (-37° hunderteilig).

Der Augenblick der Abreise erschien. Altamont freute sich offenbar darüber, wenn ihn auch die Stöße beim Fahren mit erneuten Schmerzen bedrohten. Er hatte dem Doktor zu verstehen gegeben, dass er an Bord des Porpoise alle antiskorbutischen Medikamente, die zur Wiederherstellung des Kranken so nötig waren, vorfinden werde.

Man trug ihn also in den Schlitten, auf dem er so bequem als möglich gelagert wurde. Die Hunde, und Duk mit, wurden angeschirrt; noch einen letzten Blick sandten die Reisenden nach dem Eisbett zu, wo der Forward gelegen hatte. Einmal schien ein aufwallender Zorn in Hatteras' Gebärden aufzublitzen, aber er bezwang sich, und die kleine Gesellschaft verschwand bald, bei trockener, heiterer Witterung, in den Nebeln gegen Nord-Nord-Westen.

Ein jeder nahm seinen gewohnten Platz ein; Bell ging voraus, der Doktor und der Rüstmeister zuseiten des Schlittens, den sie im Auge hatten und wenn nötig die Hunde antrieben; Hatteras machte den Schluss; er berichtigte den Weg und hielt alle in gerader Linie.

Der Marsch ging ziemlich schnell vorwärts; bei der so niedrigen Temperatur bot das Eis eine eben so feste, als glatte Oberfläche; die Hunde strengten sich mit ihrer Last, welche kaum neunhundert Pfund betrug, nicht übermäßig an. Aber Menschen und Tiere kamen bald außer Atem und mussten anhalten, um Luft zu schöpfen.

Gegen sieben Uhr abends brach das rötliche Bild der Mondscheibe durch die Nebel des Horizontes. Ihre ruhigen Strahlen erhellten die Atmosphäre und wurden glänzend von den blanken Eisspiegeln zurückgeworfen. Gegen Nordwesten zeigte sich das Eisfeld als eine grenzenlose, weiße, vollkommen ebene Fläche. Keine Erhöhung, kein Spitzhügel war sichtbar. Dieser Teil des Meeres schien ruhig, wie ein friedlicher See, erstarrt zu sein.

Es war eine unendliche, flache, einförmige Wüste.

So war der Eindruck, den der Doktor von dem Bilde empfing, und den er seinem Begleiter mitteilte.

»Sie haben Recht, Herr Clawbonny, erwiderte Johnson, eine Wüste ist es, aber mindestens werden wir in ihr nicht verdursten.

– Das ist zwar ein Vorteil, meinte der Doktor, doch ihre ungeheure Ausdehnung gibt mir die Gewissheit, dass wir noch sehr weit von jedem Lande entfernt sind; gewöhnlich wird die Nähe einer Küste durch eine Menge Eisberge bezeichnet, aber nichts Derartiges ist ringsum zu sehen.

– Der Horizont ist durch den Nebel sehr beschränkt, antwortete Johnson.

– Gewiss, aber seit unserem Aufbruch sind wir nur über eine Fläche gezogen, die nicht enden zu wollen scheint.

– Wissen Sie, Herr Clawbonny, dass wir übrigens auf recht gefährlichen Wegen sind? Man gewöhnt sich und denkt nicht daran, und doch birgt das Eis, über das wir gleiten, genug grundlose Klüfte!

– Sie haben recht, Freund, aber wir brauchen nicht zu fürchten, verschlungen zu werden. Der Widerstand dieser weißen Decke ist bei einer Kälte von dreiunddreißig Graden ganz beträchtlich! Denken Sie ferner daran, dass diese tagtäglich im Zunehmen ist, denn unter diesen Breiten fällt an neun Tagen unter zehn Schnee, selbst im April, im Mai, ja noch im Juni; und ich glaube, dass die größte Stärke der Lage wohl dreißig bis vierzig Fuß betragen dürfte.

– Das ist beruhigend, sagte Johnson.

– Wahrlich, wir sind nicht in der Lage, wie die Schlittschuhläufer auf dem Serpentine River, denen der zerbrechliche Boden jeden Augenblick unter den Füßen zu schwinden droht; solche Gefahr haben wir nicht zu befürchten.

– Kennt man vom Eis die Größe des Widerstandes? Fragte der alte Seemann, der in Gesellschaft des Doktors gern etwas zu lernen suchte.

– Vollkommen, entgegnete der Doktor. Was in der Welt wäre, dank dem menschlichen Wissensdrange, noch nicht gemessen worden! Ist es nicht derselbe Drang, der uns hier gegen den Nordpol treibt, welchen der Mensch endlich kennenzulernen verlangt? Aber, um auf Ihre Frage zurückzukommen, so kann ich diese etwa insoweit beantworten: Bei einer Dicke von zwei Zoll trägt das Eis einen Menschen; bei drei und einem halben Zoll einen Reiter samt Pferd; bei fünf Zollen einen Achtpfünder; bei acht Zoll ein vollkommen bespanntes Feldgeschütz; bei zehn Zollen endlich eine ganze Armee, überhaupt eine beliebig verteilte Last. Auf der Stelle, wo wir hier gehen, könnte man die Zollspeicher von Liverpool oder die Londoner Parlamentsgebäude errichten.

– Das ist nur schwer zu begreifen, sagte Johnson, aber Herr Clawbonny, Sie sprachen auch von dem Schneefall, der in diesen Gegenden an neun Tagen unter zehn einträte; die Richtigkeit der Tatsache bestreite ich nicht; aber wo kommt der viele Schnee her, denn ich sehe nicht ein, wie die gefrorenen Meeresflächen hier die dazu nötige bedeutende Verdunstung gestatten sollten.

– Ihre Beobachtung ist ganz richtig, Johnson; meiner Ansicht nach entstammt auch der weitaus größte Teil des Schnees oder Regens, der uns hier trifft, den Meeren der gemäßigten Zone. Eine solche Flocke, ursprünglich ein Wassertröpfchen eines europäischen Flusses, hat sich dort dampfförmig erhoben, mit anderen gleichen Wolken gebildet und wird am Ende hier niedergeschlagen. Es ist also gar nicht unmöglich, dass wir, indem wir von diesem Schnee trinken, unseren Durst aus vaterländischen Flüssen stillen.

– Immer der gleiche Kreislauf!« erwiderte der Rüstmeister.

Da vernahm man Hatteras' Stimme, der ihre Abweichung vom Wege berichtigte und diese Unterhaltung unterbrach.

Der Nebel wurde dichter und erschwerte sehr die Einhaltung der geraden Richtung.

Gegen acht Uhr abends hielt die kleine Gesellschaft endlich an, nachdem sie fünfzehn Meilen zurückgelegt hatte. Das Wetter blieb fortwährend trocken; das Zelt wurde aufgeschlagen, der Wärmespender in Tätigkeit gesetzt, man aß, und die Nacht verlief ruhig.

Hatteras und seine Genossen wurden von erwünschter Witterung begünstigt. Sie setzten ihre Reise auch an den folgenden Tagen ohne Schwierigkeiten fort, obgleich die Kälte äußerst streng wurde, sodass das Quecksilber im Thermometer gefroren blieb. Erhob sich noch Wind dazu, so hätte keiner einer solchen Temperatur zu widerstehen vermocht. Der Doktor konstatierte bei dieser Gelegenheit die Richtigkeit der Beobachtungen, welche Parry bei seiner Exkursion nach der Insel Melville machte. Dieser berühmte Seefahrer stellt den Satz auf, dass ein genügend mit Kleidung versehener Mensch ungestraft bei größter Kälte in freier Luft verweilen kann, vorausgesetzt, dass diese Luft ruhig ist; sobald aber der leiseste Wind sich erhebt, fühle man im ganzen Körper einen brennenden Schmerz, und es erfolge unter heftigsten Kopfschmerzen bald der Tod. Der Doktor wurde denn auch gar nicht mehr recht ruhig, da er sich sagte, dass schon wenig Wind hinreiche, sie bis auf das Mark zu erstarren.

Am 5. März beobachtete er eine in diesen Breiten nur seltene Erscheinung. Bei vollkommen reinem Himmel und schönstem Sternenglanze fiel, ohne dass nur eine Wolke sichtbar gewesen wäre, ein reichlicher Schnee. Die Sternbilder blieben durch die Flocken sichtbar, welche sich schön gleichmäßig niedersenkten. Das währte etwa zwei Stunden, ohne dass der Doktor sich über die Entstehungsursache eine befriedigende Rechenschaft zu geben vermochte.

Auch das letzte Viertel des Mondes war nun vorüber; während siebenzehn Stunden von je vierundzwanzig war es völlig dunkel; die Reisenden mussten sich durch Stricke verbinden, um einander nicht zu verlieren. Eine gerade Richtung des Weges war kaum einzuhalten.

Nach und nach singen die mutigen Leute, obwohl die eiserne Notwendigkeit sie trieb, doch zu ermatten an. Sie machten öfter Halt, und durften doch, in Rücksicht auf die vorrätigen Nahrungsmittel, keine Stunde vergeuden.

Nach der Stellung des Mondes und der Sterne bestimmte Hatteras häufig ihre Lage. Als aber nun ein Tag nach dem anderen verfloss und die Reise sich endlos zu verlängern schien, fragte er sich manchmal, ob denn der Porpoise wirklich noch existiere; ob bei dem Amerikaner nicht etwa durch das, was er hatte ausstehen müssen, auch das Gehirn gelitten habe, oder ob er nicht gar, da er für sich doch keine Rettung sah, aus Hass gegen die englische Nation, auch sie einem gewissen Tode entgegenführen wolle.

Er teilte dem Doktor seinen Verdacht mit; dieser teilte ihn keineswegs, aber es war ihm klar, dass zwischen dem englischen und dem amerikanischen Kapitän eine unselige Eifersucht Platz greife.

»Diese beiden Männer werden schwerlich in gutem Vernehmen miteinander bleiben«, sprach er zu sich selbst.

Am 14. März, und nach sechzehntägigem Marsche befanden sich die Reisenden immer noch erst unterm zweiundachtzigsten Breitegrade; ihre Kräfte gingen zur Neige und noch hundert Meilen trennten sie von dem Fahrzeug; ihre Leiden zu vervollständigen, mussten die Rationen auf ein Viertel herabgesetzt werden, um nur den Hunden ihr volles Futter zu sichern.

Auf Jagdbeute konnte man leider auch nicht rechnen – sie waren nur noch mit sieben Schuss Pulver versehen und sechs Kugeln war ihr ganzer Vorrat. Auf mehrere weiße Hasen und einige Füchse, die übrigens beide nur selten zu sehen waren, hatte man, ohne zu treffen, geschossen.

Freitags, am 15., war der Doktor so glücklich, eine Robbe zu entdecken, die auf dem Eis lag. Er verwundete sie durch mehrere Schüsse, und da das Tier durch sein schon zugefrorenes Loch nicht entwischen konnte, wurde es bald erreicht und erschlagen. Es war ein großes Exemplar; Johnson weidete es kunstgerecht aus, aber bei seiner außerordentlichen Magerkeit bot es den Reisenden nur wenig Nahrung, da sie sich nicht entschließen konnten, nach Art der Eskimos dessen Tran zu trinken.

Der Doktor versuchte zwar mit aller Überwindung, diese widerliche Flüssigkeit zu verschlucken, aber er musste trotzdem davon abstehen. Das Fell des Tieres hob er, ohne recht zu wissen wozu, nur so nach Jägergewohnheit, auf und barg es im Schlitten.

Am Morgen des Sechzehnten entdeckte man einige höhere und niedrigere Eisberge am Horizont. War das ein Anzeichen der nahen Küste oder nur die Folge von Bewegungen des Eismeeres? Die Entscheidung hierüber war schwer.

Einen dieser Spitzhügel benutzten die Reisenden, als sie dahin gelangt waren, um mithilfe der Eisklingen sich darin ein besseres Obdach, als das Zelt bot, auszuhöhlen, und nach drei Stunden unausgesetzter Arbeit konnten sie sich schon um den behaglichen Ofen lagern.

Viertes Kapitel.

Der letzte Schuss Pulver.

Johnson hatte auch die müden Hunde mit in das Eishaus geführt; bei reichlichem Schneefall bereitet dieser den Tieren eine Decke, die ihre natürliche Wärme zusammenhält. Aber jetzt wären die armen Tiere bei einer trockenen Kälte von fast vierzig Grad in freier Luft ohne Zweifel bald erfroren.

Johnson, der sich viel mit dem Abrichten von Hunden beschäftigte, versuchte die Tiere mit dem schwärzlichen Robbenfleische, das ihnen widerstand, zu füttern, und zu seiner großen Freude schien das ihnen gar nicht übel zu munden, wovon er dem Doktor bald Nachricht gab. Dieser war gar nicht besonders erstaunt darüber; er wusste, dass sich im Norden Amerikas die Pferde vorwiegend von Fischen nähren, und was dem pflanzenfressenden Rosse genügte, das musste wohl den fleisch- und pflanzenfressenden Hunden gelegen kommen.

Bevor er sich niederlegte, wollte der Doktor, obschon der Schlaf den Reisenden, die sich wieder fünfzehn Meilen über das Eis geschleppt hatten, sich dringend geltend machte, ihnen ihre tatsächliche Lage klar machen, ohne den Ernst derselben herabzusetzen.

»Wir sind erst unterm zweiundachtzigsten Breitegrade, sagte er, und schon drohen uns die Lebensmittel zu fehlen.

– Das ist ein Grund mehr, erwiderte Hatteras, um keinen Augenblick zu verlieren. Wir müssen vorwärts! Die Stärkeren mögen die Schwächeren fortziehen.

– Werden wir an bezeichneter Stelle auch ein Schiff finden? Fragte Bell, den die Strapazen der Reise trotz seiner Gegenwehr niederdrückten.

– Warum sollten wir das bezweifeln? Das Heil des Amerikaners ist auch das unsere«, antwortete Johnson.

Zu größerer Sicherheit wollte der Doktor noch einmal Altamont befragen; dieser sprach jetzt, wenn auch schwach, doch mit größerer Leichtigkeit; er bestätigte nur alle früher angegebenen Einzelheiten; er wiederholte, dass das auf felsigem Ufer gelagerte Fahrzeug seinen Ort nicht zu verändern imstande sei, und dass es sich also bei hundertzwanzig Grad fünfzehn Minuten Länge und dreiundachtzig Grad fünfunddreißig Minuten Breite finden müsse.

»Wir können an der Richtigkeit dieser Aussage nicht zweifeln; die Schwierigkeit wird nicht darin liegen, den Porpoise aufzufinden, sondern ihn nur zu erreichen.

– Wie viel haben wir noch Proviant? Fragte Hatteras.

– Etwa noch für drei Tage.

– Nun gut, so werden wir binnen drei Tagen dort ankommen müssen, sagte der energische Kapitän.

– Freilich ist das nötig, fuhr der Doktor fort, und wenn wir es durchführen, werden wir es dem Wetter zu danken haben, das uns ganz auffallend günstig war. Fünfzehn Tage sind wir von Schnee verschont geblieben, und der Schlitten glitt leicht über das feste Eis. O, dass wir nicht noch zwei Zentner Nahrungsmittel haben, unsere braven Hunde wären dann leicht dieser Aufgabe gewachsen. Doch wir müssen uns wohl ins Unvermeidliche fügen.

– Könnte man denn, entgegnete Johnson, nicht mit ein wenig Glück und Geschick die paar Schuss Pulver verwenden, welche uns noch blieben? Wenn wir einen Bären erlegten, wären wir für den ganzen Rest der Reise versorgt.

– Ohne Zweifel, sagte der Doktor, aber diese Tiere sind selten und flüchtig. Und gerade, wenn man daran denkt, was von dem Erfolge eines Schusses alles abhängt, zittert die Hand und versagt das Auge.

– Sie sind doch ein tüchtiger Schütze, sagte Bell.

– Ja, aber nur dann, wenn nicht die Beschaffung der Nahrung für vier Mann von meiner Fertigkeit abhängt; gibt es aber der Zufall, so will ich mein Bestes tun. Für jetzt, liebe Freunde, begnügen wir uns mit diesen dünnen Pemmikanschnitten und suchen zu schlafen. Morgen früh mag es weiter gehen.«

Schon nach kurzer Zeit lagen alle, von übermäßiger Müdigkeit bewältigt, trotz aller Gedanken, die sie beschäftigten, in tiefem Schlafe.

Am Sonnabend darauf weckte Johnson frühzeitig; die Hunde kamen an den Schlitten und fort ging's nach Nordwesten.

Der Himmel war prächtig, die Luft überaus rein, und die Temperatur sehr niedrig. Als die Sonne über dem Horizont erschien, hatte sie die Form einer langen Ellipse; ihr horizontaler Durchmesser erschien durch eine sonderbare Strahlenbrechung doppelt so groß als der vertikale. Klar, aber kalt, schossen ihre Strahlenbündel über die ungeheuren Eisberge. Schon diese Rückkehr zum Licht, wenn auch nicht zur Wärme, erfreute die Wanderer.

Der Doktor schweifte, trotz Kälte und Verlassenheit, mit dem Gewehre eine bis zwei Meilen weit allein herum; vorher hatte er seine Munition sorgsam gemustert: Er hatte nur noch vier Schuss Pulver und drei Kugeln, mehr nicht; und wie wenig war das, wenn man bedenkt, dass der starke und lebenszähe Eisbär oft erst auf den zehnten bis zwölften Schuss fällt.

Der Ehrgeiz des Jägers war auch gar nicht auf ein so großes Wild gerichtet; nach einigen Hasen oder zwei bis drei Füchsen sehnte er sich aber doch, die dem Proviant einen erheblichen Zuwachs herbeigeführt hätten.

Wenn er aber im Laufe dieses Tages ein derartiges Tier in Sicht bekam, konnte er ihm entweder nicht nahe genug kommen, oder es täuschte die Strahlenbrechung sein Auge, und er feuerte vergeblich; dieser Tag kostete ihm also eine vergeudete scharfe Ladung.

Seine Gefährten, die schon voller Freude waren, als sie den Knall seines Gewehres hörten, sahen ihn gesenkten Kopfes zurückkehren; sie sprachen kein Wort darüber; man legte sich am Abend nieder wie gewöhnlich, nachdem noch die beiden letzten Viertelrationen sorgfältig zurückgelegt waren.

Am folgenden Tage schien die Reise mehr und mehr beschwerlich zu werden. Man ging nicht mehr, man schleppte sich. Die Hunde hatten die Robbe bis auf die Eingeweide verzehrt und nagten schon wieder an dem Lederzeug.

Einige Füchse trabten in ziemlich großer Entfernung vorbei, und nachdem der Doktor einmal, ohne zu treffen, darauf geschossen hatte, wagte er es nicht, seine letzte Kugel und vorletzte Pulverladung an dieses unsichere Ziel zu setzen.

Abends machte man bei Zeiten Halt. Die Reisenden konnten kaum noch einen Fuß vor den andern setzen, und obschon der Weg durch ein prachtvolles Nordlicht erhellt war, mussten sie doch rasten.

Die letzte Mahlzeit am Sonntagabend wurde in trauriger Stimmung eingenommen. Wenn der Himmel ihnen jetzt nicht beistand, waren sie verloren. Hatteras sprach nicht; Bell dachte wohl gar nicht mehr; Johnson brütete still vor sich hin; nur der Doktor verzweifelte noch nicht.

Johnson hatte den Einfall, für die Nacht einige Fallgruben anzulegen, da er aber keine Lockspeise hineinzulegen hatte, versprach er sich selbst nicht viel davon; er täuschte sich darin nicht; denn als er am Morgen darauf nachsah, fand man wohl Spuren von Füchsen, aber keiner von den Schlauköpfen war in die leere Falle gegangen.

Er kam sehr entmutigt zurück, als er einen sehr großen Bären bemerkte, der den Schlitten in einer Entfernung von etwa hundertfünfzig Schritten witterte. Dem alten Seemann kam der Gedanke, es habe ihn die Vorsehung bestimmt, diese unerwartete Beute zu erlegen; ohne seine Gefährten zu wecken, bemächtigte er sich der Flinte des Doktors und war dem Tiere bald zur Seite.

Als er in Schussweite war, legte er an, doch als er schon den Drücker berühren wollte, fühlte er seinen Arm zittern; seine großen Fellhandschuhe behinderten ihn auch; schnell zog er sie aus und ergriff das Gewehr mit sicherer Hand.

Plötzlich entfuhr ihm ein Schmerzensschrei; seine Finger klebten vermöge der Kälte des Laufes an diesem, während gleichzeitig die Waffe zu Boden fiel, sich entlud und die letzte Kugel in die Luft jagte.

Durch den Knall aufgescheucht, lief der Doktor herzu; er durchschaute alles; das aufgeschreckte Tier trottete ruhig von dannen. Johnson verzweifelte und dachte gar nicht mehr an seine eigenen Leiden.

»Ich bin doch eine rechte Memme! Rief er aus, ein Kind, das nicht den geringsten Schmerz ertragen kann. O Jammer! Was bin ich so alt geworden!

– Hallo, Johnson, sagte da der Doktor, kommen Sie herbei; Sie werden erfrieren. Da, Ihre Hände sind schon ganz weiß, kommen Sie, kommen Sie!

– Ich bin Ihrer Besorgnis nicht wert, Herr Clawbonny, erwiderte der Rüstmeister, lassen Sie mich nur!

– Aber so kommen Sie doch, Sie Starrkopf! Kommen Sie! Es könnte bald zu spät sein.«

Der Doktor musste den grauen Seemann bis unter das Zelt fortziehen, wo er ihn die Hände in ein Gefäß mit Wasser halten ließ, das zwar der Ofen aus Eisstücken zusammengeschmolzen, aber noch nicht erwärmt hatte; aber kaum waren Johnsons Hände darin, als auch schon das Wasser, wo es sie berührte, gefror.

»Sie sehen, dass es höchste Zeit war, hereinzukommen, sagte der Doktor, sonst hätte ich in die Lage kommen können, Sie zu amputieren.«

Dank seiner Pflege war nach etwa einer Stunde jede Gefahr vorüber, aber doch hatte es wiederholter Abreibungen bedurft, das Blut in den Händen des alten Seemanns wieder in Umlauf zu bringen. Der Doktor empfahl ihm noch besonders, die Hände nicht dem warmen Ofen zu nähern, was nicht ohne sehr üble Folgen geblieben sein würde.

An diesem Morgen nun musste man das Frühstück entbehren; Pemmikan oder Salzfleisch – Nichts war mehr da; keine Schnitte Zwieback. Kaum noch ein halbes Pfund Kaffee. Man musste sich wohl oder übel mit diesem erwärmenden Getränk begnügen, und setzte sich dann in Marsch.

»Nun sind wir am Ende! Sagte Bell zu Johnson im Tone der Verzweiflung.

– Vertrauen wir Gott! Erwiderte der alte Seemann, er ist allmächtig genug, uns zu retten.

– O, dieser Kapitän Hatteras! Von seinen früheren Zügen ist er wohl zurückgekehrt, der Verblendete! Von diesem kehrt er niemals wieder, und auch wir werden die Heimat nicht mehr sehen.

– Mut, Bell! Ich gebe zu, dass der Kapitän ein Waghals ist, aber neben ihm ist noch ein anderer Mann, der nie um einen Ausweg verlegen ist.

– Der Doktor Clawbonny? Fragte Bell.

– Derselbe, antwortete Johnson.

– Was vermag er in unserer Lage zu tun? erwiderte Bell mit Achselzucken. Wird er die Eisschollen in Fleisch verwandeln können? Ist er ein Gott, der Wunder tut?

– Wer weiß es! Setzte Johnson allen Zweifeln seines Gefährten entgegen. Ich wenigstens habe Vertrauen zu ihm.«

Bell zog den Kopf ein und versank wieder gedankenlos in düsteres Schweigen.

Drei Meilen legte man an diesem Tage zurück; zum Abend gab es – Nichts zu essen; die Hunde drohten einander aufzufressen, und nur mit Mühe kämpften die Menschen den nagenden Hunger nieder.

Kein Tier war sichtbar. Was hätte es auch genützt? Man konnte nur noch mit dem Messer jagen. Nur Johnson glaubte, etwa eine Meile unter dem Winde, den Bär zu bemerken, welcher der unglücklichen Gesellschaft nachtrabte.

»Der lauert uns auf, sagte er sich, er hält uns schon für eine sichere Beute!«

Gegen seine Genossen sprach sich Johnson nicht darüber aus; abends machte man wie gewöhnlich Halt. Die ganze Abendmahlzeit bestand aus Kaffee. Die Unglücklichen bemerkten, wie ihre Augen sich trübten und ihr Gehirn eingenommen wurde; gepeinigt von wütendem Hunger vermochten sie keine Stunde Schlaf zu finden; wilde und schmerzliche Träume betäubten ihren Geist.

Unter einem Breitegrade, wo der Körper um so gebieterischer eine kräftigere Kost verlangt, hatten die Unglücklichen nun, am Mittwochmorgen, seit sechsunddreißig Stunden Nichts gegessen. Mit fast übermenschlicher Anstrengung nahmen sie doch ihren Weg wieder auf und drückten noch den Schlitten vorwärts, den die Hunde nicht mehr zu ziehen vermochten.

Nach zwei Stunden sanken sie erschöpft zusammen. Hatteras wollte noch weiter gehen. Er, der immer Energische, wandte alle Vorstellungen, alle Bitten an, auch seine Genossen dazu zu bewegen, aufzustehen, – vergeblich! Das hieß auch etwas Unmögliches verlangen.

Mithilfe Johnsons arbeitete er noch eine Höhle in einem Eisberge aus. Es sah aus, als ob die beiden Männer ihr Grab grüben.

»Vor Hunger will ich wohl sterben, sagte Hatteras, aber nicht vor Kälte.«

Nach unendlicher Anstrengung war das Obdach fertig, und alle begaben sich hinein.

So verging der Tag. Am Abend, während alle schliefen, hatte Johnson eine Art Wahngesicht; er träumte von gigantischen Bären.

Dieses von ihm öfter wiederholte Wort erregte endlich die Aufmerksamkeit des Doktors, der, aus seiner halben Betäubung erwacht, den alten Seemann fragte, warum er immer von Bären, und von welchem er denn spreche.

»Von dem Bären, der uns folgt, erwiderte Johnson.

– Ein Bär, der uns folgt? Wiederholte der Doktor.

– Ja, seit zwei Tagen!

– So lange schon? Haben Sie ihn wirklich gesehen?

– Ja, er hält sich etwa eine Meile unter dem Winde.

– Und davon haben Sie mir Nichts gesagt, Johnson?

– Was hätte es genützt?

– Das ist wahr, sagte der Doktor, wir können keine Kugel nach ihm jagen.

– Ja, wir haben auch keinen Spieß, kein Stück Eis, nicht einmal einen Nagel!« setzte der Seemann hinzu.

Nachdenklich schwieg der Doktor. Bald sagte er zum Rüstmeister:

»Sie sind also sicher, dass das Tier uns nachfolgt?

– Ja, Herr Clawbonny, das wartet auf ein Gericht Menschenfleisch; es weiß, dass wir ihm nicht entgehen.

– Johnson! Rief der Doktor, erregt von dem verzweifelten Tone des Gefährten.

– Seine Nahrung ist ihm sicher, erwiderte der Arme, dem schon der Geist irrewurde; es wird hungrig sein, und ich sehe nicht ein, warum wir es warten lassen!

– Johnson, beruhigen Sie sich!

– Nein, Herr Clawbonny, da wir doch einmal dazu kommen müssen, warum sollen wir das Tier länger leiden lassen? Das hat Hunger, so gut wie wir, und es hat keine Robbe zu verzehren! Der Himmel sendet ihm Menschen, desto besser für den Bären!«

Der alte Johnson wurde närrisch, er schickte sich schon an, das Eishaus zu verlassen. Der Doktor hatte alle Mühe, ihn zurückzuhalten, und wenn ihm das gelang, so dankte er es nicht seinen Leibeskräften, sondern folgenden Worten, die er ihm aus des Herzens Überzeugung zurief:

»Morgen werde ich den Bären erlegen!

– Morgen, sagte Johnson, der aus einem schweren Traume zu erwachen schien.

– Morgen!

– Sie haben keine Kugel!

– Ich werde eine machen.

– Sie haben kein Blei!

– Nein, aber Quecksilber.«

Nach diesen Worten ergriff der Doktor das Thermometer. Es zeigte jetzt im Eishaus fünfzig Grad über null (+7° hunderteilig). Der Doktor ging hinaus, legte das Instrument auf eine Eisscholle, und kam bald wieder herein. Die äußere Temperatur war fünfzig Grad unter null (-47° hunderteilig).

»Also auf morgen, sagte er zu dem alten Seemann. Jetzt schlafen Sie und erwarten ruhig den Sonnenaufgang.«

Unter den Qualen des Hungers verstrich die Nacht; nur der Rüstmeister und der Doktor konnten sie durch einen schwachen Hoffnungsschimmer etwas mildern.

Beim ersten Tageslichte machte sich der Doktor, dem Johnson folgte, schon hinaus und lief zum Thermometer. Alles Quecksilber hatte sich in das untere Gefäß zurückgezogen und bildete einen kompakten Zylinder. Der Doktor zerbrach das Instrument und zog daraus, mit Handschuhen wohl bedeckt, ein wirkliches, kaum hämmerbares Stück Metall hervor, einen wahren Barren.

»O, Herr Clawbonny, rief der Rüstmeister erfreut, das ist wunderbar! O, Sie sind ein großer Mann!

– Nein, lieber Freund, ich bin eben nur ein Mensch mit gutem Gedächtnis, der viel gelesen hat.

– Was wollen Sie damit sagen?

– Ich erinnerte mich eben einer Bemerkung des Kapitäns Roß aus dessen Reiseberichten. Er hatte ein zolldickes Brett mit einer Kugel aus gefrorenem Quecksilber durchschossen; hätte ich Öl bei der Hand gehabt, so hätte das fast dasselbe getan, denn er erzählt auch, dass eine Kugel aus süßem Mandelöl, natürlich aus Gefrorenem, gegen einen Pfahl abgeschossen, denselben aufsplitterte und unzerbrochen zur Erde zurückprallte.

– Das ist unglaublich!

– Aber es ist doch so, Johnson. Da, dieses Stück Metall kann uns möglicherweise das Leben retten; lassen wir es bis zum Gebrauche an der Luft liegen und sehen zu, ob uns der Bär nicht bereits verlassen hat.«

In diesem Augenblicke trat Hatteras aus der Hütte, der Doktor zeigte ihm den kleinen Barren Quecksilber und teilte ihm den Gebrauch mit, den er davon machen wolle; der Kapitän drückte ihm schweigend die Hand, und die drei Jäger brachen auf.

Das Wetter war ganz klar. Hatteras war seinen Genossen vorausgeeilt und entdeckte den Bären auf etwa achtzehnhundert Schritt.

Das Tier hatte sich niedergesetzt; langsam bewegte es den Kopf und schnüffelte die ungewohnten Ausdünstungen seiner Wirte ein.

»Da ist er! Rief der Kapitän.

– Stille!« sagte der Doktor.

Aber als der große Vierfüßler die sich Nähernden sah, fiel es ihm gar nicht ein, von der Stelle zu weichen. Ohne Schrecken und auch ohne Wut sah er sie an. Dennoch war es nicht leicht, sich ihm genügend zu nähern.

»Meine Freunde, sagte Hatteras, es handelt sich jetzt hier nicht um ein bloßes Vergnügen, sondern um die Rettung unseres Lebens. Also handeln wir mit Klugheit!

– Ja, erwiderte der Doktor, wir haben nur einen Flintenschuss. Wir dürfen nicht fehlen; entflieht das Tier, so ist es für uns verloren, da es wohl einen Windhund im Laufe überholt.

– Also müssen wir gerade darauf losgehen. Das Leben gilt es, sagte Johnson, doch was tut das jetzt – ich will das meine daran wagen.

– Nein ich! Rief der Doktor.

– Das tue ich, sagte einfach Hatteras.

– Nein, nein, stritt Johnson dagegen, sind Sie nicht für das Wohl Aller nützlicher, als ich alter Mann?

– Nein, Johnson, erwiderte der Kapitän, lasst mich nur machen. Ich werde mein Leben nicht unnötig aufs Spiel setzen; es ist sogar möglich, dass ich Euch zu Hilfe rufen muss.

– Hatteras, fragte der Doktor, wollen Sie wirklich dem Bären zu Leibe gehen?

– Wär' ich nur sicher, ihn zu erlegen, so täte' ich's, wenn er mir auch den Schädel zerschlüge! Aber, wenn ich nahe komme, reißt er wohl aus. Es ist ein sehr listiges Tier, und wir müssen ihn überlisten.

– Was denken Sie zu tun?

– Ich will versuchen, mich ihm auf zehn Schritte zu nähern, ohne dass er mich bemerkt.

– Und wie das?

– Das Mittel ist kühn, aber einfach. Sie haben doch das Fell von der Robbe aufgehoben, die Sie erlegt haben?

– Es ist auf dem Schlitten.

– Gut, so wollen wir jetzt zurückkehren, während Johnson auf Wache bleibt.«

Der Rüstmeister glitt hinter einen Spitzhügel, der ihn den Blicken des Bären vollkommen entzog.

Dieser aber blieb ruhig auf seinem Platze und schnüffelte arglos weiter.

Fünftes Kapitel.

Robbe und Bär.

Hatteras und der Doktor kehrten nach der Hütte zurück.

»Sie wissen, sagte der Erstere, dass die Polarbären gern auf Robben Jagd machen, da sie ihnen vornehmlich als Nahrung dienen. Ganze Tage lauern sie denselben an Eisspalten auf, und erwürgen sie, sobald sie zutage kommen, zwischen ihren gewaltigen Tatzen. Ein Bär wird also bei der Erscheinung einer Robbe nicht erschrecken, sondern im Gegenteil darauf losgehen.

– Ich erkenne Ihre Absicht, sagte der Doktor, doch ist sie nicht ohne Gefahr.

– Aber Erfolg versprechend, antwortete der Kapitän, also muss sie ausgeführt werden. Ich werde dieses Robbenfell umhängen und auf dem Eis hinkriechen. Wir wollen keine Zeit verlieren. Laden Sie mir Ihr Gewehr.«

Was sollte der Doktor dagegen sagen? Er hätte ja dasselbe getan, was sein Gefährte jetzt vorhatte. Er nahm zwei Beile, eins für Johnson, das andere für sich, verließ das Haus und begab sich mit Hatteras nach dem Schlitten.

Dort machte Hatteras Jagdtoilette, d. h. er kroch in das Robbenfell, das ihn fast vollständig verhüllte.

Unterdessen lud der Doktor die Flinte mit dem letzten Pulverrest und setzte das Quecksilbergeschoss auf, das so hart wie Eis und schwerer als Blei war. Hatteras, dem er die Waffe übergab, verbarg sie unter dem Felle.

»So, nun gehen Sie mit zu Johnson, ich werde eine kurze Zeit zurückbleiben, um meinen Gegner irrezuführen.

– Nun Mut, Hatteras! Sagte der Doktor.

– Seien Sie ohne Sorgen, und jedenfalls lassen Sie sich nicht sehen, bevor ich geschossen habe.«

Schnell war der Doktor hinter dem Eishügel, der Johnson verbarg.

»Nun? Fragte dieser.

– Nur etwas Geduld, Hatteras wagt sein Leben, um uns zu retten.«

Der Doktor war selbst aufgeregt, er sah den Bären sich unruhig bewegen, als ob ihn eine nahe Gefahr bedrohe.

Nach einer kleinen Viertelstunde kroch die vermeintliche Robbe auf dem Eis daher; sie hatte einen Umweg um große Eisblöcke herum genommen, um den Bären desto sicherer zu täuschen; jetzt war sie noch dreihundert Fuß von diesem entfernt. Er bemerkte sie, stellte sich auf die Füße und suchte sich offenbar zu verbergen.

Hatteras ahmte mit großem Geschick die Bewegungen einer Robbe nach, und wenn ihm dies vielleicht auch nicht vollständig gelang, so ließ sich der Gegner doch davon täuschen.

»Da ist sie! Da ist sie!« sagte Johnson leise.

Die Robbe, die sich nun leise nach der Seite des Tieres heranschlich, schien dasselbe gar nicht zu bemerken; sie schien einen Spalt zu suchen, um in ihr nasses Element zurückzukehren.

Der Bär seinerseits schlich sich um einige Eisschollen und näherte sich ihr mit größter Vorsicht, doch aus seinen flammenden Augen sprach die brennende Begierde; seit einem, vielleicht seit zwei Monaten fastete er wohl, und jetzt warf ihm der Zufall eine sichere Beute in den Weg.

Nur zehn Schritte noch war die Robbe von ihrem Feinde entfernt; – dieser raffte sich auf, machte einen gewaltigen Sprung und blieb voll Staunen und Schrecken drei Schritte vor Hatteras stehen, der das Fell abgeworfen hatte und auf den Knien liegend schon nach des Bären Herzen zielte.

Der Schuss krachte – das Ungetüm wälzte sich auf dem Eis.

»Vorwärts! Vorwärts!« schrie der Doktor.

Von Johnson gefolgt, eilte er nach dem Kampfplatze.

Das große Tier hatte sich wieder aufgerichtet, focht mit der einen Tatze in der Luft, und raffte mit der anderen Schnee auf, den es auf seine Wunde schob.

Hatteras, ohne zu straucheln, wartete mit dem Messer in der Hand. Aber er hatte trefflich gezielt und mit sicherer Hand jenem eine gut sitzende Kugel zugesendet. Schon bevor seine Leute eintrafen, hatte er auch sein Messer dem Untier bis ans Heft in die Kehle gestoßen, das nun vollends umfiel, um sich nicht wieder zu erheben.

»Sieg! Sieg! Rief Johnson, und

– Hurra! Hurra!« der Doktor.

Hatteras betrachtete in aller Gemütsruhe mit gekreuzten Armen den gigantischen Körper.

»Nun habe ich zu tun, sagte Johnson. Es war zwar die Hauptsache, das Stück Wild abzutun, aber wir wollen nicht warten, bis es zu Stein gefroren ist, dann möchten unsere Zähne und unsere Messer nicht viel damit anfangen können.«

Johnson begann demnach das große Tier abzuhäuten, welches an Größe fast einem Stier gleichkam; es hatte neun Fuß in der Länge bei sechs Fuß Umfang; zwei tüchtige Fangzähne von drei Zoll Länge starrten aus seinen Kiefern.

Als Johnson den Bären öffnete, fand er nur Wasser in dessen Magen; offenbar hatte er seit langer Zeit Nichts gefressen; dennoch war er reichlich fett und wog über fünfzehnhundert Pfund. In vier Teile zerteilt lieferte jedes zweihundert Pfund Fleisch, und freudig schleppten die Jäger diese Fleischmasse nach der Eishütte, ohne das Herz des Tieres zu vergessen, das drei Stunden vorher noch kräftig geschlagen hatte.

Des Doktors Genossen hätten sich gerne sogleich auch auf das rohe Fleisch gestürzt, aber dieser hielt sie zurück, bis dasselbe geröstet sein werde.

Als Clawbonny in das Eishaus zurückkehrte, fiel es ihm auf, dass es darin so kalt war; das Feuer im Ofen fand er denn auch vollkommen erloschen.

Die Beschäftigungen am frühen Morgen und die darauf folgenden erregten Szenen hatten Johnson, dem das Nachlegen eigentlich zukam, seine Pflichten versäumen lassen.

Der Doktor wollte das Feuer wieder entzünden, aber er fand auch kein Fünkchen mehr in der kalten Asche.

»Nun denn, etwas Geduld«, sagte er für sich.

Er ging nach dem Schlitten, um Feuerschwamm zu holen, und verlangte von Johnson dessen Stahl und Stein.

»Der Ofen ist erloschen! Sagte er.

– Ei, daran bin ich schuld«, erwiderte Johnson.

Dieser suchte nun das Feuerzeug in der Tasche, in der er es immer trug, und wunderte sich, es nicht darin zu finden; er visitierte auch seine anderen Taschen vergebens; im Hause wandte er seine Lagerstätte nach allen Seiten um – vergebens.

»Nun?« fragte der Doktor.

Johnson kam zurück und sah seine Gefährten an.

»Ja das Feuerzeug, haben Sie es nicht etwa, Herr Clawbonny?

– Nein, Johnson.

– Auch Sie nicht, Kapitän?

– Nein, erwiderte Hatteras.

– Sie haben es doch immer selbst gehabt, sagte der Doktor.

– Ja wohl! Aber ich habe es nicht mehr ... murmelte erblassend der alte Seemann.

– Nicht mehr?!« rief der Doktor, der unwillkürlich erzitterte.

Es war kein anderes Feuerzeug vorhanden und der Verlust jenes einzigen konnte sehr üble Folgen haben.

»Suchen Sie ordentlich, Johnson«, mahnte der Doktor.

Dieser lief nach dem Schollenhaufen, von dem aus er den Bär beobachtet hatte; dann nach der Stelle, wo der Bär getötet wurde und er ihn ausgeweidet hatte. Aber verzweifelnd kam er mit leerer Hand zurück.

Hatteras sah ihn an, ohne ihm jedoch irgendwelchen Vorwurf zu machen.

»Das ist bitter, sagte er zum Doktor.

– Ja wohl, erwiderte dieser.

– Wir haben nun gar kein Instrument, nicht einmal ein Fernrohr, aus dem wir eine Linse nehmen könnten, um uns Feuer zu machen.

– Ich weiß es, meinte der Doktor, und das ist besonders traurig, da die Sonnenstrahlen leicht hinreichen würden, um mit ihrer Hilfe Schwamm zu entzünden.

– Nun, sagte Hatteras, so werden wir unseren Hunger mit rohem Fleische stillen müssen; dann nehmen wir den Marsch wieder auf und suchen das Fahrzeug zu erreichen.

– Ja, sagte der Doktor nachdenklich, das wäre der letzte Ausweg. Aber warum? – Man könnte versuchen ...

– Woran denken Sie? Fragte Hatteras.

– Da kommt mir ein Gedanke ...

– Ein Gedanke! Rief Johnson erfreut, ein Gedanke von Ihnen! O, dann ist uns geholfen.

– Ob er ausführbar sein wird, versetzte der Doktor, ist freilich noch eine Frage.

– Was denken Sie zu tun, sagte Hatteras.

– Wir haben keine Brennlinse, nun gut, so werden wir eine machen müssen.

– Was? Fragte erstaunt Johnson.

– Von einem Stück Eis, das wir zuschneiden.

– Wie? Sie glauben ...?

– Warum nicht? Es kommt ja nur darauf an, die Sonnenstrahlen auf einen Punkt zu sammeln, und dazu kann uns Eis so gut dienen, wie der schönste Kristall.

– Ist das möglich? Sagte Johnson.

– Gewiss; ich hätte nur gern Süßwassereis dazu, das ist durchsichtiger und härter.

– Nun, wenn ich mich nicht täusche, sagte Johnson, indem er nach einem kaum hundert Schritte entfernten Spitzhügel wies, so verrät jener dunklere Block mit grünlichem Schimmer ...

– Ja wohl, Sie haben recht; kommen Sie, Freunde, und Sie, Johnson, nehmen das Beil mit.«

Die drei Männer verfügten sich nach dem Schollenhaufen, den sie wirklich aus Süßwassereis bestehend fanden.

Der Doktor ließ ein Stück von etwa einem Fuß Durchmesser ablösen, das er erst im Groben mit dem Beil, später mit dem Eismesser bearbeitete; endlich polierte er es noch nach und nach mit Hilfe der Hand und erhielt so eine große durchsichtige Linse, die mit dem besten Kristall wetteiferte.

Dann ging er vor den Eingang des Hauses, nahm ein Stück Zündschwamm und begann sein Experiment.

Die Sonne stand in reinstem Glanze am Himmel; der Doktor hielt seine Eislinse in geeigneter Lage gegen ihre Strahlen, welche er auf dem Schwamme sammelte.

In wenigen Sekunden schon fing dieser Feuer.

»Hurra! Hurra! Rief Johnson aus der kaum seinen Augen traute. O, Herr Clawbonny! Herr Clawbonny! «

Der alte Seefahrer konnte seine Freude gar nicht zügeln; wie närrisch lief er hin und her.

Der Doktor war ins Haus zurückgegangen; in wenigen Minuten prasselte es im Ofen und bald weckte der köstliche Geruch eines Rostbratens auch Bell aus seinem Halbschlafe.

Es versteht sich wohl, dass mit dieser Mahlzeit ein wahres Fest gefeiert wurde, doch riet der Doktor seinen Genossen, ihre Begierde zu mäßigen, ging ihnen selbst mit gutem Beispiele voran und sprach noch beim Essen also:

»Wir haben heute einen Glückstag und ausreichende Provision bis zu Ende der Fahrt. Dennoch dürfen wir uns nicht durch lukullische Mahle einschläfern, sondern werden gut tun, bei Zeiten wieder aufzubrechen.

– Vom Porpoise können wir nur noch gegen achtundvierzig Stunden entfernt sein, sagte Altamont, der mehr und mehr der Sprache wieder Herr

– Ich hoffe, wir finden da etwas, um Feuer machen zu können, bemerkte lächelnd der Doktor.

– Gewiss, erwiderte der Amerikaner.

– Wenn mein Brennglas aus Eis auch ganz gut ist, so dürfte es an sonnenlosen Tagen doch den Dienst versagen, und solche Tage sind kaum sechs Grad vom Pol nicht eben selten.

– Wahrlich, seufzte Altamont, kaum sechs Grade! Mein Schiff ist soweit hinausgekommen, wie vor ihm noch kein anderes.

– Brechen wir auf! Befahl Hatteras kurz.

– Ja, vorwärts!« wiederholte der Doktor, der mit unruhigem Blicke die beiden Kapitäne musterte.

Schnell hatten die Reisenden ihre Kräfte wieder gewonnen; die Hunde waren reichlich mit den Abfällen vom Bären gefüttert worden, und mutig wandte man sich wieder gen Norden.

Unterwegs versuchte der Doktor von Altamont einigen Aufschluss über den Zweck seiner Reise, die ihn soweit nach dem Pol geführt hatte, zu erhalten; doch der Amerikaner gab nur ausweichende Antworten.

»Da gibt es zwei Männer zu überwachen, sagte Clawbonny dem alten Rüstmeister ins Ohr.

– Ja wohl! Bestätigte Johnson.

– Hatteras hat nie ein Wort für den Amerikaner, und dieser scheint auch wenig erkenntlich zu sein. Zum Glücke bin ich noch zur Vermittlung da.

– Herr Clawbonny, antwortete Johnson, seit dieser Yankee wieder lebendig geworden ist, verspricht mir seine Miene nicht viel Gutes!

– Entweder täusche ich mich arg, versetzte der Doktor oder er mutmaßt unseres Hatteras' Zwecke.

– Glauben Sie, dass der Fremde die nämlichen Absichten gehabt hat, wie wir?

– Wer weiß es? Johnson! Die Amerikaner sind unternehmend und kühn, und was ein Engländer ausführen wollte, konnte jener ja wohl auch versuchen.

– Sie glauben, dass Altamont ...?

– Ich glaube gar nichts, fiel der Doktor ein, aber die Lage seines Schiffes auf dem Wege zum Pol gibt doch zu denken.

– Altamont sagt aber, er sei wider Willen dahin verschlagen worden.

– Ja, er sagte es, aber er schien mir dabei verstohlen zu lächeln.

– Zum Teufel! Herr Clawbonny, eine Rivalität zwischen zwei Männern dieses Schlages könnte unter unseren Umständen eine schlimme Sache werden.

– Gott gebe, dass ich mich täusche, Johnson, aber das kann schwere Verwickelungen nach sich ziehen, die vielleicht gar zu gewaltsamer Lösung führen.

– Hoffentlich wird Altamont nie vergessen, dass wir ihm das Leben gerettet haben.

– Und er jetzt uns, nicht wahr? Ich gebe zu, dass er ohne unsere Hilfe jetzt nicht mehr lebte, was wäre aber ohne ihn, ohne sein Schiff und die Hilfsquellen, die es birgt, aus uns geworden?

– Nun, Herr Clawbonny, Sie sind ja bei der Hand; Sie werden hoffentlich alles zum Besten lenken.

– Ich hoffe es wenigstens auch, Johnson.«

Der Marsch ging ohne besonderen Zwischenfall weiter; Bärenfleisch gab es ja genug, und so hielt man reichliche Mahlzeiten. Durch des Doktors Scherze und seine liebenswürdige Weltanschauung belebte sogar ein gewisser Humor die kleine Truppe. In seinem wissenschaftlichen Quersack fand er immer Anknüpfungspunkte, aus dem und jenem Belehrungen abzuleiten. Seine Gesundheit blieb immer gut; trotz aller Anstrengungen und Entbehrungen war er nicht besonders abgemagert; an der unverwüstlich guten Laune hätten ihn seine Freunde in Liverpool allemal wieder erkannt.

Als der Sonnabend Morgen herankam, änderte sich die Natur der ungeheuren Eiswüste merklich. Übereinander geworfene Schollen, einzelne häufigere Erhöhungen und Spitzhügel bewiesen, dass das Eisfeld hier unter den Einwirkungen anderer Elementarkräfte stand; offenbar hatte ein unbekanntes Land, vielleicht eine neue Insel, hier das Fahrwasser verengt und dadurch jenes Durcheinander erzeugt. Blöcke von Süßwassereis, die häufiger und größer sich fanden, deuteten auch auf eine nahe Küste.

Sicher existierte in geringer Entfernung noch ungesehenes Land, und der Doktor brannte vor Begierde, die Karten der Umgebungen des Nordpols mit dessen Einzeichnung zu bereichern. Man kann sich wohl vorstellen, welches Vergnügen es gewähren muss, unerforschte Küsten aufzunehmen und mit dem Bleistift ihre Form und Lage zu fixieren; das war, während Hatteras nur seinen Fuß auf den Pol der Erde setzen wollte, des Doktors Absicht, und mit Freude dachte er schon im Voraus an die Namen, die er den Meeren und Meerengen, den Bayen und kleineren Einbuchtungen des neuen Kontinentes verleihen würde. Sicher würde er in diesem glorreichen Verzeichnis weder seine Gefährten, noch seine Freunde, »Ihre huldreiche Majestät« oder die königliche Familie vergessen, aber auch sich selbst wollte er nicht ganz übergehen, und bereits sah er mit einer gewissen berechtigten Befriedigung auch schon etwa ein »Kap Clawbonny« vor seinem geistigen Auge.

Den ganzen Tag über fesselten ihn derlei Gedanken. Abends wurde das Nachtquartier in gewohnter Weise bereitet, und alle nach der Reihe taten ihre Wache, in der letzten Nacht vielleicht, die sie vor der Entdeckung eines neuen Kontinentes verbrachten.

Am folgenden Tage, dem Sonntag, zogen die Reisenden nach einem tüchtigen Frühstück von Bärentatzen, welche vortrefflich mundeten, weiter nach Norden mit etwas Abweichung nach Westen; zwar wurde der Weg beschwerlicher, doch schritt man rasch vorwärts.

Mit fieberhafter Anspannung beobachtete Altamont von dem Schlitten aus den Horizont. Seine Gefährten waren ebenso die Beute einer unwillkürlichen Unruhe. Die letzten Sonnenbeobachtungen hatten genau eine Breite von 83°35' und einer Länge von 120°15' ergeben.

Das war der Punkt, wo das amerikanische Schiff sich finden sollte; die Entscheidung zwischen Leben oder Tod musste also noch diesen Tag fallen.

Endlich, es war gegen Nachmittags zwei Uhr, brachte Altamont durch einen widerhallenden Aufschrei die kleine Gesellschaft zum Stillstand. Er hatte sich ganz aufgerichtet, und mit den Fingern nach einer weißen

Masse zeigend, die jeder Andere freilich noch mit den benachbarten kleinen Eisbergen verwechselt hätte, rief er laut hinaus:

»Der Porpoise!«

Sechstes Kapitel.

Der Porpoise.

Der 24. März war der Tag jenes hohen Festes, des Palmsonntags, an dem die Straßen der Dörfer und Städte des südlicheren Europas mit Blumen und Blättern überstreut sind; dann klingen die Glocken durch die Lüfte und die Atmosphäre füllt sich mit köstlichem Wohlgeruch.

Welch' trostloses Schweigen herrschte dagegen hier in diesem verlassenen Lande! Ein scharfer, fast schmerzender Wind fegte darüber hin, aber kein abgefallenes Blatt, kein Grashälmchen wehte er daher.

Und dennoch war dieser Sonntag ein Freudentag für unsere Reisenden, denn endlich hatten sie Ersatz für die ihnen entzogenen Hilfsmittel gefunden, deren Mangel so nahe daran gewesen war, ihnen ein trauriges Ende zu bereiten.

Sie verdoppelten ihre Schritte; die Hunde zogen kräftiger, freudig bellte Duk und bald erreichten sie das amerikanische Schiff.

Der Porpoise war total in Schnee begraben. Man sah an ihm weder Masten noch Rahen oder Tauwerk. Sein ganzes Takelwerk hatte der Schiffbruch zerstört; zwischen nicht sichtbaren Felsen lag der Rumpf desselben eingezwängt. Durch die Gewalt des Stoßes war das Fahrzeug auf die Seite gelegt und der geöffnete Schiffsraum versprach als Wohnung wenig Behaglichkeit.

Hiervon überzeugten sich der Kapitän, der Doktor und Johnson bald, als sie nicht ohne Mühe in das Innere desselben gedrungen waren; über fünfzehn Fuß Eis waren wegzuschaffen, bevor sie zu den Vorratsräumen gelangten; zur Freude Aller sah man aber, dass die wilden Tiere, von denen sich zahlreiche Spuren fanden, nicht zu dem ihnen besonders wichtigen Proviant gelangt waren.

»Wenn wir hier nur, sagte Johnson, Feuerung und Lebensmittel genug haben, als Wohnung scheint mir dieser Rumpf nicht besonders tauglich.

– Nun wohl, dann werden wir ein Eishaus bauen, meinte Hatteras, und uns auf diesem Lande so gut als möglich einrichten.

– Gewiss, erwiderte der Doktor, aber nur keine Überstürzung. Zur Not können wir vorläufig immerhin in dem Schiffe wohnen; unterdessen errichten wir ein solides Haus, das uns gegen den Frost und den Angriff wilder Tiere schützt. Ich werde den Architekten abgeben und Sie sollen mich bald bei der Arbeit sehen.

– Ich bezweifle gar nicht Ihr Geschick dazu, Herr Clawbonny, sagte Johnson; doch für jetzt richten wir uns hier nach besten Kräften ein, und könnten eine Umschau halten über das, was noch in dem Schiffe da ist; leider sehe ich weder ein kleineres noch ein größeres Boot, und diese Reste sind in zu schlechtem Zustande, um daraus ein kleines Fahrzeug zu bauen.

– Wer weiß! Entgegnete der Doktor, kommt Zeit, kommt Rat! Jetzt handelt es sich aber nicht darum, zu Schiff zu gehen, sondern eine dauernde Wohnung zu beschaffen. Ich schlage also vor, vorläufig alle anderen Projekte fallen zu lassen, und jedes Ding zu seiner Zeit zu tun.

– Weise gesprochen! Bestätigte Hatteras; lasst uns mit dem Nötigsten anfangen?«

Die drei Gefährten verließen also das Schiff, gingen zum Schlitten und teilten Bell und dem Amerikaner ihre Absichten mit; Bell war gleich bereit, ans Werk zu gehen; der Amerikaner schüttelte den Kopf, als er hörte, dass mit seinem Schiffe nichts anzufangen sei; da aber weitere Auseinandersetzungen darüber jetzt doch fruchtlos gewesen wären, hielt man sich daran, vorläufig ein Obdach im Porpoise zu suchen und an der Küste eine geräumige Wohnung zu errichten.

Um vier Uhr nachmittags waren die fünf Reisenden wohl oder übel im Zwischendeck untergebracht. Mittelst Sparren und Bruchstücken von Masten hatte Bell einen nahezu waagerechten Fußboden hergestellt. Die durch den Frost erhärteten Lagerteile wurden hineingeschafft; die Wärme eines Ofens versetzte sie bald wieder in brauchbaren Zustand; Altamont konnte sich, gestützt auf den Doktor, ohne zu große Mühe nach der ihm reservierten Ecke begeben. Als er den Fuß wieder in das eigene Schiff setzte, ließ er einen Laut der Befriedigung vernehmen, der dem Rüstmeister nicht das beste Anzeichen zu sein schien.

»Er fühlt sich zu Hause, sprach der alte Seemann zu sich; und sieht es nicht aus, als ob er uns einlüde?«

Den Rest des Tages widmete man der Ruhe; einzelne Windstöße aus Westen deuteten auf einen Umschlag der Witterung; das Thermometer zeigte im Freien sechsundzwanzig Grad (-32° hunderteilig).

In summa befand sich der Porpoise über dem Kältepol hinaus und unter einer zwar nördlicheren, aber verhältnismäßig minder eisigen Breite.

Man schloss den Tag mit einer Mahlzeit aus Bärenfleisch, nebst Zwieback, das sich im untern Schiffsraume vorfand, und einigen Tassen Tee; dann siegte aber die Ermüdung und alle verfielen in tiefen Schlaf.

Am anderen Morgen erwachten alle Schicksalsgenossen erst etwas spät; ihre Gedanken waren in ganz anderen Richtungen beschäftigt; frei von der quälenden Sorge um den anderen Tag, dachten sie nur daran, sich recht wohnlich einzurichten. Diese Schiffbrüchigen fühlten sich fast wie Kolonisten, die an ihrem Ziele angelangt sind, und die Leiden der langen Reise vergessend nur die Zukunft sich erträglich zu gestalten suchen.

»Ah, rief der Doktor, die Arme ausstreckend, was ist es doch für ein Genuss, nicht fragen zu müssen, wo man den Abend schlafen, und was man den andern Tag essen werde.

– Wir wollen nur erst das Inventar aufnehmen«, sagte Johnson.

Der Porpoise war für eine sehr lange Fahrt ausgerüstet und mit Lebensmitteln versehen.

Die Inventur ergab an Provisionen Folgendes: sechstausendhundertfünfzig Pfund Mehl, Fett und Rosinen zu Pudding; zweitausend Pfund eingesalzenes Rind- und Schweinefleisch; fünfzehnhundert Pfund Pemmikan; siebenhundert Pfund Zucker und eben so viel Schokolade; anderthalb Kisten Tee, welche sechsundneunzig Pfund wogen; fünfhundert Pfund Reis; mehrere Fässer mit konservierten Früchten und Gemüsen; Zitronensaft, Löffelkraut, Sauerampfer und Kresse in Überfluss; dreihundert Gallonen Rum und Branntwein; in der Pulverkammer fanden sich große Vorräte an Pulver, Kugeln und Blei. Holz und Kohlen waren in sehr großer Menge da. Der Doktor musterte sorgfältig die physikalischen und navigatorischen Instrumente und fand zu seiner besonderen Freude eine starke Bunsensche Batterie, die zum Zwecke elektrischer Versuche mitgenommen war.

Kurz, die Vorräte aller Art reichten für fünf Menschen, bei reichlichen Rationen, gewiss über zwei Jahre lang, sodass alle Furcht, vor Hunger oder Frost umzukommen, verschwand.

»Nun wäre ja unsere Existenz gesichert, sagte der Doktor zum Kapitän, und es hindert uns nichts mehr, bis zum Pol vorzudringen.

– Bis zum Nordpol! Erwiderte Hatteras freudig erregt.

– Ohne Zweifel, fügte der Doktor hinzu, was sollte uns hindern, während der Sommermonate dahin eine Expedition zu Lande zu unternehmen?

– Über das Land, ja, aber wie über das Meer?

– Lässt sich nicht aus Teilen des Porpoise ein Boot erbauen?

– Eine amerikanische Schaluppe, nicht wahr, erwiderte Hatteras geringschätzig, und von jenem Amerikaner befehligt!«

Der Doktor durchschaute den Grund der Ablehnung des Kapitäns, und hielt es nicht für geraten, diese Frage jetzt weiter zu erörtern. Er ging also auf ein anderes Thema über.

»Jetzt, da wir wissen, welche Vorräte uns zur Hand sind, sagte er, würden wir an die Errichtung eines Magazins für diese und einer Wohnung für uns denken müssen. An Material dazu fehlt es ja nicht, und wir können uns ganz behaglich einrichten. Ich hoffe, Bell, schloss er, zum Zimmermann gewendet, dass Sie sich dabei selbst übertreffen werden; übrigens würde ich Ihnen mit gutem Rat gerne zur Hand gehen.

– Ich bin bereit, Herr Clawbonny, erwiderte Bell, aus den Eisblöcken hier baue ich zur Not eine ganze Stadt mit Häusern und Straßen ...

– Nun, nun, so viel brauchen wir nicht; nehmen wir uns die Agenten der Hudsons-Bay-Kompanie zum Muster: diese bauen sich kleine Forts zum Schutze gegen wilde Tiere und Indianer; das ist auch alles, was wir bedürfen, verschanzen wir uns, so gut als möglich; auf einer Seite stehe die Wohnung, auf der anderen die Magazine, geschützt durch einen Mittelwall und zwei Bastionen. Ich werde versuchen, hierzu meine ganzen Kenntnisse der Lagerkunst aufzufrischen.

– Meiner Treu, Herr Clawbonny, das weiß ich voraus, dass wir unter Ihrer Leitung etwas Rechtes zustande bringen.

– Nun, wohlan, Freunde, so wollen wir denn zunächst die Örtlichkeit dazu auswählen. Ein guter Ingenieur muss vor allem sein Terrain kennen. Kommen Sie mit, Hatteras?

– Ich verlasse mich ganz auf Sie, Doktor, erwiderte der Kapitän. Wählen Sie aus, während ich einmal die Küste besichtigen werde.«

Da Altamont noch zu schwach war, um sich an irgendeinem Vorhaben beteiligen zu können, wurde er auf dem Schiffe zurückgelassen, während die vier Engländer ans Land gingen.

Das Wetter war stürmisch und dunstig; zu Mittag zeigte das Thermometer elf Grad unter null (-23° hunderteilig), aber bei Windstille war die Temperatur ganz erträglich.

Nach der Uferbildung zu urteilen musste sich nach Westen hin, über Sehweite hinaus, ein jetzt freilich ganz erstarrtes Meer ausbreiten. Nach

Osten war es von einer abgerundeten Küste begrenzt, die, von tiefen Buchten zerrissen, sich zweihundert Yards hoch steil auftürmte; es bildete demnach eine ungeheure Bay, die von den Felsen umschlossen war, an denen auch der Porpoise scheiterte; weiter landeinwärts erhob sich ein Berg, dessen Höhe der Doktor auf achtzehnhundert Fuß schätzte. Gegen Norden verlief ein Vorgebirge im Meere, das einen beträchtlichen Teil der Bay zu decken schien. Aus der Eisfläche erhob sich auch eine kleinere Insel, oder besser ein Eiland, etwa drei Meilen von der Küste entfernt, welches, wenn es nicht zu schwierig war, den Eingang zu dieser Reede zu gewinnen, wohl einen sicheren und geschützten Ankergrund bieten musste. In einer Einbuchtung des Ufers befand sich sogar noch ein kleiner, für Fahrzeuge scheinbar leicht zugänglicher Hafen, vorausgesetzt, dass die Sommerwärme überhaupt jemals diesen Teil des arktischen Meeres schiffbar zu machen vermochte. Nach den Angaben Belchers und Pennys musste aber dieses ganze Meer während der Sommermonate frei sein.

Dicht an der Küste entdeckte der Doktor eine Art kreisrunden Plateaus von etwa zweihundert Fuß Durchmesser: es beherrschte die Bay auf drei Seiten; die vierte war durch eine natürliche senkrechte Mauer von hundertzwanzig Fuß Höhe abgeschlossen.

Nur durch einhauen von Stufen in das Eis war jenes zu ersteigen. Dieser Punkt schien vorzüglich geeignet, dort einen dauerhafteren Bau aufzuführen, da er sich auch leicht befestigen ließ; die erste Hand dazu hatte hier schon die Natur angelegt, und es galt nur, das Gebotene auszunützen.

Der Doktor, Bell und Johnson erstiegen die kleine Höhe, mussten sich aber mit der Axt den Weg durch und über das Eis zuhauen; sie fanden dieselbe völlig eben.

Als der Doktor sich von der Vortrefflichkeit des Ortes überzeugt hatte, beschloss er, die etwa zehn Fuß dicke Lage gefrorenen Schnees, welche ihn überdeckte, davon abzuräumen, denn für die Wohnung und die Magazine bedurfte es eines solideren Baugrundes.

Während des Montags, dienstags und mittwochs wurde nun eifrig daran gearbeitet; endlich kam der Urboden zutage, der aus feinkörnigem Granit bestand, dessen Kanten eine Glasschärfe aufwiesen; er enthielt ferner Granaten und Feldspatkristalle eingeschlossen, die unter der Hacke Funken gaben.

Der Doktor bestimmte nun die Größe und den Plan des Eishauses; es sollte vierzig Fuß lang, zwanzig tief und zehn hoch werden. Drei

Abteilungen desselben bildeten ein Wohnzimmer, einen Schlafraum und eine Küche, von denen Ersteres in der Mitte, der zweite zur Rechten und die Letztere zur Linken gelegen war; mehr Räumlichkeiten brauchten sie ja nicht.

Fünf Tage lang wurden die Arbeiten fortgesetzt. Das nötige Baumaterial fehlte ja nicht; die Eismauern mussten aber auch dick genug werden, um eintretendem Tauwetter zu widerstehen, denn auch für die Sommerzeit durfte man nicht wohl ohne sicheres Obdach sein.

Je mehr das Gebäude aufwuchs, ein desto netteres Aussehen gewann es; in der Front hatte es vier Fensteröffnungen, zwei für das Wohnzimmer und je eine für die anderen Räume; als Scheiben dienten, so wie es bei den Eskimos Sitte ist, besonders klare Eisschollen, durch welche, wie durch mattes Glas, genügend Licht eindrang.

Vor dem Wohnzimmer und zwischen seinen zwei Fenstern befand sich ein verdeckter Gang, von dem aus man in das Haus gelangte; eine gute Türe, die man aus der Kabine des Porpoise entnahm, verschloss diesen vollkommen. Als das Gebäude fertig war, freute sich der Doktor selbst darüber; schwierig würde es freilich gewesen sein, zu sagen, welchem Baustile es angehörte, obgleich der Architekt desselben seine Vorliebe für die in England so verbreitete sächsische Gotik aussprach; hier handelte es sich aber vor allem um die Dauerhaftigkeit des Baues; der Doktor begnügte sich also, die Fassade mit starken Strebepfeilern, gleich den kurzen dicken römischen Pfeilern, zu bekleiden. Oben lehnte sich ein steiles Dach an die Granitwand. Diese diente auch für die Rohre, welche den Ofenrauch ableiten sollten, als Stütze.

Als so der Rohbau vollendet war, ging man an die innere Ausstattung. Die Lagerstätten wurden aus dem Porpoise in den dafür bestimmten Raum rund um einen großen Ofen angebracht. Bänke, Stühle, Fauteuils, Tische, Schränke wurden in das Wohnzimmer gebracht, das auch als Speisezimmer diente. Endlich erhielt die Küche ihre Feuerungseinrichtungen aus dem Fahrzeuge nebst ihren verschiedenen Gerätschaften. Auf dem Boden ausgebreitete Segel vertraten die Stelle der Teppiche und dienten auch als Portieren vor den inneren Türöffnungen, die eines anderen Verschlusses entbehrten. Durchschnittlich hatten die Wände eine Stärke von fünf Fuß, sodass die Fensteröffnungen allerdings mehr wie Kanonenluken aussahen.

Alles dies war von größter Dauerhaftigkeit. Was konnte man mehr verlangen? Und wenn man gar immer auf den Doktor gehört hätte, was hätte der nicht alles aus Eis und Schnee, die auf jede Art und Weise so verwendbar sind, gebaut! Den ganzen Tag ersann er tausend herrliche Projekte, und wenn es ihm auch gar nicht einfiel, diese auszuführen, so würzte er doch die allgemeine Arbeit durch seine geistreichen Einfälle.

Ein Bücherliebhaber, wie er war, hatte er auch Krafts so seltenes Werk mit dem Titel: »Genaue Beschreibung des zu Petersburg im Januar 1740 errichteten Eishauses und aller darin befindlichen Gegenstände«, gelesen. Die Erinnerung daran reizte seinen erfindungsreichen Geist nur noch mehr. Eines Abends erzählte er selbst seinen Gefährten die Wunder dieses Eisbaues:

»Was man in Petersburg gemacht hat, sollten wir das nicht hier auch können? Was fehlt uns dazu? Nichts, nicht einmal die nötige Fantasie!

– Das war dort wohl sehr schön? Fragte Johnson.

– Das war feenhaft, guter Freund. Das Gebäude, welches auf Befehl der Kaiserin Anna errichtet wurde und in welchem sie im Jahre 1740 die Hochzeit eines ihrer Hofnarren feiern ließ, hatte ungefähr die Größe des Unsrigen; vor seiner Front aber lagen sechs Kanonen aus Eis auf ihren Lafetten; mehrmals schoss man mit Kugeln und auch nur mit Pulver daraus, ohne dass sie zersprangen; desgleichen waren Mörser für sechzigpfündige Geschosse ebenso hergestellt; wir könnten uns also zur Not eine ganze formidable Artillerie errichten; die Bronze für die Läufe ist nicht weit und fällt uns vom Himmel.

Ihren höchsten Triumph aber feierten Geschmack und Kunst am Fronton des Gebäudes, wo Eisstatuen von seltener Schönheit angebracht waren; der Aufgang bot den Blicken Blumenvasen und Orangebäume aus demselben Material; zur Rechten befand sich ein großer Elefant, der Tags über einen Wasserstrahl von sich gab, in der Nacht aber mittelst brennender Naphtha leuchtete. Hei! Was könnten wir uns für eine Menagerie herstellen, wenn wir nur wollten!

– Nun, was Tiere betrifft, warf Johnson ein, so werden uns diese nicht fehlen, und wenn sie auch nicht aus Eis sind, so dürften sie doch nicht minder interessant sein!

– Schön, erwiderte der kriegsmutige Doktor, wir werden uns gegen ihre Angriffe zu verteidigen wissen. Um aber auf besagtes Haus in Petersburg zurückzukommen, so will ich noch hinzufügen, dass darin Tische, Toiletten, Spiegel, Armleuchter, Kerzen, Betten, Matratzen, Kopfkissen, Vorhänge, Uhren, Stühle, Spielkarten, Schränke mit vollständigem Geschirr usw. - alles aus Eis, ziseliert, guillochiert, vom Bildhauer gearbeitet, kurz ein Mobiliar war, an dem absolut Nichts fehlte.

– Das war ja ein leibhaftiger Palast, sagte Bell.

– Ein ebenso prächtiger, als einer Herrscherin würdiger Palast. O, das Eis! Wie war die Vorsehung weise, das zu erfinden, was zu solchen Wundern ebenso geeignet, wie wohltätig für Schiffbrüchige ist!«

Die Ausstattung des Hauses nahm die Zeit bis zum 31. März in Anspruch; auf diesen Tag fiel das Osterfest, und so ward er der Ruhe gewidmet. Man verbrachte ihn ganz im Salon, in dem auch ein Gottesdienst abgehalten wurde, und alle hatten Gelegenheit, sich von der schönen Einrichtung des Eishauses zu überzeugen.

Am anderen Tage ging man an die Errichtung der Magazine und einer Pulverkammer; das erforderte wieder eine Woche Arbeit, eingerechnet der für die vollständige Ausladung des Porpoise nötigen Zeit, welche nicht ganz ohne Schwierigkeiten war, denn die wieder strengere Kälte ließ nicht lange dabei ausdauern.

Endlich, am 8. April, waren Brennmaterial, Provision und Munition auf festem Lande unter Dach und Fach. Die Magazine lagen nördlich, das Pulverhäuschen südlich, mindestens sechzig Fuß vom Hause entfernt. Neben den Magazinen wurde noch eine kleine Hütte erbaut, bestimmt die Grönländer Hunde zu beherbergen; der Doktor beehrte diese mit dem Namen: »Doggenpalast«. Duk teilte die allgemeine Wohnung.

Darauf beschäftigte sich der Doktor mit der Wehrbarmachung des Platzes. Unter seiner Leitung wurde die kleine Hochebene mit einer wahren Fortifikation aus Eis umgürtet, die sie vor jedem Überfall sicherte. Ihre Höhe bildete eine natürliche Böschung, und da diese weder vor noch einspringende Winkel bildete, war sie nach allen Richtungen hin gleich stark. Als der Doktor diese Art der Verteidigung entwarf, erinnerte er unwillkürlich an den würdigen Onkel Tobias Sternes, dessen milde Güte und gleichmäßig gute Laune er auch besaß. Man musste ihn sehen, wie er den Abhang der inneren Böschung, die Neigungswinkel der Wälle und die Breite des Laufwegs dahin berechnete. Aber mit dem so gefälligen Schnee machte sich die Arbeit so leicht, dass sie ein reines Vergnügen war, und der liebenswürdige Ingenieur vermochte seinen Eismauern eine Dicke von sieben Fuß zu geben. Da das Plateau die Bay beherrschte, brauchte er weder Gegenwall, noch äußere Böschung, noch Glacis anzulegen. Die Brüstung aus Schnee, welche den Umfangslinien des Plateaus folgte, lief bis an die Felsen und schloss sich an die zwei Seiten des Hauses an. Am 15. April waren die Lagerbauten vollendet, das Fort war nun fertig und der Doktor nicht wenig stolz auf sein Werk.

Der befestigte kleine Platz hätte in der Tat geraume Zeit den Angriffen eines Eskimostammes widerstehen können, wenn solche Feinde sich überhaupt je in so hohen Breiten gezeigt hätten. Die Küste aber zeigte gar nichts von menschlichen Spuren; auch Hatteras sah, als er die Küste aufnahm, niemals Reste von Hütten, wie sie in Gegenden, in welche noch Grönländer kommen, so häufig sind. Die Schiffbrüchigen vom Forward und dem Porpoise schienen die ersten Menschen zu sein, die diesen jungfräulichen Boden betraten.

Wenn aber auch von Menschen nichts zu fürchten war, so blieb das doch zweifelhaft bezüglich der Tiere, und das Fort hatte eben vorzüglich den Zweck, die wenigen Insassen gegen deren Angriffe zu schützen.

Siebentes Kapitel.

Eine kartologische Unterhaltung.

Während dieser Vorbereitungen zur weiteren Überwinterung hatte auch Altamont seine Gesundheit und seine Kräfte wiedergefunden; er konnte sich schon bei der Entladung des Schiffes mit beteiligen. Seine kräftige Konstitution hatte doch endlich gesiegt und die frühere Blässe wich nun bald dem wieder gesunden Blute.

Jetzt erwachte in ihm wieder der kraftvolle, lebhafte Mensch der Vereinigten Staaten, der energische und intelligente Mann mit entschlossenem Charakter, der unternehmende, kühne, zu Allem geschickte Amerikaner; er stammte aus New York und war fast von Kindheit auf zur See gewesen, wie er seinen neuen Gefährten mitteilte. Sein Schiff war von einer Gesellschaft reich er Kaufleute der Union ausgerüstet worden, an deren Spitze der weltberühmte Grinnell[1] stand.

Gewisse Beziehungen bestanden zwischen ihm und Hatteras; Ähnlichkeiten des Charakters wohl, aber keine Sympathien, sodass aus beiden Männern schwerlich zwei Freunde werden konnten. Im Gegenteil. Übrigens würde ein scharfer Beobachter bald genug Unterschiede zwischen beiden bemerkt haben; so schien zwar Altamont mehr Offenheit auf den Lippen zu tragen, ohne sie im Grunde zu besitzen, seinem Gehenlassen der Dinge paarte sich eine geringere Biederkeit; sein scheinbar so offener Charakter flößte doch weniger Vertrauen ein, als der verschlossene Kapitän. Dieser verlieh seinen Gedanken nur einmal den entsprechenden Ausdruck. Jener sprach viel, ohne immer etwas zu sagen.

So weit enträtselte sich der Doktor den Charakter des Amerikaners bald, und er ahnte mit Recht für später ein feindschaftliches Verhältnis, wenn nicht offenen Hass, zwischen den Kapitänen des Porpoise und des Forwards.

Von beiden konnte doch zuletzt nur einer den Befehl führen. Gewiss hatte Hatteras alles Anrecht, des Amerikaners Unterordnung zu erwarten; er hatte die Priorität und die Macht auf seiner Seite. Aber wenn der Eine das Haupt seiner Leute war, so befand sich der Andere an Bord seines Fahrzeugs. Und das spürte man.

---

[1] Ein reicher Reeder der Vereinigten Staaten, der auch die Kosten für die Expedition des Doktor Kane trug.

War es Politik oder Instinkt, jedenfalls schloss sich Altamont gleich anfangs dem Doktor an; er verdankte ihm das Leben, aber mehr noch als die Erkenntlichkeit fesselte ihn ein inneres Gefühl an diesen würdigen Mann. Es war die natürliche Folge des Charakters Clawbonny; wie die Halme im Sonnenschein, sprossten die Freunde rings um ihn. Man erzählt von Leuten, die um fünf Uhr früh aufgestanden seien, nur um sich Feinde zu erwerben; der Doktor tat es schon um vier und kam nicht dazu.

Doch suchte er von der Zuneigung Altamonts einen Vorteil zu ziehen, nämlich die wahre Ursache seiner Anwesenheit in den Polarmeeren zu erfahren. Aber bei all' seinem Wortreichtum antwortete der Amerikaner, ohne eigentlich zu antworten, und kam dabei immer auf sein beliebtes Thema von der Nordwest-Passage zurück.

Der Doktor legte der Expedition indes ein anderes Motiv unter; dasselbe, welches Hatteras befürchtete; ebenso beschloss er, die beiden Gegner niemals auf diesen Gegenstand zu bringen; aber das gelang doch nicht immer. Die einfachsten Unterhaltungen drohten oft wider seinen Willen dahin überzuspringen und jedes Wörtchen war imstande, als Funke das rivalisierende Interesse zu entzünden.

Wirklich kam das auch bald. Als das Haus fertig war, hatte der Doktor die Absicht, es durch ein festliches Mahl einzuweihen; es war ein guter Gedanke Clawbonnys, der hier die Gewohnheiten und Vergnügungen des europäischen Lebens einzuführen strebte. Bell hatte gerade zur rechten Zeit einige Ptarmigane und einen weißen Hasen, die ersten Boten des nahenden Frühlings, erlegt.

Am 14. April fand die Festlichkeit statt, am Sonntag Quasimodogeniti bei schönem trockenen Wetter; der Frost vermochte aber nicht in das Eishaus einzudringen, die knackenden Öfen überwanden ihn leicht.

Man speiste mit Vergnügen; das frische Fleisch war eine zu erwünschte Abwechslung gegenüber dem Pemmikan und dem Pökelfleisch; ein köstlicher Pudding von des Doktors Hand bereitet, erntete sogar ein da Kapo; man verlangte ihn noch einmal. Der gelehrte Küchenchef, die Schürze um die Hüften und das Messer im Gürtel, hätte der Küche des Lordkanzlers von England Ehre gemacht. Zum Dessert erschienen Liköre auf der Tafel. Die englischen Enthaltsamkeits-Vereine gelten in Amerika nicht, es war also kein Grund vorhanden, sich ein Glas Gin oder Brandy zu versagen; die anderen Tischgenossen, sonst ganz nüchterne Leute, heute konnten sie ja wohl einmal von der strengen Regel abweichen; kurz, auf des Arztes Aufforderung mussten sie sich zum Schluss der Mahlzeit alle einmal zutrinken. Bei einem Toast auf die Union hatte Hatteras einfach geschwiegen.

Da brachte der Doktor eine interessante Frage zur Sprache.

»Meine Freunde, sagte er, es ist nicht genug, dass wir die Meerengen, die Eisdecken und Eisfelder überwunden haben, und bis hierher vorgedrungen sind; wir haben nun noch eine Verpflichtung. Ich wollte Ihnen vorschlagen, dieses gastfreundliche Land, an dem wir Rettung und Ruhe gefunden haben, zu taufen; diese Gewohnheit haben die Seefahrer aus aller Welt, und es wird keinen geben, der sie unter gleichen Umständen nicht geübt hätte; bei unserer Rückkehr werden wir neben der hydrografischen Beschreibung der Küste auch die Namen der Kaps, der Bayen, Spitzen und Vorgebirge, die sie auszeichnen, angeben müssen. Das ist unumgänglich notwendig.

– Das ist wohl gesprochen, rief Johnson; sobald man alle diese Landstrecken mit ihrem bestimmten Namen bezeichnen kann, gibt ihnen das ein ernsteres Ansehen, und man hat fast nicht mehr die Berechtigung, sich als verlassen auf einem unbekannten Kontinent zu betrachten.

– Ohne das anzuschlagen, fügte Bell noch hinzu, dass es die etwaigen Reise-Instruktionen vereinfacht und die Befolgung der Befehle erleichtert; wir können bei einer Expedition, ja schon auf der Jagd, dazu kommen, uns voneinander zu trennen, und Nichts begünstigt mehr die Wiederauffindung eines Weges, als dass man ihn zu benennen weiß.

– Gut, sagte der Doktor, da wir nun einmal bei diesem Gegenstande sind, so wollen wir uns zunächst über die zu gebenden Namen verständigen und weder unsere Vaterländer noch unsere Freunde in dem Verzeichnis übergehen. Mich persönlich berührt, wenn ich die Augen auf eine Karte werfe, Nichts angenehmer, als dem Namen eines Landsmannes an einem Kap, an der Küste einer Insel oder auch mitten im Meere zu begegnen. Hier erweist die Erdkunde der Freundschaft einen liebenswürdigen Dienst.

– Sie haben recht, lieber Doktor, erwiderte der Amerikaner, und die Art und Weise, wie Sie das aussprechen, verleiht der Sache noch einen höheren Wert.

– Wohlan, entgegnete der Doktor, gehen wir mit Ordnung daran.«

Hatteras hatte sich noch nicht an der Unterhaltung beteiligt; er überlegte; als er aber die Augen der Anderen auf sich gerichtet sah, erhob er sich und sprach:

»Meiner unmaßgeblichen Meinung nach, und doch denke ich, dass ihr niemand hier widersprechen wird, – er sah dabei Altamont an – scheint es mir angemessen, unserer Wohnung den Namen ihres geschickten Architekten, des Besten unter uns, zu geben, und sie demnach 'Doktors-House' zu nennen.

– So ist es, antwortete Bell.

– Schön! Rief Johnson, das Haus des Doktors.

– Man kann nichts Besseres finden, setzte Altamont hinzu, ein Hurra dem Doktor Clawbonny!«

Ein dreifaches Hurra erschallte einstimmig, und Duk bellte voll Zustimmung dazu.

»So sei also, nahm Hatteras wieder das Wort, für jetzt diese Wohnung genannt, in der Erwartung, dass ein neues Land uns Gelegenheit geben wird, den Namen unseres Freundes daran zu knüpfen.

– Ah, sagte der alte Johnson, wenn das Paradies auf Erden noch keinen Namen hätte, der Name Clawbonny stände ihm am besten!«

Der Doktor, tief gerührt, wollte bescheiden ablehnen; es half ihm Nichts, er musste es geschehen lassen.

Es ward denn nun ganz gebührend festgestellt, dass dieses herzerquickende Mahl im großen Salon von Doktors-House abgehalten, in der Küche von Doktors-House bereitet war, und dass man sich in dem Schlafzimmer von Doktors-House freudig niederlegen werde.

»Nun wollen wir aber, sagte der Doktor, zu unseren wichtigeren Entdeckungen übergehen.

– Da ist dieses weite Meer, fuhr Hatteras fort, das uns umgibt, und dessen Wogen noch kein Schiff durchsegelte!

– Noch kein Schiff! Rief Altamont dazwischen, es scheint mir jedoch, dass man den Porpoise nicht vergessen dürfe, wenigstens, wenn er nicht über Land hierher gekommen ist, setzte er scherzend hinzu.

– Man könnte das fast glauben, erwiderte Hatteras, wenigstens in Anbetracht der Felsen, auf denen er jetzt schwimmt.

– Gewiss, Hatteras! Sagte Altamont etwas gereizt, aber, alles zusammengenommen, ist das nicht noch besser als in den Lüften zu verduften, wie der Forward?«

Schon wollte Hatteras lebhaft antworten, als sich der Doktor ins Mittel schlug.

»Meine Freunde, sagte er, es handelt sich jetzt nicht um Schiffe, sondern um ein neues Meer ...

– Es ist kein neues mehr, fiel ihm Altamont ins Wort. Es ist schon auf allen Karten des Pols benannt. Es heißt nördliches Polarmeer, und ich halte es nicht für angemessen, diesen Namen zu ändern; sollten wir später entdecken, dass es nur ein Meeresteil, etwa ein Golf sei, so wird es sich finden, was zu tun ist.

– Es sei, sagte Hatteras.

– Darin wären wir also einig, erwiderte noch der Doktor, der schon fast bedauerte, eine Diskussion hervorgerufen zu haben, welche die nationale Eitelkeit so sehr reizte.

– Dann beschäftigen wir uns also mit dem Lande, dessen Boden uns jetzt trägt, nahm Hatteras das Gespräch wieder auf. Mir ist nicht bekannt, dass es selbst auf den neuesten Karten schon einen Namen trüge!«

Als er so sprach, fixierte er Altamont, der seinen Blicken nicht auswich, sondern sagte:

»Sie könnten sich doch irren, Hatteras.

– Mich irren! Was? Dieses unbekannte Land ...

– Hat schon einen Namen«, setzte der Amerikaner ruhig fort.

Hatteras schwieg, aber seine Lippen zitterten.

»Und wie heißt es? Fragte der Doktor etwas erstaunt über die Versicherung des Amerikaners.

– Mein lieber Clawbonny, erwiderte dieser, es ist die Gewohnheit, um nicht zu sagen, das Recht jedes Seefahrers, ein Land, wo er zuerst anlandet, zu benennen. Mir scheint also, dass ich bei früherer Gelegenheit von diesem Rechte Gebrauch machen konnte, ja durfte ...

– Indessen ... sagte Johnson, den die Kaltblütigkeit des Yankees erregte.

– Man wird schwerlich behaupten, fuhr dieser unbeirrt fort, der Porpoise sei nicht an diese Küste gekommen; selbst angenommen, er sei über Land gekommen, so ändert das Nichts an der Sachlage, fügte er mit einem Blick auf Hatteras hinzu.

– Das ist eine Behauptung, die ich nicht gelten lasse, erwiderte Hatteras, der nur mit Mühe an sich hielt. Um etwas zu benennen, muss man es wenigstens entdecken, was Sie doch im Grunde nicht getan haben. Übrigens, mein Herr, Sie, der Sie uns Gesetze vorschreiben wollen, wo wären Sie ohne uns? Zwanzig Fuß unter dem Schnee!

– Und Sie, mein Herr, erwiderte lebhaft der Amerikaner, wo wären Sie jetzt ohne mein Schiff? Vor Hunger und Frost elend umgekommen!

– Meine Freunde, sagte der Doktor, der, so gut er konnte, sich ins Mittel legte, etwas Ruhe! Es wird sich alles machen. Hören Sie mich!

– Der Herr da, fuhr Altamont fort, indem er auf den Kapitän zeigte, mag allen weiteren Ländern, wenn er deren entdeckt, nach Belieben Namen geben, aber dieser Kontinent gehört mir! Ich könnte nicht einmal zugeben, dass er zwei Namen bekäme, wie das Grinnell-Land, das auch Prinz-Albert-Land heißt, weil ein Engländer und ein Amerikaner es fast gleichzeitig entdeckten. Hier liegt die Sache anders. Dass ich zuerst hinkam, ist unbestreitbar! Kein Schiff vor dem Meinigen ist nur mit seinem Plattbord an diese Küste gestreift. Keines Menschen Fuß hat vor dem Meinigen dieses Land betreten; ich habe ihm also einen Namen gegeben, und den wird es behalten.

– Und der ist? Fragte der Doktor.

– Neu-Amerika«, erwiderte Altamont.

Hatteras' Hände ballten sich krampfhaft auf dem Tische. Aber er hielt an sich, wenn auch nur mit großer Selbstüberwindung.

»Können Sie mir nachweisen, fragte Altamont noch einmal, dass ein Engländer je vor einem Amerikaner diesen Boden betreten hat?«

Johnson und Bell schwiegen, obgleich sie, ebenso zornig wie der Kapitän, über das herrische Auftreten ihres Gegners aufgebracht waren. Aber es war eben Nichts auf seine Frage zu erwidern.

Nach einigen Augenblicken peinlichen Schweigens nahm der Doktor wiederum das Wort.

»Freunde, sagte er, das vornehmste menschliche Gesetz ist die Gerechtigkeit; es schließt alle anderen in sich. Seien wir also gerecht und geben uns nicht falschen Gefühlen hin. Die Priorität Altamonts scheint mir hier allerdings unzweifelhaft. Darüber ist nicht zu rechten; wir werden später Revanche nehmen und England soll bei unseren Entdeckungen nicht zu kurz kommen. Lassen wir also diesem Lande den Namen Neu-Amerika. Aber Altamont hat, als er es so nannte, damit nicht der Bezeichnung der einzelnen Bayen, Landspitzen und Vorgebirge, die es enthält, vorgegriffen, und ich sehe keinen Grund, warum wir die Bay, in der wir uns befinden, nicht die Victoria-Bay nennen sollten?

– Keinen, entgegnete Altamont, wenn das Kap, welches sich dort ins Meer erstreckt, den Namen Kap Washington erhält.

– Sie hätten auch, rief Hatteras außer sich, einen für englische Ohren minder widerwärtigen Namen wählen können.

– Aber keinen teureren für ein amerikanisches, erwiderte Altamont voll Stolz.

– Halt! Halt! Fiel der Doktor ein, der alle Mühe hatte, in dieser kleinen Welt Frieden zu erhalten, keine solchen Auseinandersetzungen! Ein Amerikaner möge stolz auf seine großen Männer sein. Ehren wir das Genie, wo wir es auch antreffen; und da Altamont seine Wahl getroffen hat, so reden wir nun für uns und die Unseren. Was unseren Kapitän ...

– Doktor, sagte da der Letztere, das ist ein amerikanisches Land, und ich wünsche nicht, dass mein Name da verewigt wird.

– Ist das unwiderruflich? Fragte der Doktor.

– Unbedingt!« erwiderte Hatteras.

Der Doktor bestand nicht weiter auf diesem Punkte.

»Nun denn, so ist an uns die Reihe, sagte er, sich an den alten Seemann und den Zimmermann wendend; wir wollen hier einige Spuren unserer Fahrt zurücklassen. Ich schlage vor, die Insel, welche man dort in der Entfernung von etwa drei Meilen sieht, die Johnson-Insel zu nennen, zu Ehren unseres Rüstmeisters.

– O! Sagte dieser etwas verlegen, o, Herr Clawbonny!

– Den Berg, welchen wir da im Westen sehen, wollen wir Bell-Mount nennen, wenn unser Zimmermann zustimmt.

– Zu viel Ehre für mich, antwortete Bell.

– Es ist nur gerecht, erwiderte der Doktor.

– Es ist ganz gut so, bestätigte Altamont.

– Nun hätten wir also nur noch unser Fort zu taufen, sagte der Doktor; darüber wird es keinen Streit geben; weder ihrer huldreichen Majestät, der Königin Victoria, noch auch Washington verdanken wir es, jetzt hier gesichert zu sein, wohl aber der göttlichen Vorsehung, die uns alle rettete, indem sie uns zusammenführte. So soll es also Fort Providence heißen.

– Das ist gut ausgedacht! Meinte Altamont.

– Fort Providence, wiederholte Johnson, das klingt gut. Wenn wir also nun von unseren Ausflügen nach Norden zurückkehren, werden wir über Kap Washington gehen, um die Victoria-Bay zu erreichen, und von da nach Fort Providence, um Ruhe und Stärkung in Doktors-House zu finden.

– Einverstanden, sagte der Doktor. Später und je nach Maßgabe und der Wichtigkeit unserer Entdeckungen, werden wir andere Namen zu geben haben, die keine Veranlassung zu Streitigkeiten werden sollen, wie ich hoffe; denn, meine Freunde, hier müssen wir doch zueinanderhalten und uns lieben. Wir repräsentieren die ganze Menschheit auf diesem Küstenende. Geben wir uns nicht den abscheulichen Leidenschaften hin, welche die Gesellschaft zerreißen, vereinigen wir uns, stark und untrennbar im Ungemach zu sein. Wer weiß, welche Gefahren uns der Himmel noch aufgespart hat, welche Leiden unser noch warten, bevor wir die Heimat wiedersehen? Stehen wir fünf also für einen und lassen wir alle Eifersüchteleien beiseite, die vielleicht nirgends am Platze sind, hier aber wohl am wenigsten. Sie verstehen mich, Altamont? Und Sie auch, Hatteras?«

Die beiden Männer antworteten nicht, aber der Doktor tat so, als ob es geschehen wäre.

Später sprach man über andere Sachen. Es galt, die Jagd zu organisieren, teils um die Provision zu ersetzen, vorzüglich aber, in diese eine Abwechslung zu bringen; mit dem Frühjahr mussten weiße Hasen, Schneehühner, selbst Füchse und Bären wiederkommen; man beschloss also, keinen geeigneten Tag vorüberzulassen, ohne eine Rekognoszierung auf dem Lande von Neu-Amerika vorzunehmen.

Achtes Kapitel.

Ein Ausflug nach dem Norden der Victoria-Bay.

Tags darauf beim ersten Sonnenstrahl erklomm Clawbonny mit Mühe den steilen Felsen, an welchen sich Doktors-House lehnte. Er endigte oben mit einer stumpfen Spitze; der Doktor gelangte leicht auf diesen Gipfel, von dem aus sein Blick eine weite Strecke zerrissenen Terrains umfasste, welches einem vulkanischen Ausbruche seinen Zustand zu danken schien. Eine unendliche, weiße Decke lag über Land und Meer gebreitet, sodass es nicht möglich war, eins von dem Anderen zu unterscheiden.

Da der Doktor erkannte, dass dieser Punkt alle umgebenden Ebenen überragte, fasste er einen Gedanken, über den der Leser nicht wenig staunen wird.

Er durchdachte ihn, veränderte und verfolgte ihn und war seiner ganz Meister, als er in das Haus zurückkam, um ihn seinen Gefährten mitzuteilen.

»Da ist mir in den Sinn gekommen, sagte er, auf dem Gipfel des Kegels, der sich da über uns erhebt, einen Leuchtturm zu errichten.

– Einen Leuchtturm? Fragten alle.

– Ja, einen Leuchtturm! Das wird den doppelten Vorteil gewähren, uns, wenn wir von weiteren Zügen heimkehren, bei Nacht als Führer zu dienen, und diese Hochebene während der Wintermonate zu beleuchten.

– Gewiss, meinte Altamont, wäre eine solche Einrichtung ganz nützlich; aber wie wollen Sie diese treffen?

– Mittelst einer der Schiffslaternen des Porpoise.

– Gut, aber womit soll das Feuer im Leuchtturm unterhalten werden? Etwa mit Robbentran?

– Nein; das Licht von diesem Öl ist zu schwach; das würde kaum den Nebel durchdringen.

– Wollen Sie etwa aus unserer Steinkohle Leuchtgas bereiten?

– Das Licht wäre ebenfalls unzureichend, und es wäre verkehrt, einen Teil unseres Brennmaterials zu verbrauchen.

– Nun, sagte Altamont, dann sehe ich aber nicht ...

– Was mich betrifft, meinte Johnson, so glaube ich seit der Kugel aus Quecksilber, der Brennlinse aus Eis und seit der Errichtung des Forts Providence, dass Herr Clawbonny eben alles kann.

– Nun, versetzte Altamont, werden Sie uns mitteilen, welche Art Leuchtturm Sie zu errichten gedenken?

– Sehr einfach, entgegnete der Doktor, einen mit elektrischem Lichte.

– Einen elektrischen Leuchtturm!

– Ohne Zweifel, hatten Sie nicht an Bord des Porpoise eine vollständige Bunsensche Batterie?

– Ja, antwortete der Amerikaner.

– Gewiss haben Sie auch, da Sie diese mitnahmen, die Absicht gehabt, sie zu Versuchen zu benutzen; denn es fehlt an ihr Nichts, weder die völlig isolierten Leitungsdrähte, noch die nötigen Säuren, um die Elemente in Tätigkeit zu setzen. Es wird also leicht sein, uns elektrisches Licht darzustellen. Man wird besser dabei sehen, und trotzdem kostet es uns Nichts.

– Das ist herrlich, bemerkte der Rüstmeister, und ohne irgend Zeit zu verlieren ...

– Nun ja, das Material ist vorhanden, erwiderte der Doktor; binnen einer Stunde können wir eine zehnfüßige Säule errichtet haben, die vollkommen ausreichend sein wird.«

Der Doktor ging hinaus; die Anderen folgten ihm nach dem Gipfel des Felsenkegels; die Säule wuchs rasch empor und war bald mit einer der Schiffslaternen des Porpoise gekrönt.

Dann brachte der Doktor die Verbindungs-Drähte daran an, welche mit dem anderen Ende an der Batterie hingen; diese war durch ihren Standpunkt nahe dem Ofen im Salon des Eishauses vor dem Einfrieren geschützt; von dort aus liefen die Drähte zur Laterne des Leuchtturmes.

Alles das war schnell hergestellt, und man erwartete nur den Sonnenuntergang, um den Effekt zu sehen. Bei Nacht wurden die beiden Kohlenspitzen, welche in der Laterne in angemessener Entfernung gehalten waren, einander genähert und sogleich blitzte ein Strahlenbündel dazwischen auf, gegen das auch ein Sturm ohnmächtig war. Es war ein prächtiges Schauspiel, diese blendenden Strahlen, deren Weiße mit der der Umgebungen wetteiferte, und einen grellen Schatten von allen vorspringenden Punkten warf. Johnson konnte nicht umhin, in die Hände zu klatschen.

»Da, seht den Herrn Clawbonny, sagte er, der Sonnenschein machen kann und wie schönen!

– Ein wenig muss man wohl alles können«, erwiderte bescheiden der die Kälte setzte der allgemeinen Bewunderung ein Ziel, und jeder eilte, sich in seine Decken zu hüllen.

Die Lebensweise wurde nun regelmäßig eingerichtet. Während der folgenden Tage, vom 15. bis 20. April, war die Witterung sehr unbestimmt; die Temperatur änderte sich manchmal plötzlich um zwanzig Grade, und die Atmosphäre überraschte mit Veränderungen, war einmal voller Schnee und Wirbelwinde, dann wieder trocken und so kalt, dass man ohne Vorsicht nicht einen Fuß ins Freie setzen konnte.

Als am Sonnabend darauf sich der Wind legte, ward ein Ausflug möglich; man beschloss also, diesen Tag auf die Jagd zu gehen, um den Proviant zu erneuern.

Am Morgen schon machten sich Altamont, der Doktor und Bell, mit Doppelflinten, hinreichender Munition, und für den Fall, dass sie genötigt wären, sich ein Obdach zu schaffen, mit Axt und Schneemesser ausgerüstet, bei bedecktem Himmel auf den Weg.

Während ihrer Abwesenheit sollte Hatteras die Küste erforschen und einige Aufnahmen vornehmen. Der Doktor sorgte für Anzünden des Leuchtturmes, dessen Strahlen mit dem Sonnenschein wetteiferten. In der Tat vermag nur das elektrische Licht, welches hier etwa dreitausend Kerzen oder dreihundert Gasflammen gleich war, die Vergleichung mit dem Sonnenglanze auszuhalten.

Die Kälte war lebhaft, aber trocken und still. Die Jäger schlugen die Richtung nach Kap Washington ein; der harte Schnee erleichterte ihren Weg. In ein und einer halben Stunde legten sie die drei Meilen von dem Fort Providence aus zurück. Duk sprang um sie herum.

Nach Osten hin zog sich die Küste zurück und die höheren Gipfel an der Victoria-Bay schienen nach Norden zu abzufallen. Das gab zu der Vermutung Anlass, dass Neu-Amerika am Ende nur eine Insel sei; aber es handelte sich jetzt noch nicht darum, seine Form zu bestimmen.

Die Jäger hielten sich am Ufer des Meeres und schritten rüstig vorwärts. Keine Spur von Bewohntem, kein Rest einer Hütte war sichtbar; sie wanderten auf bis jetzt noch von keinem Menschen betretenem Boden.

So legten sie während der ersten drei Stunden gegen fünfzehn Meilen zurück, und machten nicht einmal zum Essen Halt; die Jagd aber schien erfolglos bleiben zu sollen. Wirklich sahen sie kaum die Spuren eines Hasen, Fuchses oder Wolfs. Doch hüpften da und dort einige Schneehühner, als Vorboten des Frühlings und des arktischen Tierlebens, umher.

Die drei Jäger hatten weit landeinwärts gehen müssen, um tiefe Schluchten und spitze Felsen am Fuße des Bell-Mount zu umgehen; später gewannen sie indessen das Ufer wieder. Das Eis war noch nicht davon losgebrochen, und das Meer fortwährend festgefroren; jedoch verkündigten einige Robbenfährten, dass diese Amphibien schon wieder auf dem Eisfeld erschienen. Mindestens war es, nach den breiten Spuren und frischen Eisbrüchen zu schließen, unzweifelhaft, dass mehrere Tiere der Art ans Land gegangen waren.

Die Robben sonnen sich nämlich sehr gern und strecken sich behaglich an den Ufern aus, um die wohltuende Wärme zu genießen.

Der Doktor machte seine Gefährten auf diese Einzelheiten aufmerksam.

»Wir wollen uns diese Stelle genau merken, sprach er; möglicherweise treffen wir im Sommer die Robben hier in ganzen Schaaren an, in solchen von Menschen wenig besuchten Gegenden kann man sich ihnen leicht nähern und sie fangen. Wohl muss man sich hüten, sie zu erschrecken, denn dann verschwinden sie wie nach Verabredung auf Nimmerwiedersehen. So geschieht es nicht selten, dass ungeschickte Jäger, statt sie einzeln zu töten, beim lärmenden Massenangriff auf dieselben ihre Beute einbüßen oder schmälern.

– Jagt man sie nur um ihres Felles und Tranes willen? Fragte Bell.

– Die Europäer, ja; aber die Eskimos verzehren sie gar; sie leben davon, doch haben die Fleischstücke, welche sie mit Blut und Fett zurichten, wahrlich nichts Appetitliches. Indessen kann man doch einigen Gebrauch davon machen, und ich verpflichte mich, so schöne Kotelettes herzustellen, dass sie bis auf ihre schwärzliche Farbe gewiss nicht zu verachten sein dürften.

– Nun, Sie werden das ausführen können, antwortete Bell; ich habe solches Vertrauen, dass ich mich verpflichte, davon soviel zu essen, als Ihnen beliebt. Sie verstehen mich, Herr Clawbonny?

– Mein braver Bell, Sie wollen sagen, soviel es Ihnen selbst Vergnügen macht. Das können Sie getrost; den Verbrauch eines Grönländers werden Sie doch nicht erreichen, denn er isst an einem Tage wohl fünfzehn Pfund davon.

– Fünfzehn Pfund! Rief Bell, das nenne ich einen Magen!

– Ja, das sind Polarmagen, erwiderte der Doktor, die sich nach Belieben erstaunlich ausdehnen, aber, wohl zu merken, auch wieder zusammenschrumpfen, die Mangel und Überfluss gleichmäßig gut vertragen. Zu Anfang seiner Mahlzeit ist der Eskimo mager, wenn er aufsteht, aber dick und kaum wiederzuerkennen! Es steht fest, dass er manchmal einen ganzen Tag lang Mahlzeit hält.

– Offenbar, sagte Altamont, ist diese Gefräßigkeit den Bewohnern kalter Länder eigentümlich?

– Ich glaube es, entgegnete der Doktor; in den arktischen Gegenden muss man viel essen, nicht nur um die Körperkräfte zu erhalten, sondern um überhaupt seine Existenz zu sichern. So liefert auch die Hudsons-Bay-Kompanie jedem Mann acht Pfund Fleisch oder zwölf Pfund Fisch oder auch zwei Pfund Pemmikan täglich.

– Das ist aber eine kräftigende Lebensweise, bemerkte der Zimmermann.

– Es ist nicht so schlimm, als Sie denken, mein Freund, und ein so gefütterter Indianer leistet an Arbeit nicht mehr als ein Engländer, der sich von seinem einen Pfunde Rindfleisch und einer Pinte Bier ernährt.

– Also ist alles gut eingerichtet, Herr Clawbonny.

– Gewiss, und doch kann uns eine echte Grönländer Mahlzeit manchmal in Erstaunen setzen. So war auch Sir Roß, als er auf Boothia überwinterte, verwundert über die Gefräßigkeit seiner Führer; er berichtet, dass zwei Mann, verstehen Sie wohl, ich sage zwei, an einem Morgen ein ganzes Viertel eines Bisonochsen vertilgten; sie zerlegten das Fleisch in lange Streifen, die sie nur so in die Speiseröhre gleiten ließen, dann schnitten sie unter der Nase davon ab, was ihr Mund nicht fassen konnte, und gaben es einer dem Anderen; oder die Vielfraße ließen auch lange Bänder von Fleisch bis auf die Erde herabhängen und verschlangen sie nach und nach, so etwa wie eine Boa einen Ochsen, und lagen dabei ebenso lang auf der Erde wie jene.

– Pfui, sagte Bell, das ist ja widerliches Vieh!

– Jeder speist nach seiner Weise, erwiderte philosophisch der Amerikaner.

– Ja, glücklicherweise, sagte der Doktor.

– Nun, bemerkte Altamont, wenn der Ernährungstrieb unter diesen Breiten so mächtig ist, wundere ich mich auch nicht mehr, dass man in den Reiseberichten der Eismeerfahrer auch immer der Mahlzeiten Erwähnung getan findet.

- Sie haben recht, meinte der Doktor, dieselbe Bemerkung habe ich auch gemacht; und das kommt wohl nicht nur daher, dass man hier eine sehr reichliche Nahrung braucht, sondern auch daher, dass man sich dieselbe oft nur sehr schwer beschaffen kann. Daher rührt es, dass man immer daran denkt und folglich auch häufig davon spricht.

- Wenn mich mein Gedächtnis aber nicht sehr trügt, erwähnte Altamont, so brauchen die Bauern in Norwegen, auch in den kältesten Distrikten, keine so stoffhaltige Nahrung; sie essen etwas Milchspeisen, Eier, Brot aus Birkenrinde, manchmal wohl Lachs, aber eigentlich nie Fleisch, und doch wachsen auch dabei ganz gesunde, kräftige Burschen auf.

- Das ist Sache der Organisation, erwiderte der Doktor, über die ich mir kein Urteil erlauben möchte. Dennoch halte ich dafür, dass die zweite oder dritte Generation etwa nach Grönland ausgewanderter Norweger zuletzt auch auf grönländische Art und Weise essen würde. Ja, wenn wir noch lange in diesem gesegneten Lande bleiben, werden wir selbst halb zu Grönländern und vielleicht zu Erzvielfraßen.

- Herr Clawbonny macht mir ordentlich Hunger, wenn er so spricht, sagte Bell.

- Mir nicht, entgegnete Altamont, das benimmt mir den Appetit und flößt mir vor dem Robbenfleische nur Ekel ein. Ah, da! Ich glaube, wir werden ein Pröbchen machen können. Ich täusche mich jetzt sehr, oder da unten streckt sich eine belebte Masse auf dem Eis aus!

- Das ist ein Walross! Rief erfreut der Doktor; nun still vorwärts!«

Wirklich ergötzte sich ein starkes Exemplar eines solchen Tieres in einer Entfernung von etwa zweihundert Yards; es reckte sich und wälzte sich wohlgemut in den bleichen Strahlen der Sonne.

Die drei Jäger verteilten sich so, dass sie dem Tiere den Rückzug abschnitten; so kamen sie, hinter Eishügeln verborgen, bis auf kurze Distanz heran und gaben Feuer.

Das Walross überschlug sich, noch voller Kraft, es zertrümmerte die Eisschollen und versuchte zu fliehen, aber Altamont griff es mit dem Beil an und hieb ihm die Rückenflossen durch. Noch setzte es sich zu verzweifelter Gegenwehr, doch von etlichen Kugeln getroffen, lag es bald leblos auf dem Eisfeld, das von seinem Blute gefärbt war.

Es war ein tüchtiges Tier und maß vom Rüssel bis zum Schwanzende an fünfzehn Fuß, sodass es wohl mehrere Fass Öl geliefert hätte.

Der Doktor schnitt die leckersten Stücke Fleisch aus und ließ den Kadaver dann einigen Raben zur Beute, die zu dieser Jahreszeit schon in den Lüften kreisten.

Die Nacht war jetzt nicht mehr fern; man dachte daran, nach Fort Providence zurückzukehren; der Himmel war ganz klar geworden, und bevor der Mond aufging, erglänzte er in hellem Sternenlichte.

»Nun denn, brechen wir auf, sagte der Doktor, es wird schon spät; unsere Jagd ist zwar nicht sehr glücklich gewesen, aber wenn der Jäger nur Etwas zum Abendbrot mit nach Hause bringt, soll er nicht klagen. Wir wollen jedoch den kürzesten Weg wählen und uns vor dem Fehlgehen hüten; die Sterne werden uns den Weg zeigen.«

In den Gegenden aber, wo der Polarstern fast gerade über des Wanderers Kopfe glänzt, eignet er sich nur sehr schlecht zum Führer; in der Tat, wenn der Nordpunkt gerade am Scheitel der Himmelswölbung ist, bestimmen sich auch die anderen Hauptpunkte nur sehr schwierig; glücklicherweise unterstützten der Mond und die auffallenderen Sternbilder den Doktor in der Bestimmung der Richtung.

Um den Weg abzukürzen, beschloss er, die Biegungen des Ufers zu vermeiden und quer über das Land zu gehen; das war zwar mehr geradeaus, aber auch unsicherer; und so hatte sich die kleine Gesellschaft denn nach einigen Stunden wirklich vollkommen verirrt.

Man beratschlagte, ob es nicht vorzuziehen sei, die Nacht in einer Eishütte zu verbringen, auszuruhen und am anderen Morgen nach der Küste zurückzukehren, um dann dieser zu folgen; der Doktor bestand aber, da er Hatteras und Johnson unnötig zu beunruhigen befürchtete, darauf, den Weg fortzusetzen.

»Duk leitet uns, sagte er, und Duk kann sich nicht irren; sein Instinkt ist jetzt mehr wert, als Boussole und Sterne. Folgen wir ihm.«

Duk lief voraus, und man vertraute seinem Spürsinn nicht mit Unrecht; bald wurde ein Lichtschein am Horizonte sichtbar; mit einem Stern konnte man ihn nicht verwechseln, da dessen Licht bei so niedrigem Stande des Nebels wegen nicht sichtbar gewesen wäre.

»Da ist unser Leuchtturm! Rief der Doktor.

– Glauben Sie, Herr Clawbonny? Fragte der Zimmermann.

– Ja, gewiss; gehen wir nur darauf zu!«

Je näher die Jäger kamen, um so heller wurde das Licht, und bald gingen sie wie in einem Streifen Lichtstaubes hin. Der gewaltige Strahl warf über die Maßen lange Schatten, die sich scharf abhoben, über die Schneedecke.

Sie verdoppelten ihre Schritte, und nach weiteren anderthalb Stunden erklommen sie den Wall des Forts Providence.

Neuntes Kapitel.

Kälte und Wärme.

Mit einer gewissen Unruhe warteten schon Hatteras und Johnson auf die Wanderer. Diese waren froh, so ein warmes und bequemes Obdach zu finden. Die Temperatur war seit Anbruch des Abends merklich gesunken; das Thermometer zeigte im Freien einunddreißig Grad unter null (-31° hunderteilig).

Die Ankömmlinge, erschöpft von der Anstrengung und halb erfroren, hätten auch nicht mehr weiter gekonnt. Glücklicherweise waren die Öfen gut im Gange; der Kochofen wartete nur auf den Ertrag der Jagd; der Doktor ward wieder zum Koch, schmorte einige Walrosskoteletts, und um neun Uhr saßen alle fünf Gefährten bei einem stärkenden Mahle.

»Meiner Treu, sagte Bell, und wenn ich für einen Eskimo gehalten würde, ich gestehe, dass die Mahlzeit mir das wichtigste Ding bei einer Überwinterung zu sein scheint. Wenn man einmal eine vor sich hat, soll man ordentlich einhauen.«

Alle Gefährten hatten den Mund voll und konnten nicht gleich antworten, aber der Doktor gab durch Zeichen seine Zustimmung zu erkennen.

Die Walrosskoteletts wurden für delikat erklärt, und wenn das nicht mit Worten geschah, so aß man sie doch bis zum letzten Bissen auf, was wohl alle Erklärungen aufwiegt.

Wie gewöhnlich bereitete der Doktor nach dem Essen Kaffee, er überließ es niemand, dieses vortreffliche Getränk herzustellen; in einer Spiritus-Kaffeemaschine kochte er ihn auf dem Tisch und reichte ihn siedend. Er für seine Person verlangte, dass ihm das Getränk noch auf der Zunge brannte, sonst erachtete er es nicht wert, durch seine Kehle zu gleiten. Diesen Abend aber trank er den Kaffee so heiß, dass seine Gefährten es ihm nicht nachtun konnten.

»Sie verbrennen sich noch, Doktor, sagte Altamont.

– Das kommt nicht vor, erwiderte er.

– Dann ist Ihr Gaumen mit Kupfer ausgeschlagen? Warf Johnson ein.

– Nein, Freunde; ich lade alle ein, meinem Beispiele zu folgen. Es gibt eben Leute, und zu denen zähle auch ich, die den Kaffee in einer Wärme von hunderteinunddreißig Grad (+55° hunderteilig) genießen.

– Hunderteinunddreißig Grad! Rief Altamont aus; solche Hitze vermag ja kaum die Hand auszuhalten!

– Ganz recht, Altamont, da die Hand im Wasser gewöhnlich nicht mehr als hundertzweiundzwanzig Grad (+50° hunderteilig) verträgt; aber Gaumen und Zunge sind in diesem Sinne auch weniger empfindlich als die Hand und dauern noch da aus, wo es diese nicht könnte.

– Sie setzen mich in Erstaunen, sagte Altamont.

– Gut, ich werde Sie überzeugen.«

Da tauchte der Doktor das Thermometer des Salons in seinen heißen Kaffee und wartete, bis das Instrument nur noch hunderteinunddreißig Grad zeigte. Mit merkbarem Wohlbehagen nahm er dann das erquickende Getränk zu sich. Bell wollte es ihm tapfer gleichtun, verbrannte sich aber, dass er laut aufschrie.

»Da fehlt es an der Gewohnheit, sagte der Doktor.

– Clawbonny, fragte Altamont, könnten Sie uns wohl die höchsten Wärmegrade angeben, die der menschliche Körper zu ertragen vermag?

– Sehr wohl, erwiderte der Doktor, man hat darüber Versuche angestellt und hat auch ganz merkwürdige Erfahrungen gemacht. An zwei bis drei erinnere ich mich eben, und sie mögen Sie überzeugen, dass man sich an alles gewöhnen kann, selbst daran, nicht zu braten, wo ein Beefsteak braten würde. So erzählt man, dass die Dienstmädchen beim Backofen der Stadt Rochefoucauld in Frankreich zehn Minuten lang in diesem Backofen aushalten konnten, wenn darin eine Hitze von dreihundert Graden (+132° hunderteilig) war, d. h. neunundachtzig Grad mehr als die des siedenden Wassers, während um sie her Äpfel und Fleisch lustig brieten.

– Was für Mädchen! Rief Altamont aus.

– Erlauben Sie, da hören Sie ein anderes unzweifelhaftes Beispiel. Acht unserer Landsleute, Fordyce, Banks, Solander, Blagdin, Home, Nooth, Lord Seaforth und der Kapitän Philips ertrugen im Jahre 1774 eine Temperatur von zweihundertfünfundneunzig Graden (+128° hunderteilig), während Eier und ein Roastbeef um sie herum gar wurden.

– Das waren aber auch Engländer, sagte Bell mit einem Anflug von Stolz.

– Ja wohl, Bell, bestätigte der Doktor.

– O! Amerikaner hätten das noch besser gekonnt, bemerkte Altamont.

– Die wären gebraten worden, sagte der Doktor mit Lachen.

– Und warum das? Erwiderte der Amerikaner.

– Jedenfalls haben's wenigstens keine versucht; ich kann also nur von meinen Landsleuten sprechen. Ein letztes Beispiel will ich noch anführen, das ganz unglaublich wäre, wenn es nicht die Zeugen dafür außer Zweifel setzten. Der Herzog von Ragusa und ein Dr. Jung, ein Franzose und ein Österreicher, sahen einen Türken gar in ein Bad gehen, welches hundertsiebzig Grad (+78° hunderteilig) warm war.

– Mir will aber scheinen, sagte Johnson, dass das nicht der Leistung der Bannofenmädchen und der unserer Landsleute gleichkommt!

– Entschuldigen Sie, erwiderte der Doktor, es ist ein großer Unterschied, ob man in heiße Luft oder in heißes Wasser geht. Die warme Luft ruft eine Verdunstung hervor, welche den Körper beschützt, während man in heißem Wasser nicht transpiriert und sich deshalb verbrennt. So ist die äußerste Temperaturgrenze, die man bei Bädern für zulässig erachtet, im Allgemeinen hundertsieben Grad (+42° hunderteilig). Jener Türke musste also ein außergewöhnlicher Mensch sein, um eine solche Hitze zu ertragen.

– Herr Clawbonny, fragte Johnson, welche Temperatur haben im Allgemeinen die lebenden Geschöpfe?

– Das ist je nach ihrer Natur verschieden, entgegnete der Doktor; so zeigen die Vögel unter allen Tieren die größte Eigenwärme und unter ihnen stehen Ente und Henne vornan; die Wärme ihres Körpers übersteigt hundertzehn Grad (+43° hunderteilig), während die Nachteule z. B. nur hundertvier Grad (+40° hunderteilig) hat; in zweiter Linie kommen dann die Säugetiere und die Menschen; die Temperatur der Engländer ist gewöhnlich hundertein Grad (+37° hunderteilig).

– Ich bin ganz sicher, dass Herr Altamont für die Amerikaner mehr beanspruchen wird, sagte Johnson lachend.

– Nun gewiss, erwiderte dieser, es sind sehr Heißblütige darunter; da ich ihnen aber nie ein Thermometer in den Brustkasten oder unter die Zunge geschoben habe, kann ich unmöglich etwas Gewisses darüber sagen.

– Gut, setzte der Doktor hinzu, der Unterschied zwischen den verschiedenen Menschenrassen ist auch nicht merkbar, wenn sie sich unter gleichen Verhältnissen befinden und dieselbe Nahrung genießen.

Ich möchte fast behaupten, dass die menschliche Eigenwärme unter dem Äquator und dem Pol dieselbe ist.

– Also, sagte Altamont, ist hier unsere Körperwärme dieselbe wie in England?

– Ganz sicher, antwortete der Doktor; was die anderen Säugetiere betrifft, so übersteigt ihre Temperatur meist ein wenig die des Menschen. Das Pferd steht ihm sehr nahe, ebenso der Hase, der Elefant, das Meerschwein und der Tiger; aber Katze, Eichhörnchen, Ratte, Panther, Schaf, Ochse, Hund, Affe, Bock und Ziege erreichen hundertdrei Grad, und endlich, das Bevorzugteste unter derart Tieren, das Schwein, hat gar über hundertvier Grad (+40° hunderteilig)..

– Das ist erniedrigend für uns, sagte Altamont.

– Es folgen hierauf die Amphibien und Fische, deren Temperatur je nach der des Wassers sehr verschieden ist. Die Schlange hat nur sechsundachtzig Grad (+30° hunderteilig), der Frosch fünfundsechzig (+25° hunderteilig), der Hai im Mittel gar noch ein und einen halben Grad weniger; die Insekten endlich scheinen gar die Temperatur der Luft und des Wassers zu haben.

– Das ist alles ganz schön, sagte Hatteras, der jetzt endlich das Wort ergriff, und ich danke dem Doktor für die uns gewordene Mitteilung seiner Kenntnisse. Aber wir plaudern hier, als wenn uns große Hitze zu ertragen bevorstände. Wäre es nicht mehr am Platze, von der Kälte zu reden, zu wissen, was wir etwa zu erwarten haben, und welches die niedrigsten bis jetzt beobachteten Temperaturen sind?

– Das ist richtig, meinte Johnson.

– Nichts leichter als das, sagte der Doktor, und ich stehe gern mit Aufklärung zu Diensten.

– Das glaube ich, sagte Johnson, Sie wissen ja alles.

– Ich weiß weiter nichts, meine Freunde, als was ich von Anderen gelernt habe, und nach meinen Mitteilungen werden Alle ebenso unterrichtet sein, wie ich. Über die Kälte und die in Europa beobachteten niedrigsten Temperaturen kann ich nur etwa Folgendes sagen: Man zählt viele sehr harte Winter, und es scheint, dass die strengsten unter diesen nach einer Periode von etwa einundvierzig Jahren wiederkehren, ein Zeitraum, der mit dem reichlichsten Vorkommen von Sonnenflecken zusammenfällt. Ich erinnere hier an den Winter von 1364, wo die Rhône bis Arles hin gefror; an den von 1408, wo die Donau in ihrer ganzen Länge zufror und die Wölfe trockenen Fußes nach Jütland kamen; an den von 1509, während dessen das Adriatische Meer bei Venedig, Cette und Marseille fest wurde und die Ostsee noch am 10. April nicht zu befahren war; an den von 1608, während dessen in England alles Vieh umkam; an den von 1789, wo die Themse bis Gravesend, sechs Stunden unterhalb London, gefroren war; an den von 1813, an welchen sich die Franzosen mit Schrecken erinnern, und endlich an den von 1829, den strengsten und andauerndsten im neunzehnten Jahrhundert. Dies in Hinsicht Europas.

– Aber welchen Grad kann die Kälte hier, oberhalb des nördlichen Wendekreises, annehmen? Fragte Altamont.

– Nun, meinte der Doktor, ich glaube, dass wir die härteste Kälte, die je beobachtet wurde, selbst erlebt haben; denn das Weingeist-Thermometer zeigte an einem Tage zweiundsiebzig Grad unter null (-58° hunderteilig), und, wenn ich mich recht entsinne, erreichen die niedrigsten von Polarreisenden bis jetzt aufgemerkten Temperaturen nur einundsechzig Grad auf der Insel Melville, fünfundsechzig Grad am Port Felix und siebzig Grad (-56°, 7 hunderteilig) am Fort Reliance.

– Ja, wir sind hier durch einen sehr rauen Winter zurückgehalten worden, sagte da Hatteras, und sehr zu unserm Unglück.

– Sie sind aufgehalten worden, fragte rasch Altamont, den Kapitän scharf ansehend.

– Auf unserer Fahrt nach Westen, beeilte sich der Doktor zu sagen.

– Also schwankt, sagte Altamont, den Faden der Unterhaltung wieder aufnehmend, der höchste und niedrigste Stand der dem Menschen erträglichen Temperaturgrade etwa zwischen zweihundert Graden?

– Ja, antwortete der Doktor, ein im Freien und geschützt vor jeder Rückstrahlung angebrachtes Thermometer steigt nie und nirgends über hundertfünfunddreißig Grad über null (+57° hunderteilig), so wie es andererseits nicht unter zweiundsiebzig Grad (-58° hunderteilig) herabsinkt. Sie sehen also, meine Freunde, dass wir uns ganz nach Bequemlichkeit einrichten können.

– Wenn aber die Sonne, sagte Johnson, plötzlich verlöschte, würde die Erde nicht in eine weit beträchtlichere Kälte versinken?

– Die Sonne wird zwar nicht verlöschen, erwiderte der Doktor, aber auch wenn es geschähe, würde die Temperatur schwerlich unter den vorhin angedeuteten Grad herabgehen.

– Das ist merkwürdig.

– O, ich weiß, dass man früher für die außerhalb der Atmosphäre gelegenen Räume Tausende von Graden annahm, aber nach den Forschungen eines gelehrten Franzosen, Fourrier, muss man das jetzt abweisen; er hat es zwar wahrscheinlich gemacht, dass, wenn sich die Erde in einer völlig wärmelosen Umgebung befände, die Stärke des Frostes, den wir jetzt am Pol beobachteten, zwar noch größer, auch zwischen Tag und Nacht ein beträchtlicherer Unterschied der Temperatur stattfinden würde; dennoch, meine Freunde, ist es auch Millionen Meilen entfernt nicht so sehr kälter als hier.

– Sagen Sie mir, Doktor, fragte Altamont, ist die Temperatur Amerikas nicht geringer, als die der anderen Länder der Erde?

– Ohne Zweifel, Sie dürfen aber darauf nicht eitel werden, sagte der Doktor lachend.

– Und wie erklärt man sich diese Erscheinung?

– Man hat eine Erklärung dafür gesucht, aber keine genügende gefunden; so stellte Halley die Vermutung auf, ein Komet, der einmal schief auf die Erde getroffen sei, habe ihre Rotationsachse verschoben, d. h. also ihre Pole. Nach ihm soll der Nordpol, welcher früher bei der Hudsonsbay war, weiter nach Osten gerückt sein, und die Gegenden des alten Pols wären dann so weit abgekühlt, dass sie die Sonne noch nicht wieder habe zu erwärmen vermögen.

– Und Sie stimmen dieser Theorie nicht bei?

– Keinen Augenblick; denn was für die Ostküste Amerikas wahr ist, gilt nicht für die Westküste, deren Temperatur eine höhere ist. Nein! Es ist nur zu bestätigen, dass es Isotherme Linien gibt, welche von den Parallelkreisen der Erde abweichen, das ist Alles.

– Wissen Sie, Herr Clawbonny, sagte Johnson, dass es sich unter unseren jetzigen Verhältnissen recht hübsch von der Kälte plaudert.

– Gewiss, mein alter Johnson; wir sind eben dabei, die Praxis zur Unterstützung der Theorie anzurufen. Diese Gegenden sind ein ungeheures Laboratorium, in dem man merkwürdige Versuche über niedrige Temperaturen anzustellen vermag. Seien Sie aber immer aufmerksam und klug; sollte Ihnen ein Körperteil erfrieren, so reiben Sie ihn sogleich mit Schnee ab, um die Blutzirkulation wieder herzustellen, und nehmen sich in acht, wenn Sie ans Feuer zurückkommen, denn Sie könnten sich Hände oder Füße verbrennen, ohne es zu bemerken; das würde Amputationen nötig machen, und wir wollen doch suchen, Nichts von uns selbst in diesen Polargegenden zurückzulassen. Überdies aber, meine Freunde, denke ich, wir werden gut tun, uns nun im Schlafe einige Stunden Ruhe zu gönnen.

– Gern, antworteten des Doktors Gefährten.

– Wer hat die Wache beim Ofen.

– Ich, antwortete Bell.

– Nun gut, Freundchen, so sehen Sie darauf, dass das Feuer nicht nachlässt, denn es ist eine Teufelskälte diesen Abend.

– Beruhigen Sie sich, Herr Clawbonny, das spornt genug, und übrigens, sehen Sie doch, der Himmel steht ganz in Flammen.

– Ja, erwiderte der Doktor, der sich dem Fenster näherte, ein Nordlicht von vollkommener Schönheit! Welch' prächtiges Schauspiel! Ich werde nie satt, es zu betrachten.«

In der Tat bewunderte der Doktor immer diese kosmischen Phänomene, welchen seine Genossen keine große Aufmerksamkeit mehr schenkten; er hatte übrigens bemerkt, dass ihrem Erscheinen immer Störungen der Magnetnadel vorhergingen, und notierte sich seine Beobachtungen, die für das »Weather-Book« * bestimmt waren.

Bald war dann jeder, während Bell nächst dem Ofen wachte, auf seinem Lager gestreckt in ruhigen Schlummer gesunken.

Zehntes Kapitel.

Wintervergnügungen.

Das Leben am Pol ist von trauriger Einförmigkeit. Der Mensch ist vollständig den Launen der Atmosphäre untertan, welche Stürme und strenge Kälte mit verzweifelter Eintönigkeit herbeiführt. Den größten Teil der Zeit ist es ganz unmöglich, einen Schritt aus dem Hause zu tun, und man bleibt in den Eishütten eingeschlossen. So vergehen lange Monate, welche die Überwinternden zu einer Maulwurfsexistenz verdammen.

Am anderen Tage ging das Thermometer um einige Grade herab, und die Luft war voll wirbelnden Schneegestöbers, wodurch das ganze Tageslicht entzogen ward. Der Doktor sah sich ans Haus gefesselt und legte die Hände in den Schoß; er hatte Nichts zu tun, außer etwa den Verbindungsgang alle Stunden zu reinigen, der sonst sich ganz zu verstopfen drohte, und die Wände, welche von der Wärme im Innern feucht wurden, wieder zu glätten; das Eishaus selbst war höchst dauerhaft errichtet, und die Schneewehen, die seine Mauern verstärkten, erhöhten nur seine Widerstandsfähigkeit.

Die Magazine bewährten sich gleichmäßig gut. Alle aus dem Schiffe geräumten Gegenstände waren in bester Ordnung aufgestapelt in diesen »Warendocks«, wie sie der Doktor nannte. Obgleich diese Magazine übrigens kaum sechzig Schritt vom Hause entfernt lagen, so war es an manchen stürmischen Tagen doch fast unmöglich, sich dahin zu begeben; daher musste auch eine gewisse Menge Proviant für den täglichen Bedarf immer in der Küche aufbewahrt werden.

Die Vorsicht, den Porpoise zu entladen, war ganz gerechtfertigt gewesen. Das Fahrzeug unterlag einem langsamen, unmerkbaren, aber unwiderstehlichen Drucke, der es nach und nach zerstörte. Es lag auf der Hand, dass aus seinen Trümmern Nichts zu machen sein werde; dennoch hoffte der Doktor immer, wenigstens eine Schaluppe zur Rückkehr nach England daraus zu gewinnen; der Augenblick, um deren Bau vorzunehmen, war aber noch nicht gekommen.

So verbrachten die fünf Wintergenossen den größten Teil der Zeit in tiefem Müßiggange. Hatteras lag in Gedanken versunken auf seinem Bette, Altamont trank oder schlief, und der Doktor hütete sich wohl, sie aus ihrem Halbschlummer zu erwecken, denn er fürchtete stets irgendeinen bösen Wortwechsel. Nur selten sprachen diese beiden Männer miteinander.

Auch während der Mahlzeiten trug der kluge Doktor immer Sorge, die Unterhaltung zu führen und so zu leiten, dass keine Eigenliebe ins Spiel kam; er hatte aber alle Mühe, die überreizte Empfindlichkeit abzulenken. Soviel als möglich suchte er seine Genossen zu unterrichten, zu zerstreuen oder doch ihr Interesse zu erregen. Wenn er nicht mit der Ordnung seiner Reisenotizen beschäftigt war, besprach er lauter Gegenstände aus der Geschichte, der Erdbeschreibung oder der Witterungskunde, welche sich aus ihrer Lage ergaben; er trug die Sachen in ansprechender, dem Verstand einleuchtender Form vor; zog aus den geringsten Zwischenfällen eine Nutzanwendung; sein unerschöpfliches Gedächtnis ließ ihn niemals im Stich; er wandte seine Lehrsätze auf die anwesenden Personen an; erinnerte sie an dieses oder jenes, was aus diesem oder jenem Umstande hervorging, und erhöhte so das Gewicht seiner Theorien durch persönliche Beweisgründe.

Man kann wohl sagen, dass dieser würdige Mann die Seele dieser kleinen Welt war, eine Seele, voll Offenherzigkeit und Gerechtigkeit, womit sie alles durchdrang. Seine Genossen hatten zu ihm ein unbegrenztes Zutrauen; er verfehlte sogar seines Eindrucks auf Hatteras nicht, der ihn übrigens liebte. Durch seine Worte, sein Wesen und seine Gewohnheiten wirkte er so wohltätig, dass die Existenz dieser wenigen, sechs Grad vom Nordpol vereinsamten Menschen ganz natürlich erschien; wenn der Doktor sprach, glaubte man ihn in seinem Zimmer in Liverpool zu hören.

Und doch, wie verschieden war diese Lage von der solcher Schiffbrüchiger, die auf eine Insel des Stillen Ozeans verschlagen wurden, jene Robinson, deren anziehende Geschichte stets die Leser fesselt. Dort bot allerdings ein fruchtbarer Boden, eine üppig reiche Natur tausend Hilfsquellen; in jenen herrlichen Ländern genügte ein wenig Einbildungskraft und Arbeit, um sich materielles Wohlsein zu schaffen; Jagd und Fischfang befriedigten alle menschlichen Bedürfnisse; die Bäume trieben für den Menschen, natürliche Höhlen boten ihm ihren Schutz, die Bäche rieselten, seinen Durst zu löschen, prächtiger Schatten schützte ihn gegen die Hitze, und niemals bedrohte ihn arger Frost in jenen milden Wintern; pflegelos hingeworfene Samenkörner lieferten einige Monate später eine Ernte. Abgesehen von dem Mangel an Gesellschaft war die Glückseligkeit vollkommen. Dazu lagen jene bezaubernden Inseln, jene herrlichen Länder an dem Wege anderer Schiffe; der Schiffbrüchige konnte immer hoffen, wieder mit aufgenommen zu werden, und er wartete geduldig, bis man ihn seiner glücklichen Existenz entriss.

Aber hier, an dieser Küste Neu-Amerikas, welcher Abstand! Diesen Vergleich stellte der Doktor zwar manchmal an, aber er behielt ihn für sich, obgleich er gewiss über den erzwungenen Müßiggang erzürnt war.

Mit Begierde erwartete er den Wiedereintritt des Tauwetters, um seine Ausflüge von Neuem vornehmen zu können, und doch sah er ihn nicht ohne Furcht sich nahen, denn er prophezeite sich ernsthafte Auftritte zwischen Hatteras und Altamont. Wenn man jemals bis zum Pol drang, was würde aus der Rivalität der beiden Männer sich ergeben?

Er musste also zunächst alles abzuwenden suchen, nach und nach diese beiden Rivalen zu einem unbewussten Einverständnis und zu freimütigem Gedankenaustausch bringen; aber einen Engländer und einen Amerikaner unter einen Hut zu bringen, zwei Menschen, die schon ihre Abkunft zu Feinden machte, der Eine von ihnen erfüllt mit dem ganzen Ernste Alt-Englands, der Andere, begabt mit dem unternehmenden, kühnen und rücksichtslosen Geiste seiner Nation welche Arbeit voller Schwierigkeiten bot das!

Wenn der Doktor über diesen unversöhnlichen Wettstreit der Menschen, diese nationale Eifersucht nachdachte, konnte er nicht umhin, nicht etwa mit den Achseln zu zucken, denn das kam bei ihm überhaupt nie vor, aber doch die menschlichen Schwachheiten zu bedauern.

Mit Johnson sprach er oft über dieses Thema; der alte Seemann und er stimmten in dieser Hinsicht ganz überein; sie fragten sich dann, welche Mittel sie ergreifen, durch welches vorsichtige Verfahren sie zu ihrem Ziele gelangen sollten, und sahen wohl die in der Zukunft drohenden Verwickelungen.

Indes dauerte die üble Witterung fort; nicht auf eine Stunde konnte man daran denken, das Fort Providence zu verlassen; Tag und Nacht musste man in dem Eishaus verweilen. Man langweilte sich, ausgenommen der Doktor, der immer ein Mittel fand, sich zu beschäftigen.

»Es gibt also keine Möglichkeit, sich zu zerstreuen? Sagte eines Abends Altamont; das nennt man doch wahrlich nur nach Art der Reptilien leben, die den ganzen Winter über verscharrt liegen.

– Es ist wohl wahr, bestätigte der Doktor; leider sind wir nicht zahlreich genug, um irgendein System von Zerstreuungen zu organisieren.

– Also glauben Sie, erwiderte der Amerikaner, dass wir weniger mit Müßiggang zu kämpfen hätten, wenn wir in größerer Zahl hier wären?

– Ohne Zweifel, denn wenn ganze Schiffsmannschaften einen Winter in den Polargegenden verbracht haben, fanden sie allemal ein Auskunftsmittel, sich nicht zu langweilen.

– Ich wäre wahrlich neugierig, sagte Altamont, zu wissen, wie sie das angefangen haben; es gehören sehr erfindungsreiche Geister dazu, um einer solchen Lage noch erheiternde Seiten abzugewinnen. Sie gaben sich, denk' ich, nicht Rätsel zu lösen auf!

– Nein, es fehlte aber nicht viel, versetzte der Doktor; sie hatten in diese hochnördlichen Länder zwei mächtige Zerstreuungsmittel eingeführt: die Presse und das Schauspiel.

– Wie? Sie hatten ein Journal? Fragte der Amerikaner.

– Sie spielten Komödie? Rief Bell.

– Allerdings, und sie fanden auch ein wahrhaftes Vergnügen dabei. So schlug der Kommandant Parry bei Gelegenheit der Überwinterung auf der Insel Melville seinen Leuten diese beiden Arten Vergnügungen, und zwar mit bestem Erfolg vor.

– Nun, offen gestanden, meinte Johnson, ich hätte wohl dabei sein mögen, das muss merkwürdig gewesen sein.

– Merkwürdig und unterhaltend, mein braver Johnson; der Leutnant Beechey wurde Theaterdirektor, und der Kapitän Sabine Hauptredakteur der 'Winter- Chronik', oder 'Zeitung für Nord-Georgia.'

– Schöne Titel, sagte Altamont.

– Diese Zeitung erschien vom 1. November 1819 bis 20. März 1820 jeden Montag. Sie berichtete alles, was auf die Überwinterung Bezug hatte, über die Jagden, kleine Vorkommnisse, Unfälle, über Witterung und Temperatur; sie enthielt eine mehr oder weniger ergötzliche Chronik; zwar durfte man den Geist eines Sterne nicht darin suchen, oder etwa die schönen Artikel des 'Daily-Telegraph'; aber doch half man sich immerhin damit fort und zerstreute sich; die Leser waren weder zu peinlich noch blasiert und niemals, glaub' ich, wird die Aufgabe eines Tagesschriftstellers eine angenehmere gewesen sein.

– Wahrlich, sagte Altamont, ich wäre wohl begierig, Auszüge aus dieser Wochenschrift zu kennen, mein lieber Doktor; ihre Artikel müssen doch vom ersten Wort bis zum letzten von Frost gestarrt haben.

– Gott bewahre, entgegnete der Doktor; was jedenfalls der philosophischen Gesellschaft in Liverpool oder dem Literarischen Institut in London etwas naiv vorgekommen wäre, das genügte doch den im Schnee vergrabenen Mannschaften vollkommen. Wollen Sie selbst darüber urteilen?

– Was? Sie hätten das im Gedächtnis behalten ...?

– Das zwar nicht, aber Sie hatten Parrys Reisen an Bord des Porpoise, und ich brauche nur seine eigenen Berichte vorzulesen.

– Ja, tun Sie es! Riefen die Gefährten des Doktors.

– Nichts leichter als das.«

Der Doktor suchte das betreffende Werk in dem Schrank des Salons, und fand leicht die einschlagende Stelle.

»Seht, sagte er, da haben wir einige Auszüge aus der 'Zeitung für Nord-Georgia.' Hier ist ein an den Hauptredakteur gerichtetes Schreiben:

'Mit wahrer Befriedigung wurde in unserer Mitte Ihr Vorschlag zur Begründung einer Zeitung aufgenommen. Ich bin der Überzeugung, dass sie unter Ihrer Leitung uns manches Vergnügen bereiten und die Last unserer hundert finsteren Tage wesentlich erleichtern wird.

Bei dem Interesse, welches ich persönlich daran nehme, habe ich den Eindruck Ihrer Anzeige auf die ganze Gesellschaft zu ermitteln gesucht, und ich kann Sie versichern, dass, um die der Londoner Presse geläufigen Ausdrücke zu gebrauchen, die Sache bei unserem Publikum eine tiefe Sensation hervorgerufen hat.

Am Tage nach dem Erscheinen Ihres Prospektes entstand an Bord eine ganz ungewohnte, noch nie da gewesene Nachfrage nach Tinte. Die grünen Decken unserer Tische hatten sich bald mit einer wahren Sündflut von Federabschnitzeln bedeckt, zum großen Verdrusse eines unserer Diener, der sich beim Abschütteln einen davon unter den Nagel stach.

Ich weiß endlich aus guter Quelle, dass der Sergeant Martin nicht weniger als neun Federmesser zu schleifen hat. All' unsere Tische kann man unter der ungewohnten Last der Schreibepulte sich beugen sehen, die seit zwei Monaten nicht das Tageslicht gesehen hatten, und man sagt sogar, dass man aus den Tiefen des Schiffsraumes manches Ries Papier, das nicht so bald aus seiner Ruhe gestört zu werden glaubte, hervorgeholt habe.

Vergessen will ich nicht, Ihnen mitzuteilen, wie ich einigen Verdacht habe, dass man versuchen wird, in Ihren Briefkasten einige Artikel schlüpfen zu lassen, welche, da sie jeder Originalität entbehren und keineswegs noch ungedruckt sind, Ihrem Plan nicht entsprechen dürften. Ich kann versichern, dass schon gestern Abend ein Autor zu sehen war, der in der einen Hand einen aufgeschlagenen Band des »Spectators« hielt, während er mit der anderen seine Tinte an der Lampenflamme auftaute! Es wird unnütz sein, Ihnen zu empfehlen, dass Sie sich vor solcher Arglist hüten; wir wollen nicht das in der »Winterchronik« wieder erscheinen sehen, was unsere Vorfahren, vielleicht vor einem Jahrhundert, beim Frühstück lasen.'

– Gut, sehr gut, sagte Altamont, als der Doktor zu Ende gelesen hatte, darin ist wirklich gesunder Humor, und der Verfasser des Briefes muss ein rechter Schlaukopf gewesen sein.

– Schlaukopf, das ist das rechte Wort, antwortete der Doktor. Doch halt, da ist noch eine Anzeige, der es auch nicht an Humor fehlt:

'Gesucht wird eine gut beleumundete Frau in mittleren Jahren, um den Damen der Truppe des königlichen Theaters im nördlichen Georgia bei der Toilette behilflich zu sein. Neben angemessenem Salär gewährt man ihr Tee und Bier nach Belieben. Adressen werden an das Theater-Komitee erbeten. – NB. Eine Witwe erhielte den Vorzug.'

– Meiner Treu', sagte Johnson, unsere Landsleute waren für den Spaß noch nicht verdorben.

– Aber die Witwe, fragte Bell, hat diese sich gefunden?

– Man sollte es wohl glauben, erwiderte der Doktor, denn hier findet sich auch eine an das genannte Komitee gerichtete Antwort:

'Meine Herren, ich bin Witwe und sechsundzwanzig Jahre alt. Für mein Verhalten und meine Geschicklichkeit kann ich unwiderlegliche Zeugnisse beibringen. Bevor ich aber die Toilette der Künstlerinnen an Ihrer Bühne in die Hand nehme, möchte ich wissen, ob dieselben ihre Hosen beibehalten wollen, und ob man mir zum Schnüren und Binden der Korsetts zwei handfeste Matrosen zur Hilfe gibt. Wenn das der Fall ist, meine Herren, so zählen Sie auf Ihre ergebene Dienerin

A. B.

Nachschrift. Könnten Sie nicht Branntwein statt des Halbbieres liefern?'

– Ah, bravo! Rief Altamont, ich sehe nun schon Kammerfrauen, die mit der Schiffswinde zusammenschnüren. Aber wahrlich, lustig waren sie, die Begleiter des Kapitäns Parry.

- Wie alle diejenigen, welche je ihr Ziel erreicht haben«, versetzte Hatteras.

Hatteras warf diese Bemerkung mitten in die Unterhaltung dazwischen, dann verfiel er wieder in sein gewohntes Schweigen. Der Doktor, der auf diesen Punkt nicht weiter eingehen wollte, las unverweilt weiter.

»Hier findet sich nun, fuhr er fort, ein Gemälde der Leiden im hohen Norden; man könnte es ins Unendliche vervielfältigen; aber einige Beobachtungen sind gar zu treffend. Urteilen Sie selbst:

Morgens ausgehen, um frische Luft zu schöpfen und beim ersten Schritt aus dem Schiffe ein unfreiwilliges kaltes Bad in dem Wasserloch des Kochs nehmen.

Auf die Jagd gehen, einem prächtigen Rentier begegnen, anlegen und Feuer zu geben versuchen, und dann den abscheulichen Fehler begehen, von der Pfanne blitzen zu lassen, weil die Ladung feucht war.

Sich mit einem weichen Stück Brot auf den Weg begeben, und wenn man Appetit fühlt, es so hart zu finden, dass man wohl die Zähne zerbrechen kann.

Plötzlich die Tafel verlassen, da man hört, ein Wolf sei in Sicht des Fahrzeugs, und bei der Rückkehr sein Essen von der Katze verzehrt finden.

Vom Spaziergang heimkehren, sich tiefen und nützlichen Grübeleien hingeben und plötzlich durch die Umarmung eines Bären wieder herausgerissen werden.«

- Sie sehen, meine Freunde, wir würden nicht verlegen sein, dem noch mehrere andere polare Unannehmlichkeiten hinzuzufügen; aber wenn man diese einmal ertragen musste, war es doch ein Vergnügen, sie zu konstatieren.

- Das ist wahrlich eine unterhaltende Zeitschrift, sagte Altamont, und es ist schade, dass wir sie nicht halten können.

- Wenn wir nun versuchten, selbst eine zu gründen, bemerkte Johnson.

- Wir, zu Fünf? Erwiderte Clawbonny; wir würden höchstens die Redakteure dazu sein, und es bliebe keine hinreichende Zahl von Lesern.

- Nicht mehr als Zuschauer, wenn wir uns in den Kopf setzten, Komödie zu spielen, fügte Altamont hinzu.

- Was das betrifft, Herr Clawbonny, sagte Johnson, so erzählen Sie uns doch etwas vom Theater des Kapitäns Parry; gab man da neue Stücke?

– Ohne Zweifel; anfangs wurden zwar zwei Bände mit solchen, die auf dem »Hekla« mit eingeschifft waren, benutzt; da aber alle vierzehn Tage eine Vorstellung gegeben wurde, ging das Repertoire bald total zur Neige. Dann machten sich improvisierte Schriftsteller ans Werk, und Parry selbst schrieb für Weihnachten ein ihrer Lage ganz angepasstes Stück, welches »Die Nord-West-Passage«, oder »Das Ende der Reise« hieß, und ungeheuren Erfolg hatte.

– Ein herrlicher Titel, sagte Altamont, doch gestehe ich, dass ich für meine Person bei der Behandlung desselben Sujets um die Lösung der Verwicklung verlegen sein würde.

– Sie haben wohl recht, meinte Bell; wer weiß, wie das noch enden wird!

– Genug, sagte der Doktor; wer wird denn schon an den letzten Akt denken, wenn die Ersten gut verlaufen? Überlassen wir das der Vorsehung, meine Freunde; wir haben nur unsere Rollen nach besten Kräften zu spielen, und da die Lösung den Schöpfer aller Dinge angeht, so wollen wir auch seiner Weisheit vertrauen; er wird uns schon zu helfen wissen.

– Nun wollen wir aber alles das beschlafen, warf Johnson ein, es ist spät, und da die Zeit der Ruhe da ist, wollen wir auch schlummern.

– Sie haben rechte Eile, mein alter Freund, sagte der Doktor.

– Was meinen Sie, Herr Clawbonny, ich befinde mich so wohl in meinem Bette! Und dann träume ich auch gewöhnlich so schön; ich träume von den heißen Ländern, sodass ich wahrlich sagen möchte, dass ich die eine Hälfte meines Lebens unter dem Äquator und die andere am Pol zubringe.

– Den Teufel, sagte Altamont, da sind Sie ja glücklich organisiert.

– Wie Sie sagen, erwiderte der Rüstmeister.

– Nun gut, schloss der Doktor, es würde grausam sein, unseren braven Johnson noch länger sich sehnen zu lassen. Seine Tropensonne erwartet ihn; da wollen wir auch schlafen gehen.

Elftes Kapitel.

Beunruhigende Spuren.

In der Nacht vom 26. zum 27. April schlug das Wetter um; das Thermometer sank merkbar, sodass die Insassen von Doktors-House die Kälte spürten, die bis unter ihre Decken drang. –

Altamont, der die Ofenwache hatte, bemühte sich, das Feuer nicht ausgehen zu lassen, und musste tüchtig nachlegen, um die Temperatur im Innern auf fünfzig Grad über null (+10° hunderteilig) zu erhalten.

Der Wiedereintritt der Kälte bezeichnete das Ende des stürmischen Wetters, worüber sich der Doktor sehr freute; nun konnten ja die gewohnten Beschäftigungen, wie Jagden, Ausflüge, Erforschung des Landes und dergleichen wieder aufgenommen werden, was endlich der tätigkeitslosen Einsamkeit ein Ziel setzte, über die zuletzt auch die besten Menschen ärgerlich werden.

Am folgenden Morgen verließ der Doktor frühzeitig das Bett und bahnte sich durch die aufgehäuften eisigen Massen einen Weg bis zu dem Gipfel, auf dem der Leuchtturm stand.

Der Wind war nach Norden umgesprungen; die Atmosphäre war klar; lange weiße Flächen boten dem Fuße ihren erhärteten Teppich.

Bald verließen die fünf Wintergenossen Doktors-House; ihre erste Sorge war, das Haus von den umhergelagerten Eismassen zu befreien; das Plateau erkannte man kaum wieder, es wäre unmöglich gewesen, darauf die Spuren einer Wohnung zu erkennen. Der Sturm, der die Unebenheiten des Terrains zufüllte, hatte alles geebnet; mindestens um fünfzehn Fuß war der Boden erhöht.

Zuerst musste man zum Wegräumen der Schneemassen schreiten; dann verlieh man dem Gebäude wieder eine architektonische Form, indem man seine Linien vereinigte und sein Aussehen wiederherstellte. Das war übrigens nicht allzu schwer, denn nachdem das Eis fortgeschafft war, genügte einige Arbeit mit dem Eismesser, den Mauern ihre normale Stärke wiederzugeben.

Nach zwei Stunden anhaltender Arbeit ward der Granitboden wieder sichtbar; dann wurde auch der Weg nach den Magazinen und dem Pulverhäuschen wieder gangbar gemacht.

Da sich bei dem so unzuverlässigen Klima ein solcher Zustand jeden Tag wiederholen konnte, entnahm man neuen Vorrat an Lebensmitteln und schaffte ihn in die Küche. Nun machte sich den durch das Salzfleisch gereizten Magen aber auch das Bedürfnis nach frischem Fleische fühlbar; die Jäger wurden demnach beauftragt, diese erhitzende Nahrungsweise einmal abzuändern, und sie bereiteten sich zu einer Partie.

Doch war mit Ende April der polare Frühling noch nicht gekommen; das dauerte noch mindestens sechs Wochen. Die noch schwachen Sonnenstrahlen vermochten diese Schneeflächen nicht zu durchdringen und dem Boden die dürftige Flora jener Gegenden zu entlocken. Man musste wohl fürchten, dass die Tiere, Vögel und Vierfüßler noch sehr selten seien. Doch hätten ein Hase, einige Paar Schneehühner, selbst ein junger Fuchs die Tafel in Doktors-House geziert, und die Jäger waren entschlossen, unerbittlich alles, was ihnen vor den Flintenlauf kam, zu erlegen.

Der Doktor, Altamont und Bell machten sich daran, das Land zu erforschen. Altamont musste, seinem Auftreten nach, ein geschickter und entschlossener Jäger sein; er war ein trefflicher Schütze, aber auch etwas großsprecherisch. Er war also bei der Partie, ganz wie Duk, der in seiner Art gleichviel wert war, und weniger schwatzte.

Die drei Reisegenossen stiegen auf die östliche Erhöhung hinauf und drangen quer über die weißen Ebenen; sie brauchten indes nicht weit zu gehen, denn kaum zweitausend Schritte vom Fort wurden zahlreiche Fährten sichtbar; von dieser Stelle aus gingen sie nach dem Ufer der Victoria-Bay und schienen rings das Fort in konzentrischen Kreisen zu umschließen.

Nachdem die Jäger diese Spuren aufmerksam verfolgen, sahen sie sich einander an.

»Nun, sagte der Doktor, das scheint mir jetzt klar.

– Nur zu klar, setzte Bell hinzu; das sind Spuren von Bären.

– Ein prächtiges Stück Wild, antwortete Altamont, aber heute scheint es mir doch einen großen Fehler zu haben.

– Welchen? Fragte der Doktor.

– Seine große Anzahl, erwiderte der Amerikaner.

– Was wollen Sie damit sagen, versetzte Bell.

– Ich will sagen, dass das die Spuren von fünf vollkommen zu unterscheidenden Bären sind; und fünf Bären auf fünf Menschen ist doch etwas viel.

– Sind Sie Ihrer Ansicht sicher? Fragte der Doktor.

– Sehen und urteilen Sie selbst; hier ist eine Fährte, die jener anderen nicht gleicht; die Krallen von diesen hier sind weiter abstehend, als die von jenen; da ist auch noch die Fußtapfe eines kleineren Bären. Wenn Sie vergleichen, werden Sie in bestimmtem Raume immer die Spuren von fünf Tieren finden.

– Es ist unzweifelhaft, sagte Bell, nachdem er sich die Sache genau angesehen.

– Dann, meinte der Doktor, gilt es hier nicht unnütze Bravour zu zeigen, sondern auf unserer Hut zu sein; diese Tiere sind durch den strengen Winter ausgehungert, und können deshalb sehr gefährlich werden; und da über ihre Zahl kein Zweifel sein kann ...

– Und auch nicht über ihre Absichten, fiel Altamont ein.

– Sie glauben, sagte der Erstere, dass diese unseren Aufenthalt an der Küste aufgespürt haben?

– Gewiss, wenn wir nicht nur auf eine Wechselfährte der Bären gestoßen sind.

Aber warum gehen diese Spuren rund herum und verlieren sich nicht in der Ferne? Da sehen Sie, von Südosten sind die Tiere gekommen, haben dann hier haltgemacht, und von dieser Stelle aus das Terrain durchstöbert.

– Sie haben recht, sagte der Doktor; es steht sogar fest, dass sie diese Nacht gekommen sind.

– Und ohne Zweifel auch die früheren Nächte, antwortete Altamont, nur wird der Schnee ihre Spuren verdeckt haben.

– Nein, erwiderte der Doktor, es ist vielmehr anzunehmen, dass die Bären auch das Ende der Stürme abgewartet haben; durch die Not getrieben, haben sie sich dann nach der Küste der Bay aufgemacht, um einige Robben zu fangen, und haben uns dabei ausgewittert.

– So ist's gerade, sagte Altamont; übrigens können wir leicht erfahren, ob sie nächste Nacht wiederkehren.

– Wie das? Fragte Bell.

– Wir verwischen die Spuren auf einer Strecke Weges, und wenn wir morgen frische eingedrückte Spuren bemerken, ist es sicher, dass das Fort Providence das Ziel ist, nach dem sie trachten.

– Gut, sagte der Doktor, dann werden wir wenigstens wissen, woran wir sind.«

Die drei Jäger gingen ans Werk, und indem sie den Schnee darüber scharrten, hatten sie bald auf eine Entfernung von sechshundert Fuß jede Fährte zerstört.

»Es ist doch auffallend, sagte Bell, dass die Tiere uns auf eine so große Entfernung hin aufspüren konnten, da wir kein Fett verbrannt haben, das sie hätte anlocken können.

– O, sagte der Doktor, die Bären haben sehr scharfen Gesichts-, und sehr seinen Geruchssinn; dazu sind sie sehr gescheit, wenn nicht die gescheitesten aller Tiere, und haben von hier aus gewiss etwas Ungewohntes gewittert.

– Wer sagt uns übrigens, bemerkte Bell, dass sie nicht während des Sturmes sogar bis zu dem Plateau gekommen sind?

– Ja, sagte der Amerikaner, warum hätten sie sich dann aber letzte Nacht gerade auf diese Grenze beschränkt?

– Darauf gibt es freilich keine Antwort, erwiderte der Doktor, und wir müssen annehmen, dass sie den Kreis ihrer Nachforschungen immer enger um das Fort Providence ziehen werden.

– Das werden wir wohl sehen, antwortete der Amerikaner.

– Nun wollen wir unseren Weg fortsetzen, sagte der Doktor, aber wachsamen Auges!«

Die Jäger lugten scharf aus; sie mochten fürchten, hinter irgendeinem kleinen Eisberge lauere ein Bär; häufig hielten sie große Blöcke, die ungefähr die Form und Farbe derselben hatten, auch selbst für solche; aber zuletzt und zu ihrer großen Befriedigung war es immer eine Täuschung.

Endlich kamen sie dem Bergkegel wieder nahe, von wo aus ihr Blick vergeblich vom Kap Washington bis zur Insel Johnson streifte.

Sie sahen Nichts; alles war unbeweglich und weiß; kein Geräusch, kein Krachen des Eis war hörbar.

So kehrten sie in das Schneehaus zurück.

Hatteras und Johnson wurden mit dem Vorgefallenen bekannt gemacht, und man beschloss mit angestrengtester Aufmerksamkeit zu wachen. Die Nacht kam; Nichts störte ihre Ruhe, Nichts ließ sich hören, was die Nähe einer Gefahr verraten hätte.

Am folgenden Tage machten sich Hatteras und seine Begleiter schon mit der Morgendämmerung wohlbewaffnet auf, den Zustand der Schneefläche nachzusehen; sie entdeckten Spuren, die denen des vorigen

Tages vollkommen entsprachen, aber näher waren. Offenbar machten die Feinde Anstalt, das Fort Providence zu belagern.

»Sie haben ihre zweite Parallele eröffnet, sagte der Doktor.

– Sie haben sogar einen Posten vorgeschoben, erwiderte Altamont; sehen Sie dort diese Fährte, sie gehört einem gewaltigen Tiere an.

– Ja, sagte Johnson, diese Bären kommen nach und nach heran; es ist augenscheinlich, dass sie uns angreifen wollen.

– Das unterliegt keinem Zweifel, entgegnete der Doktor, darum vermeiden wir, uns sehen zu lassen. Wir sind nicht stark genug, um mit Erfolg einen offenen Kampf aufzunehmen.

– Aber wo mögen diese verdammten Bären sein? Rief Bell.

– Hinter irgendeinem Schollenhaufen im Osten, von wo aus sie uns beobachten; wir wollen uns keinem unklugen Abenteuer aussetzen.

– Und die Jagd? Warf Altamont ein.

– Werden wir einige Tage aufschieben; wir wollen aufs Neue die nächsten Fährten verlöschen, und morgen nachsehen, ob sie wieder da sind. So werden wir uns bezüglich der Manöver unserer Feinde auf dem Laufenden erhalten.«

Des Doktors Rat ward befolgt, und man zog sich wieder in das Fort zurück. Die Anwesenheit dieser furchtbaren Tiere machte jeden Ausflug unmöglich. Man überwachte aufmerksam die Umgebungen der Victoria-Bay. Der Leuchtturm wurde gelöscht, er hatte jetzt keinen tatsächlichen Nutzen und erregte eher die Aufmerksamkeit der Tiere; die Laterne und die Leitungsschnüre wurden in das Haus hereingenommen; ferner begab sich einer nach dem Anderen zur Umschau auf das obere Plateau.

Nun hatten sie aufs Neue die Unlust der Abschließung auszuhalten; aber konnten sie anders handeln? In einen so ungleichen Kampf konnte man sich nicht einlassen, und das Leben jedes Einzelnen war zu kostbar, um es unklug aufs Spiel zu setzen. Wenn die Bären Nichts mehr sahen, gaben sie vielleicht das Spüren auf, und traf man sie bei einem Ausfluge einzeln, so waren sie schon mit Erfolg anzugreifen.

Diese Untätigkeit wurde indes auch durch ein neues Interesse belebt; es galt zu wachen, und keiner bedauerte, ein wenig Vorposten stehen zu müssen.

Der 28. April verging ohne ein Lebenszeichen der Feinde.

Am anderen Tage suchte man mit lebhafter Neugierde die Fährte wieder auf, und war nicht wenig erstaunt, keine zu finden. Weit und breit sah man nur die unberührte Schneefläche.

»Gut! Rief Altamont, die Bären haben ihr Spüren aufgegeben, sie hatten keine Ausdauer und wurden des Wartens müde. Sie sind fort! Glückliche Reise! Und nun auf, zur Jagd!

– Halt! Halt! Wendete der Doktor ein, wer weiß? Zu größerer Sicherheit, meine Freunde, verlange ich noch einen Tag Überwachung; sicher ist nur, dass der Feind diese Nacht nicht zurückgekehrt ist, mindestens nicht von dieser Seite her ...

– So umgehen wir das ganze Plateau, sagte Altamont, dann wissen wir gleich, woran wir sind.

– Recht gern!« erwiderte der Doktor.

Aber mochte man auch noch so achtsam den ganzen Raum innerhalb zwei Meilen absuchen, es war unmöglich, nur die geringste Fährte zu entdecken.

»Nun, gehen wir nun jagen? Fragte ungeduldig der Amerikaner.

– Warten wir bis morgen, entgegnete der Doktor.

– Also bis morgen«, versetzte Altamont, der sich nur mit Mühe zurückhielt.

Alle gingen ins Fort zurück und jeder musste, wie den Tag vorher, immer eine Stunde auf dem Beobachtungspunkt verbleiben.

Als die Reihe an Altamont kam, verfügte er sich zur Ablösung Bells nach dem Bergkegel.

Sobald er nur hinaus war, rief Hatteras seine Gefährten um sich zusammen. Der Doktor verließ sein Notizenheft und Johnson die Öfen.

Man hätte glauben können, dass Hatteras mit ihnen über die Gefahren ihrer Lage habe reden wollen; aber daran dachte er nicht.

»Meine Freunde, sagte er, benutzen wir die Abwesenheit dieses Amerikaners, um einmal von unseren Angelegenheiten zu sprechen; es gibt Sachen, die ihn Nichts angehen und in welche ich seine Einmischung nicht wünschte.«

Die Angeredeten sahen sich an, da sie noch nicht wussten, wo er hinaus wolle.

»Ich wünsche mich mit Euch, fuhr er fort, über unsere zukünftigen Projekte zu verständigen.

– Gut, gut, erwiderte der Doktor, darüber wollen wir reden, da wir allein sind.

– In einem Monat, sagte Hatteras, spätestens in sechs Wochen wird die Zeit zu größeren Ausflügen wieder da sein. Habt Ihr daran gedacht, was wir wohl während des Sommers unternehmen sollen?

– Und Sie, Kapitän, fragte Johnson.

– Ich, ich kann sagen, dass mir keine Stunde verstreicht, die mich nicht mit meiner Idee beschäftigt fände. Ich nehme an, dass keiner die Absicht hat, den Weg rückwärtszugehen?«

Diese Anmutung blieb ohne augenblickliche Antwort.

»Was mich betrifft, fuhr Hatteras fort, und müsste ich allein gehen, ich ginge bis zum Nordpol, von dem wir höchstens noch dreihundert Meilen entfernt sind. Noch niemals näherten sich Menschen soweit diesem ersehnten Ziele, und ich möchte eine solche Gelegenheit nicht verlieren, ohne alles versucht zu haben, selbst das Unmögliche. Was sind in dieser Hinsicht Ihre Absichten?

– Die Ihrigen, antwortete lebhaft der Doktor.

– Und die Ihrigen, Johnson?

– Die des Doktors, erwiderte der alte Schiffer.

– Es ist noch an Ihnen, zu sprechen, Bell, sagte Hatteras.

– Kapitän, entgegnete der Zimmermann, uns erwartet keine Familie in England, das ist wahr, aber die Heimat bleibt doch die Heimat? Denken Sie denn an keine Rückkehr?

– Die Rückkehr wird sich nach der Entdeckung des Pols noch ebenso gut ausführen lassen, erwiderte der Kapitän. Selbst noch besser. Die Schwierigkeiten derselben werden nicht größer geworden sein, denn bei der Rückkehr entfernen wir uns immer mehr von den kältesten Punkten der Erdkugel. Wir haben noch für lange Zeit Brennmaterial und Nahrungsmittel. Nichts kann uns demnach abhalten, und wir würden uns eine wahre Schuld aufladen, nicht bis ans Ziel gegangen zu sein.

– Nun denn, sagte Bell, wir sind alle Ihrer Meinung, Kapitän.

– Gut, antwortete Hatteras, ich habe auch nie an Ihnen gezweifelt. Wir werden siegen, meine Freunde, und England wird den vollen Ruhm unseres Erfolges haben.

– Aber es ist ein Amerikaner unter uns«, sagte Johnson.

Hatteras vermochte bei dieser Bemerkung eine zornige Bewegung nicht zu unterdrücken.

»Ich weiß es, sagte er ernst.

– Wir können ihn hier nicht zurücklassen, meinte der Doktor.

– Nein, das können wir nicht, sagte mechanisch Hatteras.

– Und er wird bestimmt mitkommen.

– Ja! Er wird mitkommen! Aber wer wird den Befehl führen?

– Sie, Kapitän.

– Und wenn Ihr Anderen mir gehorcht, sollte dieser Yankee den Gehorsam verweigern?

– Ich glaube es nicht, antwortete Johnson; und wenn er sich wirklich Ihren Anordnungen nicht fügen wollte ...

– So wäre das dann eine Frage zwischen ihm und mir.«

Schweigend sahen die drei Engländer Hatteras an. Der Doktor ergriff wieder das Wort.

»Wie werden wir reisen? Sagte er.

– So viel als möglich längs der Küste, erwiderte Hatteras.

– Aber wenn wir, wie es wahrscheinlich ist, auf ein offenes Meer stoßen?

– Nun gut, dann setzen wir hinüber.

– Aber wie? Wir haben kein Fahrzeug.«

Hatteras blieb die Antwort schuldig; er war offenbar in Verlegenheit.

»Man könnte vielleicht, sagte Bell, eine Schaluppe aus den Trümmern des Porpoise bauen.

– Nimmermehr! Fuhr Hatteras heftig auf.

– Nimmermehr?« fragte Johnson.

Der Doktor schüttelte den Kopf; er verstand das Widerstreben des Kapitäns.

»Nimmermehr! Wiederholte dieser. Eine Schaluppe aus dem Holze eines amerikanischen Schiffes gebaut, wäre auch eine amerikanische! ...

– Aber, Kapitän! ...« begann Johnson.

Der Doktor gab dem alten Schiffer einen Wink, jetzt nicht hierbei zu verharren. Diese Frage musste für einen gelegeneren Augenblick erspart bleiben. Wenn der Doktor auch Hatteras' Widerstand vollkommen begriff, so teilte er ihn doch nicht, und hoffte schon, den Freund wieder von seiner so bestimmten Entschließung zurückzubringen. Er sprach nun von Anderem; von der Möglichkeit, von der Küste aus direkt nach Norden zu dringen, und von jenem unbekannten Punkte der Erdkugel, den man den Nordpol nennt.

Kurz, er vermied die gefährlicheren Seiten der Unterhaltung bis zu dem Augenblick, wo sie plötzlich unterbrochen wurde, und das war beim Wiedereintritt Altamonts.

Dieser hatte nichts Neues mitzuteilen.

So endete der Tag, und auch die Nacht verlief ruhig. Offenbar waren die Bären verschwunden.

Zwölftes Kapitel.

Im Eis-Gefängnis.

Am folgenden Tage dachte man daran, einen Jagdzug zu unternehmen, an dem Hatteras, Altamont und der Zimmermann teilnehmen sollten. Verdächtige Spuren waren nicht wieder bemerkt worden, und die Bären hatten gewiss auf einen Angriff verzichtet, sei es aus Furcht vor ihren unbekannten Feinden, oder weil ihnen neuerdings Nichts die Anwesenheit lebender Wesen in jener Schneemasse verraten hatte.

Während der Abwesenheit der drei Jäger sollte der Doktor zur Insel Johnson vordringen, den Zustand des Eises untersuchen und einige hydrografische Aufnahmen vornehmen. Es war zwar eine sehr lebhafte Kälte, aber die Überwinternden vertrugen sie gut; ihre Haut hatte sich an diese ungeheure Kälte bereits gewöhnt.

Der Rüstmeister sollte in Doktors-House zurückbleiben, um die Wohnung zu überwachen.

Die Jäger trafen ihre Vorbereitungen; sie bewaffneten sich jeder mit einem gezogenen Doppelgewehr und Spitzkugeln und nahmen etwas Pemmikan mit, für den Fall, dass die Nacht sie vor Beendigung ihres Ausflugs überraschte; außerdem trugen sie das unvermeidliche Schneemesser mit sich, das unentbehrlichste Werkzeug in jenen Gegenden, und ein Beil steckte im Gürtel ihrer Damwildjacken.

So ausgerüstet, bekleidet und bewaffnet konnten sie wohl ziemlich weit gehen, und, gewandt und kühn, wie sie waren, auf einen guten Erfolg ihrer Jagd rechnen.

Um acht Uhr morgens waren sie fertig und brachen auf. Duk sprang munter voran; sie stiegen die kleine Höhe im Osten hinauf, umgingen den Leuchtturm und verloren sich in der weiten, im Süden durch den Mount Bell begrenzten Ebene.

Der Doktor seinerseits ging, nachdem er mit Johnson ein Alarmsignal für den Fall einer Gefahr verabredet hatte, nach dem Ufer hinab, um zu den vielgestaltigen Eismassen zu gelangen, welche die Bay Victoria herumstarteten.

Der Rüstmeister blieb im Fort Providence allein, aber nicht müßig. Er ließ zuerst die Grönländer Hunde, die im Doggenpalast unruhig wurden, ins Freie, wo sie sich lustig im Schnee wälzten. Dann beschäftigte sich Johnson mit den vielerlei Einzelheiten des Haushalts. Er musste Brennmaterial und Speisevorräte herbeischaffen, die Magazine in

Ordnung bringen, manch' zerbrochenes Gerät wiederherstellen, die schlecht gewordenen Decken ausbessern und Schuhwerk für die weiten Sommerausflüge instand setzen. An Arbeit fehlte es ihm nicht, und der Rüstmeister gab sich ihr mit jener, dem Seemann eigentümlichen Geschicklichkeit hin, die sich in alles zu finden weiß.

Als er sich so beschäftigte, kam ihm die Unterhaltung des vergangenen Tages wieder in den Sinn; er dachte an den Kapitän und dessen nach allem so heroischen und ehrenhaften Eigensinn, der nicht wollte, dass ein Amerikaner, nicht einmal eine amerikanische Schaluppe vor oder mit ihm den Pol erreichen sollte.

»Es scheint mir immerhin schwer, sprach er bei sich, den Ozean ohne ein Fahrzeug zu passieren, und wenn wir erst das offene Meer vor uns haben, wird man sich wohl der Notwendigkeit, zu Schiff zu gehen, nicht entschlagen können. Dreihundert Meilen weit kann man nicht schwimmen, und wenn man der beste Engländer wäre; der Patriotismus hat eben seine Grenzen. Nun wir werden es ja sehen. Noch haben wir Zeit vor uns; Herr Clawbonny hat sein letztes Wort in dieser Sache auch noch nicht gesprochen; er ist der Mann dazu, den Kapitän die Sache noch einmal überlegen zu lassen. Ich möchte wetten, dass er von der Küste der Insel her schon einen Blick auf das Wrack des Porpoise wirft, und dann am besten wissen wird, was sich daraus machen lässt.«

Bis hierher kam Johnson mit seinen Betrachtungen, und die Jäger waren etwa eine Stunde lang fort, als er zwei bis drei Meilen unter dem Winde einen heftigen, deutlichen Knall hörte.

»Schön! Sagte der alte Seemann, sie haben etwas gefunden, und ohne weit zu gehen, da man den Schall so deutlich hört. Zudem ist die Atmosphäre sehr rein!«

Ein zweiter Knall und ein dritter Knall folgten sich Schlag auf Schlag.

»Nun, sagte Johnson, die sind an einem guten Platze.«

Da fielen noch, offenbar näher, drei weitere Schüsse.

»Sechs Schuss! stutzte Johnson, nun haben sie keine Ladung mehr in den Gewehren, das muss heiß hergegangen sein. Oder sollten etwa gar …«

Johnson erblasste bei dem Gedanken, der ihm kam; schnell sprang er aus dem Hause und klomm in wenigen Augenblicken den kleinen Abhang bis zum Gipfel des Kegels empor. Was er sah, machte ihn erzittern.

»Die Bären!« rief er aus.

Die drei Jäger kamen, gefolgt von Duk, in vollem Laufe daher, verfolgt von fünf gewaltigen Tieren; ihre sechs Kugeln hatten jene nicht abzuwehren vermocht; die Bären liefen schneller als sie; Hatteras, der zurück war, verlor an Zwischenraum zwischen sich und den Tieren, und konnte diesen nur dadurch, dass er seine Mütze, seine Hacke und sogar seine Flinte wegwarf, erhalten. Die Bären hielten ihrer Gewohnheit gemäß an, um jeden ihrer Neugierde preisgegebenen Gegenstand zu beschnüffeln, und verloren so etwas an Terrain, während sie sonst das schnellste Pferd überholt hätten.

So kamen Hatteras, Altamont und Bell, außer Atem vom Laufen, bei Johnson an und ließen sich mit ihm die Böschung nach dem Schneehaufen hinabgleiten.

Die fünf Bären waren ihnen dicht auf dem Nacken, und der Kapitän musste noch mit seinem Messer einen Tatzenschlag parieren, der kräftig nach ihm geführt wurde.

In Zeit von einem Augenblicke waren Hatteras und seine Genossen im Hause eingeschlossen. Die Bären waren zunächst auf dem durch die Abstumpfung des Kegelberges gebildeten Plateau zurückgeblieben.

»Endlich, rief Hatteras, werden wir uns nun besser verteidigen können, fünf gegen fünf!

– Nur vier gegen fünf, sagte Johnson voll Schrecken.

– Wie das? Fragte Hatteras.

– Der Doktor! Antwortete Johnson nur, auf das leere Zimmer zeigend. – Nun?

– Er ist nach der Insel zu gegangen!

– Der Unglückliche! Rief Bell aus.

– So können wir ihn nicht verlassen, meinte Altamont.

– Nein, machen wir uns auf!« sprach Hatteras.

Schnell öffnete er die Tür, aber konnte sie kaum rechtzeitig wieder schließen; ein Bär hätte ihm beinahe mit einem Tatzenschlag den Schädel zertrümmert.

»Sie sind da! Schrie er.

– Alle? Fragte Bell.

– Alle!« erwiderte Hatteras.

Altamont sprang nach den Fenstern, deren Öffnungen er mit Eisstücken aus den inneren Wänden verrammelte; seine Genossen taten dasselbe; durch Nichts ward das Schweigen unterbrochen, als durch Duks verhaltenes Bellen.

Das muss man jedoch den Männern nachsagen, dass sie nur ein Gedanke beseelte: Sie vergaßen die eigene Gefahr und dachten nur an den Doktor; an ihn, nicht an sich. Der arme Clawbonny! So gut, so ergeben, die Seele der kleinen Kolonie! Zum ersten Male war er nicht da; die größten Gefahren, vielleicht gar ein schrecklicher Tod warteten sein, denn nach Beendigung seines Ausflugs würde er ruhig nach Fort Providence zurückkehren und plötzlich vor den wilden Bestien stehen.

Und es gab kein Mittel, das zu verhüten!

»Jedoch, wenn ich mich nicht sehr täusche, sagte Johnson, wird er auf seiner Hut sein; Ihr wiederholtes Feuern muss ihn aufmerksam gemacht haben und ihn glauben lassen, dass irgendetwas Außergewöhnliches vorgehe.

– Wenn er aber zu fern von hier war, antwortete Altamont, und es nicht gehört hätte? Mit der Wahrscheinlichkeit von acht zu zehn wird er ohne Ahnung einer Gefahr zurückkehren. Die Bären sind durch den Wall des Forts verdeckt, sodass er sie vorher nicht sehen kann.

– Wir müssen uns also von diesen gefährlichen Gästen vor seiner Rückkehr befreien, erwiderte Hatteras.

– Aber wie?« fragte Bell.

Die Antwort hierauf war nicht leicht. Ein Ausfall erschien unausführbar. Man hatte Mühe gehabt, den Verbindungsgang zu verbarrikadieren, aber die Bären konnten, wenn es ihnen einfiel, dieser Hindernisse leicht Meister werden; sie wussten recht gut, wie sie bezüglich der Zahl und der Stärke ihrer Gegner daran waren, welche ohne Schwierigkeit bis zu ihnen gelangen konnten.

Die Gefangenen verteilten sich in alle Räume von Doktors-House, um jeden Versuch eines Einbruchs zu überwachen; wenn sie lauschten, hörten sie die Bären hin und her laufen, dumpf brummen und mit ihren ungeheuren Tatzen an den Wänden scharren.

Doch, man musste handeln; die Zeit drängte. Altamont beschloss eine Schießluke herzustellen, um auf die Angreifer zu feuern; in wenigen Minuten hatte er ein Loch in der Eismauer ausgehöhlt, in welches er sein Gewehr einlegte; kaum aber erschien dasselbe außerhalb mit der Mündung, als es seinen Händen auch schon mit unwiderstehlicher Gewalt entrissen wurde, ohne dass er zum Schießen kam.

»Zum Teufel! Rief er; dagegen sind wir nicht stark genug!« und beeilte sich, die Schießscharte wieder zu verstopfen.

Diese Lage währte nun schon eine Stunde, und ihr Ende war vorläufig nicht abzusehen. Die Aussichten eines Ausfalls wurden noch besprochen; sie waren nur schwach, da man die Bären nicht würde einzeln bekämpfen können. Nichtsdestoweniger gedachten Hatteras und seine Genossen, die diese Lage gern ändern wollten, und, man muss es gestehen, sehr beschämt und verwirrt waren, so von Tieren gefangen gehalten zu werden, einen direkten Angriff unternehmen, als der Kapitän noch auf ein neues Verteidigungsmittel verfiel.

Er nahm den Poker, der Johnson zum Reinigen der Ofenroste diente, und legte ihn in die Kohlenglut; dann machte er eine Öffnung in die Schneemauer, ohne sie für jetzt bis nach außen zu verlängern, sodass also noch eine dünne Eiskruste an der Mündung stehen blieb.

Seine Gefährten sahen ihm zu. Als der Poker weißglühend geworden war, sagte Hatteras:

»Diese weißglühende Stange soll mir dazu dienen, die Bären, welche sie nicht halten können, zurückzutreiben, und durch die Schießscharte wird ein wohlgenährtes Feuer auf sie gerichtet werden können, ohne dass sie uns die Waffen zu entreißen vermögen.

– Gut ausgedacht!« rief Bell, der neben Altamont Posto fasste.

Darauf nahm Hatteras das Eis aus der Glut und stieß es schnell vollends durch die Mauer. Der Schnee, der in Berührung damit schmolz und verdampfte, zischte mit betäubendem Geräusche. Zwei Bären sprangen herbei, fassten die noch rotglühende Stange an, und stießen ein schreckliches Geheul aus; in demselben Augenblick fielen vier Schüsse Schlag auf Schlag.

»Getroffen! Rief der Amerikaner.

– Getroffen! wiederholte hurtig Bell.

– Wiederholen wir's«, sagte Hatteras, und verstopfte die Öffnung augenblicklich wieder.

Das Schüreisen kam wieder in den Ofen; nach einigen Minuten war es rot glühend.

Altamont und Bell, welche die Gewehre wieder geladen hatten, nahmen ihre Plätze wieder ein; Hatteras reinigte die Schießscharte wieder und brachte das weißglühende Eis aufs Neue hinein.

Diesmal aber stieß es auf eine undurchdringliche Schicht.

»Verdammt! rief der Amerikaner.

– Was ist los? fragte Johnson.

– Was los ist! Nun, dass diese verwünschten Tiere Blöcke auf Blöcke häufen, sodass sie uns in unserem Hause einmauern und lebendig begraben.

– Unmöglich!

– Sehen Sie doch, das Schüreisen dringt nicht mehr durch; das wird am Ende spaßhaft!«

Spaßhaft war es nicht mehr, es wurde beunruhigend; die Lage verschlimmerte sich. Die Bären, als sehr gescheite Tiere, wandten dies Mittel an, ihre Beute zu ersticken. Sie häuften die Schollen derart an, dass jede Flucht unmöglich wurde.

»Das ist hart! Sagte der alte Johnson mit höchst ärgerlicher Miene. Wenn Menschen uns so behandelten, möchte es noch gehen, aber Bären!«

Hierauf verflossen noch zwei Stunden ohne wesentliche Veränderung der Lage; ein Ausfall war unausführbar geworden, die verdickten Mauern hielten auch jedes von außen kommende Geräusch ab. Altamont ging unruhig umher, wie ein mutiger Mann, der erbittert ist über eine Gefahr, die alle seine Kühnheit übersteigt. Hatteras gedachte mit Schrecken des Doktors und der ernstlichen Gefahr, die ihm bei der Rückkehr drohte.

»Ach! Rief Johnson, wäre doch Herr Clawbonny hier!

– Nun, was würde er beginnen? Fragte Altamont.

– Er würde uns gewiss aus der Not zu helfen wissen.

– Und womit? Fragte lächelnd der Amerikaner.

– Ja, wenn ich das wüsste, erwiderte Johnson, dann brauchte ich ihn nicht. Doch, einen Rat, den er uns jetzt geben würde, weiß ich doch.

– Der wäre?

– Den, einen Imbiss zu nehmen! Gewiss kann uns das nichts schaden, im Gegenteil. Was meinen Sie darüber, Herr Altamont?

– Wir wollen essen, wenn es Ihnen Vergnügen macht, antwortete der Letztere, obgleich es in unserer Lage etwas Albernes, um nicht zu sagen Demütigendes ist.

– Ich wette, dass wir nach dem Essen irgendein Mittel entdecken, hier herauszukommen«, sagte Johnson.

Niemand antwortete, aber man setzte sich zu Tisch. Zwar versuchte Johnson, der in des Doktors Schule gebildet war, gegenüber der Gefahr den Philosophen zu spielen; doch gelang es ihm nur schlecht. Übrigens singen die Gefangenen auch allmählich an, sich unbehaglich zu fühlen; die Luft verschlechterte sich in diesem hermetisch verschlossenen Raume; die Atmosphäre konnte sich durch die Rauchfänge der Öfen, welche schlecht zogen, nicht erneuern, und es war leicht vorauszusehen, dass in nicht ferner Zeit das Feuer erlöschen werde; der Sauerstoff, welcher durch das Atmen und das Feuer verzehrt wurde, musste bald der Kohlensäure, deren verderbliche Wirkung bekannt ist, Platz machen.

Hatteras erkannte diese neue Gefahr zuerst und wollte sie seinen Gefährten nicht verheimlichen.

»So werden wir also um jeden Preis hinaus müssen, sagte Altamont.

– Ja, erwiderte Hatteras; aber wir wollen die Nacht abwarten, dann machen wir eine Öffnung in die Decke, die uns frische Luft zuführen wird, dann nimmt einer von uns auf dieser Stelle Platz, um auf die Bären zu feuern.

– Das ist der einzige Ausweg«, erwiderte der Amerikaner.

Als man dahin übereingekommen war, wartete man gespannt auf die Zeit zum Versuch dieses Abenteuers, doch machte in den folgenden Stunden Altamont seinen Verwünschungen Luft über eine Lage der Dinge, »in welche, wie er sagte, Bären und Menschen gekommen seien, und in der die Letzteren nicht die schönste Rolle spielten.«

Dreizehntes Kapitel.

Die Mine.

Die Nacht kam heran, und schon begann die Lampe, in der sauerstoffarmen Atmosphäre des Salons düster zu werden.

Um acht Uhr traf man die letzten Vorbereitungen. Die Gewehre wurden sorgfältig geladen, und eine Öffnung in die Decke des Eishauses gemacht.

Die Arbeit dauerte schon einige Minuten, und Bell unterzog sich ihr ganz geschickt, als Johnson aus dem Schlafraume, in dem er sich zum Aufpassen befand, eilig zu den Anderen gelaufen kam.

Er schien unruhig zu sein.

»Was ist Ihnen, fragte der Kapitän.

– Was mir ist? Nichts, erwiderte der alte Seefahrer stockend, und doch ...

– Nun, was gibt's? Sagte Altamont.

– Stille! Hören Sie nicht ein sonderbares Geräusch?

– Von welcher Seite?

– Da! Es geht irgendetwas in der Mauer des Zimmers vor.«

Bell unterbrach seine Arbeit; jeder horchte.

Ein noch entferntes Geräusch war zu vernehmen, das aus der Seitenwand herzukommen schien; offenbar wurde ein Loch in das Eis gemacht.

»Man scharrt daran! Sagte Johnson.

– Ohne Zweifel, erwiderte Altamont.

– Die Bären? Fragte Bell.

– Ja, die Bären, versetzte dieser.

– Die haben ihre Taktik geändert, sagte der alte Seemann; sie haben es aufgegeben, uns zu ersticken.

– Oder sie halten uns schon für abgetan, erwiderte der Amerikaner, in dem der Zorn aufschäumte.

– Nun werden wir angegriffen werden, meinte Bell.

– Nun gut! Sagte Hatteras, so werden wir Auge in Auge kämpfen.

– Tausend Teufel! Rief Altamont, das ist mir lieber; ich für meinen Teil bin dieser unsichtbaren Feinde überdrüssig; jetzt wird man sich sehen und sich schlagen.

– Ja wohl, erwiderte Johnson, aber nicht mit Flintenschüssen, das geht in dem engen Raume nicht an.

– Nun gut, dann mit dem Beil, dem Messer!«

Das Geräusch wurde hörbarer, man vernahm deutlich das Kratzen der Krallen. Die Bären hatten die Mauer an dem Winkel in Angriff genommen, wo sich das Haus an den eisigen Abhang des Felsens lehnte.

»Das Tier, welches da arbeitet, ist jetzt keine sechs Fuß mehr von uns, sagte Johnson.

– Sie haben recht, antwortete der Amerikaner, aber es bleibt uns Zeit, uns zu seinem Empfang vorzubereiten.«

Der Amerikaner nahm sein Beil in die eine, sein Messer in die andere Hand; auf den rechten Fuß gestützt, und den Körper zurückgebogen, hielt er sich zum Angriff bereit. Hatteras und Bell taten desgleichen. Johnson hatte die Flinte bei der Hand, für den Fall, dass der Gebrauch der Feuerwaffe nötig erschiene.

Immer stärker wurde das Geräusch; das Eis krachte unter der Gewalt der stählernen Krallen.

Endlich trennte nur noch eine dünne Kruste den Angreifer und seine Gegner. Plötzlich spaltete sich auch diese Zwischenwand, und ein großer schwarzer Körper erschien in dem Halbdunkel des Zimmers.

Schnell erhob Altamont seine Hand zum Schlage.

»Halt! Um des Himmels willen! Rief da eine bekannte Stimme.

– Der Doktor! Der Doktor!« jauchzte Johnson.

Wirklich, es war der Doktor, der mit der Wucht seines Leibes mitten ins Zimmer kollerte.

»Nun, guten Tag, meine tapferen Freunde!« sagte er, indem er flink aufsprang.

Seine Gefährten waren ganz verdutzt, aber auf dieses Staunen folgte die Freude; jeder wollte den wackeren Mann in seine Arme schließen; Hatteras drückte ihn, tief gerührt, lange Zeit ans Herz; der Doktor antwortete ihm mit einem warmen Händedruck.

»Was, Sie sind es, Herr Clawbonny! Rief der Rüstmeister.

– Ich bin es, mein alter Johnson, und ich war über Ihr Los gewiss unruhiger, als Sie es um das Meinige sein konnten.

– Aber wie haben Sie wissen können, dass wir durch eine Rotte Bären angegriffen waren? Fragte Altamont; unsere Hauptsorge war die, Sie möchten ruhig, ohne Ahnung der Gefahr, nach Fort Providence zurückkehren.

– O, ich habe alles mit angesehen, erwiderte der Doktor; Ihre Flintenschüsse machten mich aufmerksam; ich war in dem Augenblicke nahe dem Wrack des Porpoise; ich erkletterte einen Eishügel und bemerkte die fünf Bären, die Ihnen auch auf der Ferse waren; ach, welche Angst hab' ich für Sie ausgestanden! Als ich Sie aber endlich von der Höhe des Hügels herabgleiten und die Bären haltmachen sah, war ich für den Augenblick beruhigt; ich nahm an, dass Sie noch Zeit hatten, sich im Hause verschanzen zu können. Dann hab' ich mich nach und nach genähert, bald kriechend, bald zwischen den Eisschollen gleitend; ich kam dem Fort nahe, und sah die gewaltigen Tiere, wie große Biber, bei der Arbeit; sie schlugen den Schnee an, türmten die Blöcke, mit einem Worte, sie mauerten Sie lebendig ein. Glücklicherweise kamen sie nicht auf den Einfall, Blöcke von dem Berggipfel herabzuschleudern, denn dann würden Sie ohne Gnade zerschmettert worden sein.

– Aber, sagte Bell, Sie waren doch nicht in Sicherheit, Herr Clawbonny; konnten die Ungetüme nicht ihren Platz verlassen und gegen Sie vorgehen?

– Das fiel ihnen gar nicht ein; die Grönländer Hunde, welche Johnson losgelassen hatte, streiften mehrmals dicht bei jenen herum, ohne dass ihnen der Gedanke kam, auf sie Jagd zu machen; nein, die waren sich einer leckereren Beute gewiss.

– Ich danke für das Kompliment, sagte Altamont lachend.

– O, darauf dürfen Sie nicht stolz sein. Als ich die Taktik der Bären durchschaute, beschloss ich zu Ihnen einzudringen; aus Vorsicht musste ich die Nacht abwarten. Schon mit Eintritt der Dämmerung glitt ich geräuschlos nach dem Abhang von der Seite des Pulverhäuschens her. Diesen Weg wählte ich aus ganz bestimmten Gründen; ich wollte hier einen verdeckten Gang anlegen. Ich ging also an die Arbeit und griff das Eis mit meinem Schneemesser – wahrlich, ein prächtiges Stück Werkzeug das, entschlossen an. Ich hackte, bohrte, arbeitete, und da bin ich nun, zwar ausgehungert und kreuzlahm, aber doch angekommen ...

– Um unser Loos zu teilen? Sagte Altamont.

– Nein, um alle zu retten; aber erst geben Sie mir etwas Zwieback und Fleisch, ich falle fast um vor Hunger.«

Bald zermalmten des Doktors weiße Zähne ein tüchtiges Stück Pökelfleisch; noch während des Essens gab er auf die ihn bestürmenden Fragen Antwort.

»Uns retten! wiederholte Bell.

– Ohne Zweifel, erwiderte der Doktor, der mit gewaltiger Anstrengung der Kaumuskeln seiner Antwort Bahn machte.

– Übrigens, sagte Bell, da Herr Clawbonny hereingekommen ist, können wir auch auf demselben Wege wieder hinauskommen.

– Ja freilich, erwiderte der Doktor, und können der bösen Brut das Feld räumen, die zuletzt unsere Vorräte entdecken und plündern wird.

– Wir müssen hier aushalten, sagte Hatteras.

– Ohne Zweifel, bestätigte der Doktor, aber uns nichtsdestoweniger bald jene Tiere vom Halse schaffen.

– Und dazu gäbe es ein Mittel? Fragte Bell.

– Ein ganz Sicheres, erwiderte der Doktor.

– Ich hab's doch immer gesagt, frohlockte Johnson, sich die Hände reibend; mit Herrn Clawbonny braucht man an Nichts zu verzweifeln; er hat in seinem Wissenssack immer noch eine Aushilfe.

– O, o! Mein armer Quersack ist sehr schmächtig, wenn man ihn aber tüchtig durchsucht ...

– Doktor, fiel Altamont ein, die Bären können doch nicht durch den Gang, den Sie ausgehöhlt haben, nachdringen?

– Nein, den habe ich hinter mir wieder gut verstopft; jetzt können wir von hier wenigstens nach dem Pulverhäuschen, ohne dass sie etwas davon merken.

– Gut! Aber nun teilen Sie uns auch mit, wie Sie uns die lächerlichen Belagerer vom Halse zu schaffen gedenken.

– Das ist ein sehr einfaches Mittel, wofür die Vorarbeiten schon teilweise ausgeführt sind.

– Wie so?

– Das werden Sie gleich sehen. Doch ich vergesse ganz, dass ich ja nicht allein gekommen bin.

– Was sagen Sie? Fragte Johnson.

– Ich habe Ihnen da einen Begleiter vorzustellen.«

Bei diesen Worten holte der Doktor aus dem Gange einen frisch geschossenen Fuchs.

»Ah, ein Fuchs! Rief Bell.

– Meine Jagdbeute von heute früh, erklärte bescheiden der Doktor, und Sie sollen einsehen, dass noch nie ein Fuchs zu gelegenerer Zeit erlegt worden ist.

– Aber was haben Sie für einen Plan? Fragte Altamont.

– Ich will die Bären alle miteinander mit einem Zentner Pulver in die Luft sprengen«, erwiderte der Doktor.

Erstaunt sahen sie den Letzteren an.

»Aber das Pulver? Fragte man.

– Ist im Magazin.

– Und das Magazin?

– Dieser enge Gang führt dahin. Ich habe doch nicht ohne Grund einen sechzig Fuß langen Stollen ausgegraben; ich hätte von der Brüstung aus auf näherem Wege in das Haus gelangen können, aber ich hatte so meine Gedanken dabei.

– Nun, und die Mine, fragte der Amerikaner, wo wollen Sie diese anlegen?

– Vor unserer Böschung, d. h. so entfernt von dem Hause, der Pulverkammer und den Magazinen als möglich.

– Aber wie sollen die Bären dahin gelockt werden?

– Das übernehme ich schon, antwortete der Doktor; genug der Worte, gehen wir zu Taten. Während der Nacht haben wir einen etwa hundert Fuß langen Gang auszuhöhlen; das ist eine anstrengende Arbeit, aber zu fünf werden wir, wenn wir uns ablösen, auch damit fertig. Bell mag anfangen und wir ruhen indessen aus.

– Alle Wetter, rief Johnson, je mehr ich mir es überlege, desto besser erscheint mir Herr Clawbonnys Mittel.

– Es ist wenigstens ein Sicheres, erwiderte der Doktor.

– O, von dem Augenblicke an, da Sie es sagen, sind die Bären schon so gut wie tot, und ich fühle schon ihre Pelze auf der Schulter.

– Nun denn, ans Werk!«

Der Doktor verschwand in dem dunklen Gange, und Bell folgte ihm; die Gefährten wussten, dass er bei einer Sache, die er einmal anfing, auch mit frohem Mute war. Die beiden Mineure kamen am Pulverhäuschen an und machten sich eine Öffnung, die sie mitten unter die bestens geordneten Fässchen führte. Der Doktor gab Bell die nötigen Anweisungen, und der Zimmermann arbeitete durch die entgegengesetzte Mauer, auf welche sich die Böschung stützte, während sein Begleiter nach dem Hause zurückkehrte.

Bell arbeitete eine Stunde lang und schachtete einen etwa zehn Fuß langen engen Gang aus, der kriechend passiert werden konnte. Nach dieser Zeit trat Altamont an seine Stelle, welcher ungefähr eben so viel förderte. Der aus dem Gange fortgeschaffte Schnee wurde nach der Küche gebracht, wo ihn der Doktor der Raumersparnis wegen einschmolz.

Auf den Amerikaner folgte der Kapitän, auf diesen Johnson; in zehn Stunden, d. h. bis gegen früh acht Uhr, war der Gang vollendet.

Beim ersten Morgengrauen beobachtete der Doktor die Bären durch die Luke, die er in die Wand des Pulverhäuschens gebrochen hatte.

Die geduldigen Tiere waren nicht von der Stelle gewichen; er sah sie hin- und hergehen und brummen, aber im Ganzen standen sie doch mit bewundernswerter Ausdauer Schildwache; sie tummelten sich rund um das Haus, das der Eisblöcke wegen kaum sichtbar war. Plötzlich aber schien ihre Geduld zu Ende zu sein, denn der Doktor sah sie die Eisschollen, die sie erst aufgetürmt hatten, wieder wegräumen.

»Schön! Sagte er zum Kapitän, der neben ihm stand.

– Was fangen sie an? Fragte dieser.

– Es scheint mir, als wollten sie ihr eigenes Werk wieder zerstören und bis zu uns vordringen! Aber Geduld, sie werden vorher zerschmettert sein; auf jeden Fall ist nun keine Zeit zu verlieren!«

Der Doktor glitt bis zu dem Punkte, wo die Mine angelegt werden sollte; dort ließ er die Kammer zur ganzen Höhe und Breite der Böschung ausweiten; bald war diese nur noch von einer dünnen, kaum einen Fuß mächtigen Eiskruste bedeckt; man musste sie stützen, damit sie sich nicht senkte.

Ein auf dem Granitboden aufgestemmter Pfahl diente als Pfeiler; oben wurde der Fuchs daran gebunden, unten ein langer Strick, der bis zum Pulverhäuschen hinlief.

Die Genossen des Doktors folgten seinen Anordnungen, ohne sie noch völlig zu verstehen.

»Da ist die Lockspeise«, sagte er, auf den Fuchs weisend.

Neben den Pfeiler rollte er ein Tönnchen, das einen Zentner Pulver enthalten mochte.

»Und hier ist die Mine, fügte er hinzu.

– Aber, fragte Hatteras, mit den Bären werden wir gleichzeitig in die Luft gehen.

– Nein, wir sind von dem Orte der Explosion weit genug entfernt; übrigens ist unser Haus fest, und wenn es etwas aus den Fugen ginge, nun, so werden wir es wiederherstellen.

– Gut, erwiderte Altamont; aber wie wollen Sie zu Werke gehen?

– Folgendermaßen: Wenn wir diesen Strick anziehen, reißen wir den Pfeiler um, der die Eisdecke über der Mine hält; der Balg des Fuchses wird dann sichtbar werden und Sie werden zugeben, dass die durch langes Fasten ausgehungerten Tiere sogleich darüber herfallen werden.

– Zugegeben.

– Nun wohl, in demselben Augenblicke lege ich Feuer an die Mine und sprenge Mahlzeit und Gäste auf einmal in die Luft.

– Schön, schön!« rief Johnson, welcher der Unterhaltung mit lebhaftem Interesse gefolgt war.

Hatteras hatte zu seinem Freunde so vollkommenes Vertrauen, das er nach keiner weiteren Erklärung verlangte; er wartete es ruhig ab. Altamont wollte aber näher unterrichtet sein.

»Doktor, sagte er, wie wollen Sie die Brennzeit ihre Lunte so genau berechnen, dass die Explosion im rechten Augenblicke erfolgt?

– Das ist sehr einfach, denn ich berechne sie gar nicht.

– Sie haben doch eine hundert Fuß lange Lunte?

– Nein.

– Dann wollen Sie wohl eine Pulverspur anlegen?

– Nein, die könnte versagen.

– Dann wird sich also einer entschließen müssen, die Mine zu entzünden?

– Wenn es eines Mannes mit gutem Willen bedarf, sagte Johnson opferwillig, so biete ich mich freiwillig an.

– Das ist unnötig, mein würdiger Freund, antwortete der Doktor dem alten Rüstmeister, unsere fünf Leben sind kostbar, und sollen, Gott sei Dank, geschont werden.

Dann höre ich auf, zu raten, bemerkte der Amerikaner.

– Aber, sagte der Doktor lachend, wenn man sich hierbei nicht helfen könnte, wozu hätte man dann Physik studiert!

– Ah, sagte Johnson freudestrahlend, – die Physik hilft!

– Natürlich. Haben wir da nicht eine elektrische Batterie mit hinreichend langen Leitungsdrähten? Ich meine dieselben, die uns beim Leuchtturme dienten.

– Nun, und ...?

– Nun, damit werden wir augenblicklich, wenn es uns gefällt, und ganz ohne Gefahr, die Mine entzünden.

– Hurra! Rief Johnson.

– Hurra!« die Anderen, unbekümmert, ob es die Feinde hörten oder nicht.

Sogleich wurden die Drähte von dem Hause aus bis nach der Minenkammer gelegt. Ihr eines Ende blieb an der Batterie befestigt, die anderen tauchten in das Pulver, indem sie sich unweit gegenüberstanden.

Um neun Uhr morgens war alles beendet; es ward auch die höchste Zeit; wütend betrieben die Bären das Werk der Zerstörung.

Der Doktor erklärte den Augenblick für gekommen.

Johnson wurde in dem Pulverhäuschen damit beauftragt, den mit dem Pfeiler verbundenen Strick anzuziehen. Er bezog seinen Posten.

»Jetzt, sagte der Doktor zu seinen Gefährten, halten Sie auch die Gewehre bereit für den Fall, dass die Belagerer nicht auf einen Schlag getötet würden, und halten Sie sich an Johnsons Seite; sogleich nach der Explosion brechen Sie aus.

– Einverstanden, sagte der Amerikaner.

– Und jetzt haben wir alles getan, was Menschen tun können! Wir haben uns geholfen, nun helfe der Himmel weiter!«

Hatteras, Altamont und Bell verfügten sich nach dem Pulverhäuschen. Bei der Batterie blieb der Doktor allein.

Bald hörte er den entfernten Zuruf Johnsons:

»Achtung!

- Es geht alles nach Wunsch!« antwortete er.

Johnson zog heftig an dem Taue, es gab nach, indem es die Stütze umriss, dann eilte er nach der Luke und sah nach dem Erfolge.

Die Decke der Böschung senkte sich nieder; über den Bruchstücken ward der Körper des Fuchses sichtbar. Die Bären, welche zuerst erstaunt schienen, stürzten sich doch bald dicht aneinander gedrängt auf die willkommene Beute.

»Feuer!« rief Johnson schnell.

Sogleich schloss der Doktor den elektrischen Strom; eine furchtbare Explosion fand statt – das Haus erzitterte wie von einem Erdbeben; die Mauern barsten. Hatteras, Altamont und Bell stürzten hervor, um nötigenfalls zu feuern.

Aber ihre Waffen waren unnötig; vier von den fünf Bären, welche die Explosion getroffen hatte, fielen da und dort zerrissen, unkennbar, verstümmelt und verbrannt nieder, während der Letzte, halb geröstet, sein Heil in eiliger Flucht suchte.

»Hurra! Hurra! Hurra!« riefen die Genossen Clawbonnys, während dieser freudig in ihre Arme fiel.

Vierzehntes Kapitel.

Arktischer Frühling.

Die Gefangenen waren erlöst; ihre Freude sprach sich in lauten Ausbrüchen und lebhaften Dankesbezeugungen gegen den Doktor aus. Die verbrannten und zu keiner Anwendung mehr tauglichen Felle der Bären bedauerte der alte Johnson zwar, ohne dass dies indes seiner guten Laune besonderen Abbruch tat.

Der Tag verging mit Wiederausbesserung des Eishauses, das merkliche Spuren von der Explosion davon getragen hatte.

Man entfernte die von den Tieren herangewälzten Blöcke wieder und verschloss die Mauerfugen aufs Neue. Die Arbeit schritt, begleitet vom lustigen Gesang des Rüstmeisters, rasch vorwärts.

Am anderen Tage besserte sich die Temperatur wesentlich, und das Thermometer stieg in Folge einer plötzlichen Drehung des Windes bis auf fünfzehn Grad über null (-9° hunderteilig). Eine so beträchtliche Differenz war an lebenden und toten Wesen sehr bemerkbar. Der südliche Seewind brachte die ersten Anzeichen des nahenden polaren Frühlings.

Diese relative Wärme dauerte mehrere Tage an; das Thermometer zeigte, geschützt vor dem Winde, sogar einunddreißig Grad über null (-1° hunderteilig); es traten Anzeichen von Tauwetter ein.

Das Eis bekam Risse; da und dort sprang schon etwas Salzwasser hervor, wie die Wasserstrahlen in englischen Parks, und einige Tage später strömte reichlicher Regen herab.

Ein dichter Dunst lagerte über dem Schnee; er war ein gutes Vorzeichen und verkündete die baldige Schmelzung der ungeheuren Massen. Die blasse Scheibe der Sonne färbte sich lebhafter und beschrieb längere Bogen am Himmel; die Nacht dauerte jetzt kaum drei Stunden.

Ein anderes nicht weniger bezeichnendes Symptom bildeten die in großer Anzahl wiederkehrenden Schneehühner, Polargänse, Regenvögel und Birkhühner; die Luft ertönte nach und nach von jenem betäubenden Geschrei, dessen sich die Seefahrer noch vom vorigen Frühling her erinnerten; Hasen, welche man in großer Zahl schoss, erschienen an den Ufern der Bay, ebenso wie die arktische Maus, deren Bau eine Reihe regelmäßiger Zellen bildet.

Der Doktor machte seine Gefährten darauf aufmerksam, wie fast alle diese Tiere ihre weißen Winterhaare oder –Federn verloren und gegen die Sommer-Pelze oder –Gefieder umtauschten, sie »machten selbst Frühling«, während die Natur ringsherum ihre Nahrung in Form von Moos, Mohn, Steinbrech und Zwergrafen hervorsprießen ließ. Ein ganz neues Leben brach durch den verschwindenden Schnee hervor.

Mit den unschuldigen Tieren kamen aber auch deren ausgehungerte Feinde wieder; Füchse und Wölfe trabten ihrer Beute nach; und klägliches Geheul erscholl während der kurzen Dunkelheit der Nacht.

Der Wolf dieser Gegend ist unserm Hunde nahe verwandt; er bellt wie dieser, und so täuschend, dass sich auch die geübtesten Ohren, nämlich die der Hunderasse selbst, täuschen lassen; man erzählt sogar, dass diese Tiere jene Kriegslist anwenden, um Hunde heranzulocken und diese zu verzehren. Diese Tatsache wurde ebenso in den Hudson-Bay-Ländern beobachtet, wie sie der Doktor in Neu-Amerika bestätigen konnte, und Johnson sorgte deshalb, dass die Hunde des Gespanns, die sich in dieser Schlinge hätten fangen können, nicht umherliefen. Was Duk betraf, so hatte dieser zu viele gesehen, und war zu klug, um in den Rachen eines Wolfs zu laufen.

Während vierzehn Tagen jagte man sehr fleißig und hatte bald frische Fleischvorräte in Überfluss. Man erlegte Schneehühner, Rebhühner und Schnee-Ortolane, die eine leckere Speise boten. Weit vom Fort Providence brauchten sich die Jäger gar nicht zu entfernen; man konnte sagen, dass das kleine Wild ihnen selbst vor die Flinte lief; es belebte durch seine Gegenwart diese sonst so schweigsamen Gegenden ganz eigentümlich, und die Bay Victoria gewann ein ebenso ungewohntes, als den Augen erquickliches Ansehen.

Die vierzehn Tage nach dem ernsthaften Zusammenstoß mit den Bären wurden so auf wechselnde Art verbracht; das Tauwetter machte sichtliche Fortschritte; das Thermometer stieg auf zweiunddreißig Grad über Null (- 0° hunderteilig). Bergströme rauschten in den Hohlwegen und tausend Wasserfälle bildeten sich an den Abhängen der Hügel.

Der Doktor räumte etwa einen Morgen Landes auf und säte darein Kresse, Sauerampfer und Löffelkraut, die eine so vortreffliche Heilwirkung beim Skorbut äußern. Schon sprossten kleine grüne Blättchen aus der Erde auf, als der Frost plötzlich wieder die Oberhand in seinem Reiche gewann.

In einer Nacht sank das Thermometer bei strengem Nordwind etwa vierzig Grade, bis auf acht unter null (-22° hunderteilig). Alles war wieder gefroren; Vögel, Vierfüßler und Amphibien verschwanden wie durch Zauberschlag; die Robbenlöcher schlossen sich wieder; die Risse verschwanden und das Eis bekam wieder die Härte des Granits, während die Kaskaden, in ihrem Herabsturz gehemmt, lange Kristallzapfen bildeten.

Eine merkwürdige Veränderung des Anblicks ging in der Nacht vom 11. zum 12. Mai vor, und als Bell am Morgen die Nase in diesen schneidenden Frost hinaussteckte, hätte er sie beinahe draußen gelassen.

»O, über diesen Norden, rief der Doktor etwas verdrießlich, das ist so eine seiner Plagen! Nun werde ich mein Säen von Neuem anfangen können.«

Hatteras nahm die Sache weniger philosophisch, so sehr trieb es ihn, seine Untersuchungen aufzunehmen, doch wohl oder übel musste er sich fügen.

»Und werden wir diese Kälte lange Zeit haben? Fragte Johnson.

– Nein, mein Freund, antwortete Clawbonny, das ist gewöhnlich der letzte Anfall des Frostes! Sie wissen, dass er hier zu Hause ist und ohne Widerstand lässt er sich nicht vertreiben.

– Er verteidigt sich wirklich gut, warf Bell ein, sich das Gesicht reibend.

– Ja wohl, bestätigte der Doktor; aber ich hätte das wissen können und meine Sämereien nicht wie ein Unwissender vergeuden sollen, zumal da ich sie nötigenfalls in der Nähe des Küchenofens hätte treiben lassen können.

– Wie, sagte Altamont, Sie konnten diesen Temperaturwechsel voraussehen?

– Gewiss, und ohne deshalb Prophet zu sein. Ich hätte wenigstens meine Sämereien unter den unmittelbaren Schutz der Heiligen Mamertus, Pancratius und Servatius stellen müssen, deren Namenstage auf den 11., 12. und 13. dieses Monats fallen.

– Können Sie mir beispielsweise sagen, Doktor, rief Altamont, welchen Einfluss die genannten drei Heiligen auf die Temperatur haben könnten?

– Einen sehr großen, wenn man den Gärtnern, welche sie 'die drei Eisheiligen' nennen, Glauben schenkt.

– Und wie das, wenn ich fragen darf?

– Weil gewöhnlich im Monat Mai ein periodisches Froststadium einfällt, und der niedrigste Stand der Temperatur vom 11. bis 13. stattfindet. Das ist mindestens Tatsache.

- Es ist merkwürdig; doch hat man eine Erklärung dafür? Fragte der Amerikaner.

- Ja; sogar zwei: Entweder erklärt man es durch die Annahme einer größeren Zahl Asteroiden, die an diesem Tage zwischen Sonne und Erde vorüberziehen sollen; oder einfacher durch die Schmelzung der Schneemassen, welche eine große Menge Wärme bindet. Beide Erklärungen haben etwas für sich. Muss man die Richtigkeit derselben anerkennen? – Ich weiß es nicht; aber wenn ich das auch nicht tue, durfte ich doch die Tatsache nicht außer Acht lassen und dadurch meine Pflanzungen in Gefahr bringen.«

Der Doktor hatte recht; mochte nun Dies oder jenes die Ursache sein, die Kälte hielt bis Ende des Monats an; die Jagd musste unterbrochen werden, nicht weil der Frost zu heftig gewesen wäre, als weil es Nichts zu jagen gab; zum Glück waren die Vorräte an frischem Fleische bei Weitem noch nicht erschöpft.

Die Überwinternden waren also zu neuer Untätigkeit verurteilt; während der nächsten vierzehn Tage, vom 11. bis 25. Mai, wurde ihr eintöniges Leben nur von einem einzigen Ereignis unterbrochen, einer schweren Krankheit, die Rachenbräune, welche den Zimmermann unerwartet überfiel; bei den heftig geschwollenen Mandeln und den falschen Membranen, die darauf abgelagert waren, konnte der Doktor bezüglich der Diagnose nicht in Zweifel sein; hier war er aber in seinem Elemente, und die böse Krankheit, die auf ihn gewiss nicht gerechnet hatte, wurde bald abgewendet. Die Behandlung Bells war sehr einfach, und die Apotheke nicht weit. Der Doktor tat Nichts weiter, als dass er den Kranken Eisstückchen in den Mund nehmen ließ; schon nach einigen Stunden sank die Anschwellung zusammen und die falschen Membranen stießen sich los; vierundzwanzig Stunden später war Bell wieder auf den Füßen.

Als man sich über das Verfahren des Doktors wunderte, antwortete dieser:

»Hierzulande sind die Halsentzündungen einheimisch, und das Heilmittel dagegen muss nahe dem Übel sein.

- Das Heilmittel und besonders der Arzt«, fügte Johnson hinzu, in dessen Augen der Doktor zu wahrhaft pyramidalem Ansehen stieg.

Während dieser neuen Muße beschloss der Letztere mit dem Kapitän eine wichtige Auseinandersetzung zu veranlassen; es handelte sich darum, Hatteras darauf zurückzuführen, dass der Weg nach Norden unternommen werden solle, ohne eine Schaluppe, ein Canot, ein Stück

Holz mitzunehmen, um mit ihm die See oder Meerengen zu überschreiten. Der Kapitän, der unbeugsam auf seinen Ideen beharrte, hatte sich ja in aller Form gegen die Erbauung eines Fahrzeuges aus den Resten des Porpoise ausgesprochen.

Es wurde demnach dem Doktor nicht leicht, jenes Thema anzufassen, und doch war es wichtig, dasselbe gründlich bis zur Entscheidung zu behandeln, denn bald musste nun ja der Juni die Zeit der größeren Ausflüge herbeiführen. Nach reiflicher Überlegung nahm er Hatteras endlich einmal beiseite und sprach zu ihm mit dem Ausdrucke sanfter Freundlichkeit:

»Hatteras, halten Sie mich für Ihren Freund?

– Gewiss, erwiderte der Kapitän schnell, für den besten, vielleicht für den Einzigen.

– Wenn ich Ihnen einen, wenn auch unverlangten Rat erteile, fuhr der Doktor fort, glauben Sie, dass ich das aus Eigennutz tue?

– Nein, denn das persönliche Interesse hat nie Ihre Handlungen bestimmt; aber wohinaus zielen Sie?

– Erlauben Sie mir noch eine Frage, Hatteras; halten Sie mich für einen eben so guten Engländer als Sie und für eben so ehrgeizig auf den Ruhm unseres Vaterlandes?«

Erstaunt maß Hatteras den Doktor mit den Augen.

»Ja, erwiderte er und forschte mit den Augen nach dem Zwecke seiner Fragen.

– Sie wollen bis zum Nordpol vordringen, fuhr der Doktor fort; ich begreife Ihren Ehrgeiz, ja, ich teile ihn; aber um dieses Ziel zu erreichen, würden wir nichts Notwendiges unterlassen dürfen.

– Nun, habe ich bis jetzt nicht alles diesem Zwecke geopfert?

– Nein, Hatteras, Ihr persönliches Widerstreben haben Sie nicht geopfert, und noch jetzt sehe ich Sie die unumgänglichsten Hilfsmittel, den Pol zu erreichen, ausschlagen.

– Aha, fiel Hatteras ein, Sie wollen von jener Schaluppe, von jenem Manne sprechen ...

– Hatteras, wir wollen ganz ruhig und kaltblütig verhandeln, und die Sache von allen Seiten betrachten. Diese Küste, auf der wir den Winter zugebracht haben, kann unterbrochen sein; Nichts gibt uns einen Beweis, dass sie sich durch sechs Breitengrade bis zum Pol erstrecke; wenn die Angaben, welche uns bis hierher führten, sich bestätigen, so werden wir während des Sommers eine große Fläche freien Wassers vorfinden. Nun, und wenn wir vor dem arktischen Ozean stehen, der frei von Eis, aber ohne Hindernis für die Schifffahrt ist, was werden wir beginnen, wenn uns die Mittel fehlen, darüber zu setzen?«

Hatteras antwortete nicht.

»Wird es Ihnen genehm sein, sich wenige Meilen vom Pol entfernt zu befinden, ohne bis dahin gelangen zu können?«

Der Kapitän hatte den Kopf in die Hände sinken lassen.

»Und nun, betrachten wir die Frage einmal vom moralischen Standpunkte aus. Ich begreife, dass ein Engländer sein Vermögen, ja, seine Existenz einsetzt, um England ein neues Lorbeerblatt zu erwerben. Aber weil ein Boot aus einigen, von einem amerikanischen Schiffe genommenen Planken gezimmert worden ist, kann das die Ehre der Entdeckung schmälern? Und wenn Sie nun selbst hier ein verlassenes Schiff aufgefunden hätten, würden Sie Anstand genommen haben, sich seiner zu bedienen? Kommen nicht dem Chef einer Expedition allein die Früchte des Erfolges zu? – und ich frage Sie noch, wird denn diese Schaluppe, welche vier Engländer erbauen, und vier Engländer bemannen, wird sie nicht vom Kiel bis zum Deck eine englische sein?«

Hatteras schwieg noch immer.

»Nein, nahm der Doktor wieder das Wort, sprechen wir offenherzig, nicht die Schaluppe liegt Ihnen am Herzen, sondern der Mann.

– Ja, Doktor, ja, erwiderte der Kapitän, dieser Amerikaner, der meinen ganzen englischen Hass wachruft; dieser Mann, den das Schicksal mir in den Weg werfen musste ...

– Um Sie zu retten!

– Um mich zu verderben! Mir scheint es, als hänsele er mich, als rede er hier als Herr und Meister, als bilde er sich ein, mein Geschick in der Hand und meine Pläne erraten zu haben. Bekannte er nicht schon Farbe, als es sich darum handelte, diese neuen Länder zu taufen? Hat er je eingestanden, was er in diesen Breiten überhaupt vorhabe? Sie werden mir nicht einen Gedanken, der mich martert, nehmen können, nämlich den, dass er der Chef einer von der Unionsregierung auf Entdeckungsreisen ausgesendeten Expedition ist.

– Und wenn das wäre, wer beweist, dass diese Expedition auch den Nordpol zum Ziele hatte? Kann Amerika nicht eben so gut wie England die nordwestliche Durchfahrt suchen? Jedenfalls kennt Altamont Ihre

Absichten nicht im Mindesten, denn weder Johnson, noch Bell, noch Sie, noch ich haben vor ihm je ein Wort davon gesprochen!

– Nun gut, so möge er sie auch nie kennenlernen.

– Das wird nicht angehen, denn wir können ihn doch nicht allein hier zurücklassen?

– Warum das nicht? Fragte Hatteras mit einer gewissen Heftigkeit; kann er nicht im Fort Providence wohnen bleiben?

– Da würde er schwerlich zustimmen, Hatteras; übrigens, diesen Mann zu verlassen, den wiederzufinden wir bei der Rückkehr nicht einmal sicher sind, wäre mehr als unklug, es wäre unmenschlich; Altamont wird mitkommen und muss es auch! Da es aber unnütz wäre, ihm jetzt Gedanken beizubringen, die er noch nicht hat, so sagen wir ihm auch nichts, sondern bauen eine Schaluppe, die scheinbar zur Erforschung dieser neuen Ufer bestimmt ist.«

Noch vermochte Hatteras nicht auf die Ideen seines Freundes einzugehen; dieser erwartete vergeblich eine Antwort.

»Und wenn dieser Mann die Zerstückelung seines Schiffes nicht zugäbe? Sagte endlich der Kapitän.

– In diesem Falle wäre das volle Recht auf Ihrer Seite; Sie würden trotz seines Widerspruchs eine Schaluppe bauen lassen und er hätte keinen weiteren Anspruch.

– Gebe der Himmel, dass er es abschlägt! Rief Hatteras.

– Vorher aber, erwiderte der Doktor, ist eine Anfrage nötig; ich erbiete mich, diese zu stellen.«

Wirklich brachte noch denselben Abend, beim Essen, Clawbonny das Gespräch auf gewisse Projekte zu Ausflügen während der Sommermonate, wobei die Küste hydrografisch aufgenommen werden sollte.

»Ich denke, Sie werden sich uns anschließen, Altamont, sagte er.

– Gewiss, antwortete der Amerikaner, wir müssen doch wissen, wie weit sich Neu-Amerika erstreckt.«

Hatteras sah seinen Nebenbuhler, als dieser so sprach, scharf an.

»Und dazu, fuhr Altamont fort, müssen wir aus den Resten des Porpoise den besten Nutzen zu ziehen suchen. Wir wollen eine feste Schaluppe bauen, die uns weit tragen kann.

– Sie hören es, Bell, sagte lebhaft der Doktor, von morgen an gehen wir
ans Werk.«

Fünfzehntes Kapitel.

Die nordwestliche Durchfahrt.

Am anderen Tage begaben sich Bell, Altamont und der Doktor nach dem Porpoise; Holz bot das Wrack in Überfluss; die alte Schaluppe des Dreimasters war zwar leck durch die Stöße der Eisschollen, konnte aber doch die Hauptteile zu der neuen liefern. Der Zimmermann begann ohne Zögern seine Arbeit; man brauchte ein seetüchtiges Fahrzeug, das gleichzeitig so leicht war, um auf dem Schlitten fortgeschafft werden zu können.

Die letzten Tage des Mai hob sich die Temperatur; das Thermometer stieg wieder bis zum Gefrierpunkte; dieses Mal kam nun der Frühling alles Ernstes, und die Reisenden konnten die Winterkleider ablegen. Häufig trat Regen ein; der Schnee schmolz zusammen und rann über die geringsten Terrainneigungen in Stromschnellen und kleinen Wasserfällen.

Hatteras konnte seine Befriedigung nicht verhehlen, als die Eisfelder die ersten Spuren des Tauwetters zeigten. Freies Meer war auch für ihn die Freiheit.

Ob seine Vorgänger sich mit der Annahme eines offenen Polarmeeres getäuscht hatten oder nicht, das hoffte er nun bald zu wissen, davon hing ja der ganze Erfolg seiner Unternehmung ab.

Eines Abends, als nach einem warmen Tage sich die Spuren der Auflösung des Eises noch deutlicher zeigten, brachte er das Gespräch auf dieses hochinteressante Thema.

Er brachte dafür alle ihm geläufigen Wahrscheinlichkeitsgründe vor, und fand in dem Doktor immer einen warmen Verteidiger seiner Lehrsätze. Übrigens hatten seine Schlussfolgerungen entschieden viel für sich.

»Es ist einleuchtend, sagte er, dass, wenn der Ozean sich seiner Eismassen vor der Bay Victoria entledigt, sein nördlicher Teil bis Neu-Cornwallis hin frei sein muss, ebenso wie bis zu dem Kanal der Königin. Penny und Belcher haben ihn so gesehen, und sie beobachteten gut.

– Ich glaube das so gut wie Sie, Hatteras, erwiderte der Doktor, und Nichts gestattet, den guten Glauben dieser berühmten Seefahrer in Zweifel zu ziehen; nur wollte man ihre Entdeckung einer Luftspiegelung zuschreiben, doch waren sie offenbar zu sehr überzeugt, um der Tatsache nicht sicher zu sein.

– So hab' ich immer gedacht, nahm dann Altamont das Wort; das Polarmeer erstreckt sich nicht nur nach Westen, sondern auch nach Osten.

– In der Tat, das kann man annehmen; erwiderte Hatteras.

– Man muss es sogar, entgegnete der Amerikaner, denn dasselbe freie Meer, welches die Kapitäne Penny und Belcher nahe den Küsten von Grinnelland gesehen haben, sah Morton, der Leutnant Kanes, ebenfalls von der Meerenge aus, die den Namen dieses kühnen Gelehrten trägt.

– Wir sind nicht im Kane-Meer, entgegnete Hatteras trocken, also können wir das auch nicht bestätigen.

– Mindestens ist es wahrscheinlich, sagte Altamont.

– Gewiss, fiel der Doktor ein, der einem unnützen Streite vorbeugen wollte. Was Altamont denkt, wird schon wahr sein; bei den eigentümlichen Gestaltungen des umlagernden Landes treten unter gleichen Breiten auch die nämlichen Erscheinungen auf. Ich für meinen Teil glaube an das offene Meer im Osten eben so, wie im Westen.

– Jedenfalls ist das für uns nicht von Belang! Sagte Hatteras.

– Ich spreche da nicht so wie Sie, Hatteras, sagte der Amerikaner, den die affektierte Gleichgültigkeit des Kapitäns warm zu machen anfing, das könnte für uns von einer gewissen Wichtigkeit sein.

– Und wann, ich bitte?

– Wenn wir an die Rückkehr denken.

– An die Rückkehr! Rief Hatteras; wer denkt denn daran?

– Jetzt niemand, meinte Altamont, aber auf einem Punkte werden wir, denk' ich, doch einmal haltmachen.

– Und wo wäre dieser?« fragte Hatteras.

Diese direkte Frage war hiermit zum ersten Male an den Amerikaner gerichtet. Der Doktor hätte einen Arm darum gegeben, um die Erörterung von Unannehmlichkeiten frei zu erhalten.

Altamont antwortete nicht; der Kapitän wiederholte seine Frage.

»Nun, wo wäre das?

– Wo wir eben hingehen! Erwiderte gelassen der Amerikaner.

– Und wer kann das wissen? Sagte beruhigend der Doktor.

– Ich nehme doch an, sprach der Amerikaner weiter, dass, wenn wir das Polarmeer zur Rückkehr benutzen wollen, wir versuchen müssen, das Kane-Meer zu erreichen; das wird uns näher nach der Bassins-Bay bringen.

– Sie glauben? Fragte ironisch der Kapitän.

– Ich glaube es so gewiss, wie ich überzeugt bin, dass, wenn diese nördlichen Meere jemals der Schifffahrt erschlossen werden, man jenen Weg, der offenbar weniger Hindernisse bietet, benutzen wird. O, die Entdeckung des Doktors Kane ist sehr wichtig!

– Wirklich! Sagte Hatteras, der sich die Lippen fast blutig biss.

– Ja, man kann das nicht leugnen, fügte der Doktor hinzu, und muss jedem seine Verdienste gönnen.

– Ohne in Anschlag zu bringen, fuhr der hartnäckige Amerikaner fort, dass vor ihm noch keiner so weit nach Norden vorgedrungen war.

– Mir scheint, erwiderte Hatteras, die Engländer haben's ihm jetzt zuvor getan.

– Und die Amerikaner! Setzte Altamont hinzu.

– Die Amerikaner! Rief Hatteras.

– Nun, was bin ich denn? Sagte Altamont stolz.

– Sie sind, erwiderte Hatteras mit kaum verhaltener Stimme, ein Mann, der dem Zufalle und der Wissenschaft nur gleiche Teile des Ruhmes zugesteht. Ihr amerikanischer Kapitän ist weit nach Norden vorgedrungen, aber der Zufall allein ...

– Dem Zufalle! Sie wagen zu behaupten, dass Kaue seine große Entdeckung nicht der Energie und den Kenntnissen verdanke, welche er besaß?

– Ich sage, entgegnete Hatteras, dass der Name Kane in einem durch einen Parry, einen Franklin, Roß, Belcher und Penny berühmten Land gar nicht zu nennen ist, oder in Meeren, worin der Engländer Mac-Clure die nordwestliche Durchfahrt gefunden ...

– Mac-Clure, rief lebhaft der Amerikaner; Sie führen diesen Mann an und wollen die Geltung des Zufalls bestreiten? Hat ihn nicht die Gunst des Zufalls allein dahin geführt?

– Nein, erwiderte erregt Hatteras, nein! Vielmehr sein Mut, seine Ausdauer, vier Winter mitten im Eis auszuhalten ...

– Das glaub' ich wohl, warf der Amerikaner ein, er war festgefroren, er konnte nicht fort und verließ endlich sein Schiff, den 'Investigator', um nach England zurückzukehren.

– Meine Freunde ..., sagte der Doktor.

– Übrigens, unterbrach ihn Altamont, sehen wir von dem Manne ab und fassen das Resultat ins Auge. Sie sprechen von der nordwestlichen Durchfahrt; nun, diese Durchfahrt ist erst noch aufzufinden!«

Hatteras sprang bei diesen Worten auf; nie ist eine Streitfrage zwischen zwei wetteifernden Nationen mit mehr Aufregung erörtert worden.

Der Doktor suchte fortwährend ins Mittel zu treten.

»Sie haben unrecht, Altamont, sagte er.

– Nein! Ich halte meine Behauptung aufrecht, erwiderte der Starrkopf, die nordwestliche Durchfahrt ist noch aufzufinden, oder doch zu durchschiffen, wenn Sie das lieber wollen! Mac-Clure ist nicht bis zu ihr vorgedrungen, und bis auf den heutigen Tag ist noch kein Schiff von der Behrings-Straße nach der Bassins-Bay gelangt.«

Buchstäblich genommen war das richtig. Was konnte man dem Amerikaner entgegen halten?

Indessen erhob sich Hatteras und sprach:

»Ich dulde nicht, dass der Ruhm eines englischen Kapitäns in meiner Anwesenheit länger angegriffen wird!

– Sie wollen es nicht dulden! Entgegnete der Amerikaner, der nun ebenfalls aufstand, aber die Tatsachen sind da, und Sie werden sie nicht ungeschehen machen können.

– Mein Herr! Rief Hatteras bleich vor Zorn.

– Aber, Freunde, fiel der Doktor ein, etwas ruhiges Blut! Wir erörtern hier einen wissenschaftlichen Gegenstand!«

Der gute Clawbonny wollte darin nur eine wissenschaftliche Erörterung sehen, wo der Hass zwischen einem Amerikaner und einem Engländer ins Spiel kam.

»Die Tatsachen – ich werde sie Ihnen anführen, rief drohend Hatteras, der auf Nichts mehr hörte.

– Und ich lasse mir es nicht wehren, zu reden!« entgegnete der Amerikaner.

Johnson und Bell wussten nicht, wie sie sich hierbei benehmen sollten.

»Meine Herren, sprach der Doktor mit Nachdruck, Sie werden mir das Wort gestatten! Lassen Sie mich reden; die betreffenden Tatsachen sind mir so gut, wo nicht besser bekannt, als Ihnen, und Sie werden mir zugestehen, dass ich sie unparteiischer darzulegen vermag.

– Ja wohl! Ja wohl! Riefen Bell und Johnson, welche über die Wendung des Gespräches besorgt waren, und mit ihrer Beistimmung dem Doktor die Majorität verschafften.

– Fangen Sie nur immer an, Herr Clawbonny, sagte Johnson; diese Herren werden auf Sie hören, und wir dabei uns alle unterrichten.

– Reden Sie«, sagte der Amerikaner.

Hatteras gab mit einem Zeichen seine Zustimmung zu erkennen, nahm wieder Platz und kreuzte die Arme.

»Ich will Ihnen die Tatsachen in schlichter Wahrheit erzählen, sagte der Doktor, und Sie, meine Freunde, können berichtigen, wenn ich irgendetwas übergehe oder falsch darstelle.

– Wir kennen Sie zur Genüge, Herr Clawbonny, sagte Bell, und Sie können erzählen, ohne das zu befürchten.

– Hier ist die Karte der Polarmeere, begann der Doktor, der aufgestanden war, die nötigen Unterlagen zu beschaffen; es wird damit leicht sein, dem Zuge Mac-Clures zu folgen, und Sie werden, da Ihnen der Fall bekannt ist, leicht urteilen können.«

Der Doktor breitete auf dem Tische eine der ausgezeichneten, auf Befehl der Admiralität herausgegebenen Karten aus, welche auch die neuesten Entdeckungen in der Polarregion verzeichnet enthielt, und begann folgendermaßen:

»Sie wissen, dass im Jahre 1848 zwei Schiffe, der 'Herald', Kapitän Kellet, und der 'Plover', Befehlshaber Moore, nach der Behrings-Straße ausgesendet wurden, um die Spuren von Franklin aufzufinden; ihr Nachsuchen war erfolglos; im Jahre 1850 stieß auch noch Mac-Clure, der den 'Investigator' befehligte, dazu, ein Schiff, auf dem er die im Jahre 1849 vorgenommene Expedition unter James Roß mitgemacht hatte. Er fuhr in Begleitung seines Oberbefehlshabers, des Kapitäns Collinson, der sich auf der 'Enterprise' befand; aber er segelte diesem voraus, und erklärte, als er an der Behrings-Straße angekommen war, nicht länger warten zu wollen, sondern auf eigene Verantwortlichkeit weiter zu schiffen, um, bemerken Sie wohl, Altamont, entweder Franklin oder die Durchfahrt aufzufinden.«

Altamont gab weder Zustimmung noch Widerspruch zu erkennen.

»Am 5. August 1850, fuhr der Doktor fort, drang Mac-Clure, nachdem er noch ein letztes Mal mit dem 'Plover' in Verbindung getreten war, in die östlichen Meere, und zwar auf einem wenig bekannten Wege ein; sehen Sie, kaum einige Länder sind auf dieser Karte verzeichnet. Am 30.

August erreichte der junge Offizier Kap Bathurst; am 6. September entdeckte er das Barings-Land, zu welchem er vom Banks-Lande aus segelnd gelangte, und später das Prinz Albert- Land; dann wandte er sich entschlossen nach jener langen Meerenge, welche diese beiden mächtigen Inseln trennt und der er den Namen 'Meerenge des Prinzen von Wales' gab. Begleiten Sie hier im Geiste den kühnen Seefahrer. Er hoffte in das Melville-Bassin, durch welches wir gekommen sind, einlaufen zu können, und hatte wohl auch guten Grund dazu; aber am Ausgange der Meerenge türmte ihm das Eis eine unübersteigliche Schranke entgegen. In seinem Wege aufgehalten, brachte Mac-Clure dort den Winter 1850 auf 1851 zu und machte während dieser Zeit einen Ausflug über das Eis, um sich über die Verbindung der Meerenge mit dem Melville-Bassin zu vergewissern.

– Ja, sagte hier Altamont, aber er fuhr nicht durch sie hindurch.

– Gedulden Sie sich, entgegnete der Doktor. Während dieser Überwinterung durchstreiften Mac-Clures Offiziere die benachbarten Küsten, Creswell das Barings-Land, Haswelt den südlichen Teil des Prinz Albert-Landes und Wynniat das Kap Walker im Norden. Im Juli, beim ersten Tauwetter, versucht Mac-Clure zum zweiten Mal, den 'Investigator' in das Melville-Bassin zu führen; bis auf zwanzig Meilen nähert er sich diesem nur zwanzig Meilen! Aber unwiderstehlich drängen ihn Stürme nach dem Süden, ohne dass er dieses Hindernis zu überwinden vermag. Nun entschließt er sich, die Meerenge des Prinzen von Wales zurückzufahren, Banks-Land zu umschiffen, und das von Westen aus zu versuchen, was ihm von Osten unmöglich war. Er wendet also um, und erreicht am 18. Kap Kellet, am 20. das Kap Prinz Alfred, zwei Grade nördlicher; dann aber, nach schrecklichen Kämpfen mit den Eisbergen, sieht er sich in der Banks-Durchfahrt, am Eingange jener Reihe von Meerengen, welche nach dem Bassins-Meere führen, festgehalten.

– Aber er hat nicht hindurchschiffen können, sagte Altamont.

– Warten Sie noch und haben Sie die Geduld Mac-Clures. Am 26. September bezog er Winterquartier in der Mercy-Bay, nördlich von Banks-Land, und blieb dort bis 1852; der April kam heran; Mac-Clure hatte nur noch für achtzehn Monate Provision, und doch denkt er an keine Rückkehr. Er reist ab, setzt mittels Schlitten über die Meerenge von Banks und kommt auf der Insel Melville an. Folgen wir ihm. An ihren Küsten hoffte er die Schiffe des Kommandanten Austin zu finden, die ihm durch die Bassins-Bay und den Lancaster-Sund entgegengeschickt waren. Am 28. April berührt er Winter-Harbour, an demselben Punkte, wo Parry dreiunddreißig Jahre vorher überwinterte. Von Schiffen sah er aber Nichts; in einem Cairn entdeckte er jedoch ein Dokument, aus dem er erfährt, dass Mac-Clintock, der Leutnant Austins, im vorigen Jahre hier vorübergekommen und zurückgesegelt sei. Wo jeder Andere verzweifelt wäre, Mac-Clure verzweifelte nicht. Auf gut Glück legt er in den Cairn ein anderes Dokument nieder, in dem er seine Absicht ausspricht, durch die nordwestliche Durchfahrt, die er aufgefunden habe, nach England zurückzukehren, indem er den Lancaster-Sund und das Bassins-Meer zu erreichen hoffe. Wenn man zunächst nicht weiter von ihm reden hört, so kommt das daher, dass er im Norden oder Westen der Melville-Insel verschlagen worden war; genug er kam nach der Mercy-Bay, zum Zwecke einer dritten Überwinterung, von 1852 auf 1853, unentmutigt zurück.

– Seinen Mut habe ich nie bezweifelt, erwiderte Altamont, wohl aber seinen Erfolg.

– Folgen wir ihm weiter, fuhr der Doktor fort. Als er Mitte März infolge eines sehr strengen Winters, der keine Beute an Wild ergab, auf Zweidrittel-Rationen beschränkt war, entschloss sich Mac-Clure, die Hälfte seiner Mannschaft nach England zurückzusenden, und zwar entweder durch die Bassins-Bay oder durch den Mackenzie-Strom und die Hudsons-Bay; die andere Hälfte sollte dann den 'Investigator' nach Europa zurückführen. Er suchte die minder Gesunden aus, denen eine vierte Überwinterung verderblich zu werden drohte. Alles war schon für ihre auf den 15. April festgesetzte Abreise vorbereitet, als Mac-Clure am 6. bei einem Spaziergange mit seinem Leutnant Creswell auf dem Eis von Norden her einen Mann heranlaufen sah, der mit Handbewegungen winkte; und dieser Mann war der Leutnant Pim, vom 'Herald', der Leutnant desselben Kapitäns Kellet, den er, wie früher bemerkt, zwei Jahre vorher in der Behrings-Straße verlassen hatte. Kellet hatte, als er nach Winter-Harbour gekommen war, das auf gut Glück zurückgelassene Dokument Mac-Clures gefunden; da er daraus dessen Aufenthalt in der Mercy-Bay erfahren hatte, schickte er dem kühnen Seefahrer seinen Leutnant Pim entgegen. Diesem folgte noch eine Abteilung Seeleute des 'Herald', unter welchen sich auch ein französischer Schiffsfähnrich, Herr von Bray, befand, der als Volontär unter dem Stabe des Kapitäns Kellet diente. Sie setzen doch in diese Begegnung unserer Landsleute keinen Zweifel?

– Durchaus nicht, erwiderte Altamont.

– Nun gut, so wollen wir noch betrachten, was später geschah, und ob die Nordwest-Passage wirklich durchmessen worden ist, oder nicht. Bedenken Sie, dass wenn man die Entdeckungen Parrys mit denen Mac-Clures verbindet, zugeben muss, dass die Nordküsten Amerikas festgestellt sind.

– Nicht durch ein einziges Schiff, antwortete Altamont.

– Nein, aber durch einen einzelnen Menschen. Doch weiter. Mac-Clure besuchte den Kapitän Kellet auf der Melville-Insel; in zwölf Tagen legte er die hundertsiebzig Meilen zurück, welche die Mercy-Bay, Bay von Winter-Harbour trennen; er kam mit dem Kommandanten des 'Herald' dahin überein, diesem seine Kranken zu schicken, und kehrte nach seinem Schiffe zurück. Andere würden an der Stelle Mac-Clures glauben, genug geleistet zu haben, aber der unerschrockene junge Mann wollte noch einmal das Glück versuchen. Dann verließ, und hierauf richte ich besonders Ihre Aufmerksamkeit, sein Leutnant Creswell, der die Kranken begleitete, die Mercy-Bay, erreichte Winter-Harbour, und von da, nach einer Reise von vierhundertsiebzig Meilen über das Eis, am 2. Juni die Insel Beechey, wenige Tage nachher aber schiffte er sich mit einem Dutzend Mann an Bord des 'Phönix' ein.

– Wo ich damals mit Kapitän Inglefield diente, schaltete Johnson ein, und wir kamen nach England zurück.

– Und am 7. Oktober 1853, fuhr der Doktor fort, traf Creswell in London ein, nachdem er den ganzen Raum, der zwischen der Behrings-Straße und Kap Farewell liegt, durchmessen hatte.

– Nun, sagte Hatteras, auf der einen Seite angekommen und von der anderen ausgegangen sein, nennt man 'passiert haben'.

– Ja wohl, erwiderte Altamont, wobei vierhundertsiebzig Meilen auf dem Eis zurückgelegt wurden.

– Nun, was verschlägt das?

– Daran liegt alles, erwiderte der Amerikaner. Hat Mac-Clures Schiff den Weg zurückgelegt?

– Nein, antwortete der Doktor, nach der vierten Überwinterung musste es Mac-Clure mitten im Eis verlassen.

– Schön, bei einer Seereise kommt es aber darauf an, dass ein Schiff einen gewissen Weg macht, nicht ein Mensch. Wenn die nordwestliche Durchfahrt jemals benutzbar sein soll, so muss sie es für Fahrzeuge, nicht für Schlitten sein. Das Schiff muss also die Reise vollenden können, in Ermangelung die Schaluppe.

– Die Schaluppe! Rief Hatteras, der in diesen Worten einen bedeutungsvollen Wink herausfühlte.

– Altamont, sagte der Doktor, da machen Sie denn doch einen zu kleinlichen Unterschied, und in dieser Hinsicht geben wir Ihnen alle unrecht.

– Das ist für Sie nicht schwer, meine Herren, erwiderte der Amerikaner; Sie sind vier gegen einen. Das soll mich aber nicht hindern, meine Ansicht zu behalten.

– Behalten Sie sie doch, rief Hatteras aus, und so fest, dass man Nichts mehr davon hört.

– Mit welchem Rechte sprechen Sie in solchem Tone zu mir? Fragte der Amerikaner wütend.

– Mit meinem Rechte als Kapitän, entgegnete Hatteras zornig.

– Unterliege ich denn etwa Ihren Befehlen? Fragte Altamont barsch.

– Ohne Zweifel! Und wehe Ihnen, wenn ...«

Der Doktor, Johnson und Bell sprangen dazwischen; es war höchste Zeit; die beiden Feinde maßen sich mit den Blicken; dem Doktor schwoll das Herz.

Nach einigen versöhnlichen Worten legte sich Altamont indessen, den »Yankee doodle« pfeifend, nieder und sprach, ob er nun schlief oder nicht, dann keine Silbe mehr.

Hatteras verließ das Zelt und ging draußen mit großen Schritten hin und her; erst eine Stunde später kam er wieder herein und legte sich, ohne ein Wort zu reden, zur Ruhe.

Sechzehntes Kapitel.

Arkadien des Nordens.

Am 29. Mai ging die Sonne zum ersten Male nicht unter; ihre Scheibe strich über dem Horizonte hin und streifte ihn kaum, um sogleich wieder zu steigen; man trat in die Periode der vierundzwanzigstündigen Tage ein. Am andern Tage erschien das strahlende Gestirn von einem prächtigen Hofe umgeben, einem leuchtenden Kreise, der in allen Regenbogenfarben spielte; das häufige Auftreten dieser Erscheinungen erregte die Aufmerksamkeit des Doktors, der stets das Datum, die Ausdehnung und die Art derselben aufzeichnete; die von erwähntem Tage zeigte durch ihre elliptische Form eine noch minder bekannte Erscheinungsweise.

Bald erschien das ganze Volk schreiender Vögel wieder; ganze Schwärme von Trappen und Kanadagänsen, die aus dem so entfernten Florida oder Arkansas kamen, zogen mit erstaunlicher Schnelligkeit gen Norden und brachten den Frühling unter ihren Fittichen mit. Es gelang dem Doktor, einige derselben zu erlegen, sowie drei oder vier voreilige Kraniche, und selbst einen einsamen Storch.

Inzwischen schmolz unter Einwirkung der Sonne der Schnee auf allen Seiten, das auf dem Eisfelde durch die Risse und die Robbenlöcher ausgetretene Salzwasser zersetzte das Eis schnell; mit dem Seewasser vermengt bildet das letztere eine Art schmutzigen Teigs, den die Nordpolfahrer »Slush« nennen.

Breite Lachen bildeten sich auf dem Lande neben der Bay, und der bloßgelegte Boden schien, wie zu einer Vorstellung des arktischen Frühlings, mächtig zu treiben.

Der Doktor wiederholte nun seine Anpflanzungen; an Samen fehlte es ihm nicht; übrigens war er verwundert, zwischen den trockener gewordenen Steinmassen eine Art Sauerampfer wild wachsen zu sehen, und er bewunderte die Triebkraft der Natur, die so wenig braucht, um sichtbar zu werden. Er säte Kresse, deren junge Triebe nach drei Wochen schon über einen Zoll lang waren.

Auch Heidekraut begann schüchtern, die kleinen Blüten einer fast farblosen Rose zu zeigen. Kurz gesagt, ließ die Flora von Neu-Amerika viel zu wünschen übrig, dennoch sah man mit Vergnügen diese seltene, fast furchtsame Vegetation; es war ja alles, was die schwachen Strahlen der Sonne zu leisten vermochten, ein letztes Liebeszeichen der

Vorsehung, welche diese weit abliegenden Gegenden nicht gänzlich vergessen hatte.

Endlich wurde es wirklich warm; am 15. Juni beobachtete der Doktor, dass das Thermometer siebenundfünfzig Grade über null (+14° hunderteilig) zeigte; er traute seinen Augen kaum, aber überzeugte sich von der Richtigkeit; das Land wandelte sich um; unzählige murmelnde Wasserfälle sprudelten von den Gipfeln, welche die Sonne liebkoste, herab; das Eis verschob sich und die große Frage über das offene Meer am Pol nahte der Entscheidung ... Die Luft erdröhnte von Lawinen, welche die Hügel herab in die Hohlwege stürzten, und das Bersten des Eises erscholl mit betäubendem Krachen.

Man unternahm einen Ausflug nach der Johnson-Insel; sie bestand nur aus einem dürren, wüsten Eiland, aber der alte Rüstmeister war deshalb nicht weniger stolz, dass die paar im Meere verlorenen Felsen seinen Namen trugen; er wollte ihn selbst, auf die Gefahr hin, den Hals dabei zu brechen, in einem hochragenden Steinblock eingraben.

Hatteras hatte bei seinen Ausflügen das Land bis jenseits Kap Washington genau durchforscht; das Schmelzen des Schnees veränderte das Aussehen der Umgebung merklich; Höhlungen und Abhänge erschienen da, wo der Winterteppich scheinbar vollkommene Ebenen bedeckt hatte.

Das Haus und die Magazine drohten nun auch zu verschwinden, und man musste sie häufig wieder in guten Stand bringen. Glücklicherweise ist eine Temperatur von siebenundfünfzig Graden in jenen Breiten selten, und durchschnittlich erhebt sie sich dort kaum über den Gefrierpunkt.

Gegen den 15. Juni war die Schaluppe schon weit im Bau vorgeschritten und nahm ein gefälliges Aussehen an. Während Bell und Johnson an ihr arbeiteten, wurden einige große Jagden unternommen, welche reiche Ausbeute lieferten.

Es glückte auch, Rentiere zu erlegen, denen man sich nur sehr schwer nähern kann; doch Altamont half sich mit der Methode der Indianer seines Vaterlandes, er kroch auf dem Boden hin, wobei er sein Gewehr und die Arme so hielt, dass sie den Hörnern eines solchen scheuen Vierfüßlers ähnelten, und so konnte er sie, indem er auf richtige Schussweite herankam, sicher treffen.

Aber das vorzüglichste Wild, der Bisonochse, den Parry in großen Herden auf der Melville-Insel antraf, schien die Ufer der Victoria-Bay nicht zu besuchen. Es wurde demnach ein entfernterer Ausflug beschlossen, teils um dieses kostbare Tier zu jagen, teils um das Land im Osten kennenzulernen; Hatteras hatte nicht vor, auf diesem Wege zum Pol vorzudringen, aber der Doktor war gar nicht böse, eine allgemeine Kenntnis des Landes zu gewinnen. Man entschloss sich also zu einem Abstecher östlich von Fort Providence. Altamont wollte jagen; Duk war natürlich bei der Gesellschaft.

So verließen also die drei Jäger, jeder mit Doppelflinte, Beil und Schneemesser ausgerüstet und von Duk gefolgt, am 17. Juni bei gutem Wetter, wobei das Thermometer einundvierzig Grad (+5° hunderteilig) zeigte, und ruhiger, reiner Luft früh um sechs Uhr Doktors-House; sie waren auf eine vielleicht zwei bis drei Tage währende Exkursion eingerichtet und führten demnach Proviant bei sich.

Um acht Uhr des Morgens hatte Hatteras mit seinen zwei Gefährten ungefähr sieben Meilen zurückgelegt. Noch kein lebendes Wesen hatte sie zu einem Schusse veranlasst, und die Jagd schien in eine einfache Exkursion umzuschlagen.

Das Land zeigte weite Ebenen, die sich über Sehweite hinaus verloren; Bäche von gestern furchten es zahlreich, und große Lachen, die wie Teiche ohne Bewegung waren, spiegelten die schief einfallenden Sonnenstrahlen wieder. Wo das Eis geschmolzen war, zeigte es einen Sedimentboden, der dem Wasser seine Entstehung verdankt und der auf der ganzen Erde so weit verbreitet ist.

Doch fanden sich einige erratische Blöcke von dem Boden ganz widersprechender Natur vor, deren Anwesenheit nur schwer erklärlich war; schiefrige Gesteine dagegen und die verschiedenen Bestandteile der Kalkformation traf man in Überfluss an, und vorzüglich eine Art merkwürdiger, durchsichtiger und farbloser Kristalle, welche das eigentümliche Lichtbrechungsvermögen des isländischen Spates zeigte.

Wenn er aber auch nicht jagte, so konnte der Doktor jetzt doch nicht Geologe sein; hier hieß es nur Schritt zu halten, denn seine Gefährten gingen sehr rasch. Doch studierte er das Terrain und plauderte so viel als möglich, denn ohne ihn hätte ein vollkommenes Stillschweigen die kleine Gesellschaft beherrscht; Altamont hatte keine Lust mit dem Kapitän zu sprechen, und dieser wohl auch keine, ihm zu antworten.

Um zehn Uhr morgens hatten die Jäger etwa ein Dutzend Meilen gegen Osten zurückgelegt; das Meer verschwand unter dem Horizonte; der Doktor schlug eine Rast zum Frühstücken vor. Der Imbiss wurde schnell eingenommen, und schon nach einer halben Stunde machte man sich wieder auf den Weg.

Das Land ward in sanfter Abdachung niedriger; einzelne durch ihre Lage oder durch überhängende Felsmassen noch erhaltene Schneestreifen gaben ihm ein wellenförmiges Ansehen; man konnte meinen, lange Wogen zu sehen, welche durch einen kräftigen Wind getrieben sich vom offenen Meere aus gegen das Land hin verliefen.

Noch immer bildeten vegetationslose Ebenen die Umgebung, die noch von keinem lebenden Wesen besucht zu sein schienen.

»Unstreitig haben wir kein Glück auf unseren Jagden, sagte Altamont zum Doktor; ich gebe zu, dass der Boden den Tieren wenig Nahrung bietet, aber das Wild der Polarländer brauchte doch nicht so zurückhaltend zu sein und könnte sich etwas entgegenkommender zeigen.

– Geben wir die Hoffnung nicht auf, antwortete der Doktor; wir stehen erst in Sommers Anfang, und wenn Parry auf der Melville-Insel so viele Tiere angetroffen hat, werden wir solche auch hier finden.

– Doch befinden wir uns nördlicher, bemerkte Hatteras.

– Allerdings, aber der Norden ist in dieser Frage nur ein Wort ohne Bedeutung; wir müssen vielmehr den Kältepol ins Auge fassen, d. h. jene ungeheuren Eismassen, zwischen denen wir mit dem Forward überwinterten; je weiter wir jetzt hinauskommen, desto mehr entfernen wir uns von den kältesten Punkten der Erde und werden nach jener Seite hin dasselbe wieder finden, was Parry diesseits derselben antraf.

– Schließlich, sagte Altamont mit einem Seufzer des Bedauerns, sind wir bis jetzt mehr Reisende als Jäger!

– Geduld! Entgegnete der Doktor, das Land verändert sich nach und nach, und es sollte mich sehr wundern, wenn wir in solchen Hohlwegen, wo etwas Pflanzenwuchs möglich ist, nicht Wild antreffen sollten.

– Man muss zugeben, erwiderte der Amerikaner, dass wir eine ebenso unbewohnte, als unbewohnbare Gegend durchstreifen.

– O, unbewohnbar, das ist ein großes Wort, versetzte der Doktor, ich glaube nicht an unbewohnbare Gegenden; der Mensch würde, wenn auch zuerst mit Opfern, indem er Generationen hindurch die Hilfsmittel der Landwirtschaftslehre anwendet, auch ein solches Land ertragsfähig machen.

– Sie glauben das? Sagte Altamont.

– Allerdings! Wenn Sie sich nach den aus dem Kindesalter der Erde berühmten Gegenden, etwa nach Theben, Ninive oder Babylon, begeben, in jene fruchtbaren Täler unserer Ahnen, so würde es Ihnen unmöglich scheinen, dass dort je hätten Menschen wohnen können; ja, die ganze Atmosphäre ist dort seit dem Verschwinden der Bewohner verdorben. Es ist das ein ganz allgemeines Gesetz der Natur, dass sie diejenigen Örtlichkeiten, welche wir nicht bewohnen, ebenso wie die, welche wir zu dicht bewohnen, unfruchtbar und ungesund werden lässt. Bedenken Sie wohl, dass es der Mensch ist, der sich seine Naturverhältnisse schafft, durch seine Gegenwart, seine Gewohnheiten, seine Industrie, ja ich gehe noch weiter, auch durch seinen Atem; er verändert nach und nach die Ausdünstungen des Bodens und die atmosphärischen Verhältnisse, und er verbessert schon dadurch, dass er atmet. Sonach gibt es wohl unbewohnte, aber nie unbewohnbare Orte.«

So gingen die Jäger plaudernd, indem sie Naturforscher geworden, immer weiter und erreichten ein weites Tal, in dessen Grunde ein fast eisfreier Fluss sich hinschlängelte; die Lage nach Süden hatte an seinen Ufern und etwas darüber hinaus einige Vegetation hervorgerufen. Der Boden schien mit Lust fruchtbar zu werden; es hatte nur einiger Zoll Erde bedurft, um ergiebig zu sein. Der Doktor machte auf dieses deutliche Streben aufmerksam.

»Sehen Sie, sagte er, könnten sich nicht einige unternehmende Kolonisten zur Not in diesem Thale niederlassen? Mit Fleiß und Ausdauer würden sie noch etwas ganz Anderes daraus machen; ich sage nicht etwa, Felder, wie in den gemäßigten Zonen, aber doch ein Land, das sich sehen lassen könnte. Ah, wenn ich mich nicht täusche, gibt es hier auch vierfüßige Bewohner! Die Schelme kennen die fetten Gegenden.

– Wahrhaftig, rief Altamont, sein Gewehr instand setzend, da sind Polarhasen.

– Warten Sie noch, sagte der Doktor, Sie hitziger Jäger! Die armen Tiere denken gar nicht an die Flucht. Lassen wir sie in Ruhe; sie kommen auf uns zu!«

In der Tat näherten sich drei bis vier junge Hasen, die sich in der niedrigen Heide und dem frischen Moos tummelten, den drei Männern, die sie gar nicht zu fürchten schienen; mit sorglos lustigen Sprüngen, welche Altamont fast entwaffneten, kamen sie heran.

Bald waren sie dem Doktor zwischen den Füßen, der sie mit der Hand streichelte und sagte:

»Warum auf Geschöpfe Feuer geben, welche zu freundlichem Verkehr mit uns herankommen? Der Tod dieser kleinen Tiere wäre uns doch unnütz.

– Sie haben Recht, Doktor, meinte Hatteras, wir wollen sie schonen.

– Und jene Schneehühner, die auf uns zufliegen, rief Altamont; und die Schnepfen, die dort auf ihren langen Beinen einherstolzieren!«

Ein ganzes Volk von Federvieh erschien vor den Jägern, ohne Ahnung der Gefahr, welche nur der Doktor noch beschwor. Selbst Duk verhielt sich verwundert ganz ruhig.

Es war ein merkwürdiges, fast rührendes Schauspiel, die hübschen Tiere einherlaufen, hüpfen und umherflattern zu sehen; sie setzten sich auf die Schultern des guten Clawbonny, legten sich ihm zu Füßen und boten sich selbst den ungewohnten Liebkosungen desselben dar; sie schienen ihr Bestes zum Empfang der fremden Gäste zu tun, die zahlreichen Vögel stießen Freudenschreie aus, riefen immer einer den anderen, und bald kamen von allen Seiten noch mehr herzu. Der Doktor glich einem leibhaftigen Liebhaber. Die Jäger setzten, immer von der zutraulichen Gesellschaft gefolgt, ihren Weg an den feuchten Ufern des Flusses hinauf weiter fort, und als sie das Tal verließen, bemerkten sie eine Herde von acht bis zehn Rentieren, welche einige kümmerliche unter dem Schnee noch halb verborgene Flechten abweideten. Die graziösen stillen Tiere boten einen prächtigen Anblick mit ihrem gezahnten Geweih, welches das Weibchen ebenso stolz wie das Männchen trug; ihr scheinbar wolliger Pelz verlor schon das winterliche Weiß und tauschte dafür die graubraune Färbung für die Sommerzeit ein. Sie schienen ebenso wenig scheu und ebenso zahm zu sein, wie die Hasen und die Vögel dieser friedlichen Gegend. – Solcher Art waren wohl die Beziehungen des ersten Menschen zur Tierwelt bald nach der Schöpfung der Erde.

Die Jäger gelangten in die Mitte der Truppe, die keinen Schritt entfloh; diesmal hatte der Doktor nicht wenig Mühe, Altamonts Jagdtrieb zu zügeln; der Amerikaner konnte das herrliche Wild nicht sehen, ohne dass ihm das Blut berauschend zu Kopf stieg. Hatteras betrachtete mit Rührung diese sanften Tiere, die ihre Nasen an den Kleidern des Doktors, der eben ein Freund aller lebenden Wesen war, rieben.

»Aber sind wir denn nicht eigentlich zum Jagen hierher gekommen? Sagte Altamont.

– Um Bisonochsen zu erlegen, antwortete Hatteras, aber nichts Anderes! Wir wüssten mit diesem Wilde Nichts zu beginnen, da unsere Vorräte noch reichlich sind. Wir wollen doch lieber das rührende Schauspiel genießen, den Menschen sich der Freude dieser schüchternen Tiere anschließen zu sehen, und ihnen keine Furcht einflößen.

– Das beweist uns, dass sie noch nie einen Menschen gesehen haben.

– Unzweifelhaft, bestätigte der Doktor, und daraus kann man auch noch den weiteren Schluss ziehen, dass diese Tiere nicht amerikanischen Ursprungs sind.

– Und warum das? Fragte Altamont.

– Weil, wenn sie im nördlichen Amerika geboren wären, sie wissen würden, was sie von dem zweihändigen Geschöpfe, das man Mensch nennt, zu erwarten haben, und sie bei unserem Anblick dann sicher geflohen wären.

Nein, wahrscheinlich sind sie aus dem Norden gekommen und entstammen jenen unbekannten Gegenden Asiens, denen unseresgleichen sich noch nie genähert haben, von wo aus sie möglicher Weise die dem Pol benachbarten Kontinente überschritten. Demnach, Altamont, haben Sie nicht das Recht, sie als Landsleute zu beanspruchen.

– O, entgegnete Altamont, darauf sieht ein Jäger nicht so genau; das Wild gehört immer dem Lande desjenigen an, der es erlegt.

– Nun beruhigen Sie sich, tapferer Nimrod! Ich für meinen Teil würde lieber mein Leben lang auf jeden Flintenschuss verzichten, als dieser liebenswürdigen Bevölkerung Schrecken einjagen. Sehen Sie, sogar Duk fraternisiert mit den allerliebsten Tieren. Glauben Sie mir, und bleiben wir gütig, solange es möglich ist! Die Güte ist eine Macht!

– Schön, schön! Entgegnete Altamont, der dieses Feinfühlen nicht ganz verstand, aber ich möchte Sie mit dieser Güte statt jeder Waffe mitten in einem Haufen von Bären oder Wölfen sehen.

– O, es fällt mir nicht ein, auch wilde Tiere zu liebkosen, entgegnete der Doktor, an die Zaubereien eines Orpheus glaube ich nicht sehr; übrigens würden Wölfe und Bären auch nicht wie jene Hasen, Hühner und Rentiere auf uns zukommen.

– Und warum nicht, erwiderte Altamont, wenn auch sie noch keinen Menschen gesehen hätten.

– Weil derartige Tiere von Natur wild sind, und die Wildheit, so wie die Schlechtigkeit, den Verdacht nährten; das ist eine Beobachtung, die an Menschen und Tieren gleichmäßig zu machen ist. Wer schlecht ist, ist auch herausfordernd, und Furcht haben die selbst leicht, welche sie Anderen einzuflößen gewöhnt sind.«

Diese kleine philosophische Belehrung schloss die Unterhaltung.

Der ganze Tag verstrich in diesem Thale, welches der Doktor Arkadien des Nordens zu nennen beliebte, wogegen seine Genossen gar keinen Einwand erhoben; und als der Abend kam, schlummerten die drei Jäger nach einer Mahlzeit, welche keinem der Bewohner dieser Gegend das Leben gekostet hatte, in einer Felsenaushöhlung, die eigens für sie gemacht schien, friedlich ein.

Siebenzehntes Kapitel.

Altamonts Vergeltung.

Am andern Morgen erwachten der Doktor und seine zwei Gefährten nach einer völlig ruhig verbrachten Nacht. Die Kälte hatte sie, wenn sie auch nicht bedeutend war, doch am Morgen belästigt; aber gut bedeckt, wie sie waren, hatten sie, unter Obhut der friedlichen Tiere, fest geschlafen.

Das Wetter blieb schön, und sie beschlossen, auch noch diesen Tag der Erforschung des Landes und dem Aufspüren von Bisonochsen zu widmen. Man musste schon Altamont die Möglichkeit bieten, ein wenig zu jagen, und man einigte sich also dahin, dass, wenn diese Tiere auch die Friedliebendsten der ganzen Welt wären, er das Recht haben solle, sie zu schießen. Übrigens bietet ihr Fleisch, wenn es auch stark nach Moschus riecht, eine schmackhafte Speise, und die Jäger freuten sich darauf, einige Stücke solch' frischen und stärkenden Fleisches mit nach Fort Providence zu bringen.

Während der ersten Morgenstunden bot die Reise nichts Besonderes. Im Nordosten fing das Land an, sein Aussehen zu ändern. Einige Terrainerhöhungen, die ersten Wellen einer bergigen Gegend, deuteten auf eine andere Axt des Bodens. Dieses Land von Neu-Amerika musste, wenn es nicht ein Kontinent war, doch eine sehr große Insel bilden; im Übrigen handelte es sich jetzt nicht darum, diese geografische Frage zu lösen.

Duk lief weit voraus und stand bald bei der Fährte einer Herde Bisonochsen; schnell trabte er voraus, und schwand bald den Jägern aus den Augen.

Diese folgten seinem lauten, deutlichen Gebell, dessen Eifer ihnen verriet, dass das treue Tier endlich das Ziel ihrer Begierde aufgefunden hatte.

Sie gingen schneller, und nach etwa anderthalb Stunden trafen sie wirklich auf zwei große und ihrem Äußern nach wirklich Furcht erweckende Tiere; diese eigentümlichen Vierfüßler schienen über Duks Angriff sehr verwundert, ohne übrigens zu erschrecken. Sie fraßen eine Art rötlichen Mooses, welches den schneereinen Boden bedeckte. Der Doktor erkannte sie leicht an ihrer geringeren Größe, ihren breiten, an der Basis verbundenen Hörnern, an dem merkwürdigen scheinbaren Fehlen der Schnauze und an ihren kurzen Schwänzen. Der

Gesamteindruck dieses Baus hat ihnen bei den Naturforschern den Namen »Ovibos« (Schafochse) erworben, ein Wort, welches also an die beiden Naturen, denen sich dieses Tier anschließt, erinnert. Ein Büschel dicker und langer Haare und ein Seiner, brauner, seidenartiger Pelz ist ihnen eigentümlich.

Beim Erblicken der Jäger liefen die Tiere sogleich davon, und diese verfolgten sie in vollem Laufe.

Aber für Leute, die ein halbstündiger Dauerlauf vollkommen außer Atem brachte, war es schwer, sie einzuholen. Hatteras und seine Genossen hielten an.

»Teufel! Sagte Altamont.

– Teufel ist das richtige Wort, versetzte der Doktor, der kaum Atem schöpfen konnte. Diese Wiederkäuer überlasse ich Ihnen als Amerikaner, aber sie scheinen von ihren Landsleuten nicht die vorteilhafteste Meinung zu haben.

– Das beweist, dass wir gute Jäger sind«, erwiderte Altamont.

Indessen blieben auch die Bisonochsen, die sich nicht mehr verfolgt sahen, in staunender Haltung wieder stehen. Es war augenscheinlich, dass man sie im Laufen nicht erlangen würde; man musste sie einzuschließen suchen; das kleine Plateau, auf dem sie jetzt waren, bot sich fast selbst dazu an.

Die Jäger ließen durch Duk die Tiere necken, während sie in nahen Hohlwegen heranschlichen, das Plateau zu umgehen. Altamont und der Doktor versteckten sich an dem einen Ausläufer desselben hinter Felsenvorsprüngen, während Hatteras, der es von der anderen Seite unvermutet erstieg, sie ihnen zutreiben sollte.

Nach einer halben Stunde hatte jeder seine Stelle eingenommen.

»Jetzt werden Sie sich nicht widersetzen, sagte Altamont, diese Tiere mit Flintenschüssen zu empfangen?

– Nein, das ist ehrlicher Krieg«, erwiderte der Doktor, der trotz seiner natürlichen Gutmütigkeit doch Jäger vom Grunde seiner Seele war.

So sprachen sie, als sie die Tiere, Duk ihnen auf der Ferse, sich schnell in Bewegung setzen sahen; weiter entfernt rief Hatteras laut und jagte sie nach der Richtung des Doktors und des Amerikaners, die sich bald dieser prächtigen Beute entgegenstellten.

Sogleich standen da die Ochsen, und da sie vor einem einzelnen Feinde weniger Furcht hatten, so liefen sie gegen Hatteras wieder zurück.

Dieser erwartete sie festen Fußes, legte, als sie nahe genug waren, an und gab Feuer, ohne dass seine Kugel, die eines der Tiere mitten auf die Stirn traf, sie im Laufe aufzuhalten vermochte. Der zweite Schuss von Hatteras machte die Tiere nur wütend; sie stürzten sich auf den entwaffneten Jäger und warfen ihn jählings um.

»Er ist verloren!« rief der Doktor.

In dem Augenblicke, da Clawbonny diese Worte im Ton der Verzweiflung ausrief, tat Altamont einen Schritt voran, um. Hatteras zu Hilfe zu eilen, dann blieb er wieder stehen, im Kampfe gegen sich selbst und seine Vorurteile.

»Nein, rief er aus, das wäre ein Schurkenstreich!«

So stürzte er mit Clawbonny schnell nach dem Kampfplatze. Keine halbe Sekunde hatte sein Zögern gedauert, aber so wie der Doktor sah, was in der Seele des Amerikaners vorging, so verstand es auch Hatteras, er, der lieber umgekommen wäre, als dass er die Hilfe seines Nebenbuhlers angerufen hätte. Jedenfalls hatte er kaum Zeit, sich darüber Rechenschaft zu geben, denn Altamont war schon nahe bei ihm.

Hatteras, der zu Boden lag, suchte die Hörnerstöße und Huftritte der beiden Tiere abzuwehren; lange hätte er indes diesen Kampf nicht fortzusetzen vermocht.

Er war nahe daran, unvermeidlich in Stücke zerrissen zu werden, als zwei Flintenschüsse fielen; Hatteras fühlte die Kugeln fast seinen Kopf streifen.

»Nur Mut!« rief Altamont, der sein abgeschossenes Gewehr von sich schleuderte und auf die wütenden Tiere losstürzte.

Der eine der Ochsen stürzte, im Herzen getroffen, zusammen; der andere wollte in schäumender Wut dem unglücklichen Kapitän den Leib aufschlitzen, als Altamont ihm gegenüber sprang und mit der einen Hand sein Schneemesser tief zwischen die geöffneten Kinnbacken stieß, während er ihm mit der anderen durch einen furchtbaren Beilhieb den Kopf spaltete.

Das alles geschah mit so wunderbarer Schnelligkeit, dass ein Blitz hinreichend gewesen wäre, die ganze Scene zu beleuchten.

Der zweite Ochse brach in den Knien zusammen und fiel tot nieder.

»Hurra! Hurra!« rief Clawbonny.

Hatteras war gerettet.

Er verdankte also sein Leben demselben Manne, den er in der Welt am meisten hasste! Was ging in diesem Augenblick in seiner Seele vor? Welche menschliche Regung, die er nicht zu bemeistern vermochte, stieg in ihr auf?

Hier liegt ein Geheimnis des Herzens, das sich jeder Deutung entzieht.

Wie dem auch sei, Hatteras ging ohne Zaudern auf seinen Rivalen zu und sagte mit ernster Stimme:

»Sie haben mir das Leben gerettet, Altamont.

– Sie hatten es mir getan, erwiderte der Amerikaner, und nach einer kleinen Pause fügte er hinzu: Wir sind quitt, Hatteras.

– Nein, Altamont, erwiderte der Kapitän, als der Doktor Sie aus dem Eisgrab hervorzog, wusste ich nicht, wer Sie waren, doch Sie haben mich mit eigener Lebensgefahr gerettet, trotzdem Sie wussten, wer ich sei.

– Nun, Sie sind meinesgleichen, entgegnete Altamont; doch sei dem wie ihm wolle, ein Amerikaner ist kein feiger Schurke.

– Nein, gewiss nicht, rief der Doktor, er ist ein Mensch, ein Mensch wie Sie, Hatteras!

– Und mit mir soll er den Ruhm teilen, der uns noch zu ernten bevorsteht.

– Den Ruhm, zum Nordpol vorzudringen, sagte Altamont.

– Ja wohl, erwiderte der Kapitän mit Selbstgefühl.

– Ich hatte es also erraten, rief der Amerikaner; Sie haben gewagt, einen solchen Beschluss zu fassen! Sie haben zu versuchen gewagt, diesen unnahbaren Punkt zu erreichen. O, das ist schön; das sage ich Ihnen, ich; das ist herrlich!

– Aber Sie, fragte Hatteras schnell, Sie befanden sich also nicht wie wir auf dem Wege zum Pol?«

Altamont schien mit der Antwort zu zögern.

»Nun? Fragte der Doktor.

– Nun denn, nein! Sagte der Amerikaner. Nein! Die Wahrheit über die Eigenliebe! Nein, ich hatte den großen Gedanken, der Sie hierher geleitet hat, nicht. Ich wollte mit meinem Schiffe nur die Nordwestpassage durchfahren; das ist alles.

– Altamont, sagte Hatteras, dem Amerikaner die Hand entgegenstreckend, seien Sie also unser Ruhmesgefährte und kommen Sie mit uns, den Nordpol zu entdecken!«

Und die beiden Männer reichten sich zum warmen, redlichen Drucke ihre Hände.

Als sie sich nach dem Doktor umdrehten, standen diesem die Tränen in den Augen.

»O, meine Freunde, sagte er, sich die Augen trocknend, wie vermag mein Herz die Freude, mit der Sie es erfüllen, zu fassen! O, meine teuren Gefährten, Sie haben für den gemeinschaftlichen Erfolg die leidige Frage wegen der Nationalitäten geopfert. Sie haben sich gesagt, dass weder England noch Amerika hierbei in Betracht kommen, und dass eine innige Sympathie uns gegenüber den Gefahren unserer Expedition verbinden muss. Wenn der Nordpol erreicht ist, was kommt darauf an, wer ihn entdeckt? Warum sich so erniedrigen und darauf pochen, dass man ein Amerikaner oder ein Engländer ist, wenn man sich rühmen kann, ein Mensch zu sein!«

Der Doktor drückte die versöhnten Feinde in seine Arme; er konnte sich vor Freude kaum beruhigen, und auch die beiden neuen Freunde fühlten sich durch die Freundschaft, welche der würdige Mann ihnen entgegen brachte, nur noch mehr genähert.

Clawbonny sprach, ohne sich zurückhalten zu können, von der Eitelkeit des Wettbewerbs, von der Torheit des Rivalisierens und von dem so nötigen Zusammenwirken zwischen Menschen, die so weit von ihrem Vaterlande verlassen sind. Seine Worte, seine Tränen, seine Zärtlichkeiten, alles kam aus dem Grunde seines Herzens.

Doch beruhigte er sich endlich, nachdem er Hatteras und Altamont wohl zwanzig Mal umarmt hatte.

»Und nun, sagte er, ans Werk, ans Werk! Da ich als Jäger zu Nichts gut gewesen bin, so wollen wir meine Fähigkeiten auf anderer Seite benutzen!«

Er ging daran, den Ochsen auszuweiden, den er »den Ochsen des Versöhnungs-Opfers« nannte, und machte das so geschickt, dass er vielmehr einem Arzte glich, der eine sorgsame Sektion vornimmt.

Lächelnd sahen ihm die Gefährten zu. Nach wenigen Minuten hatte der gewandte Operateur etwa einen Zentner appetitlichen Fleisches herausgeschnitten, das er in drei gleiche Teile teilte; jeder belud sich mit einem derselben, und zurück ging es nach Fort Providence.

Um zehn Uhr abends erreichten die Jäger, von den schiefen Strahlen der Sonne beleuchtet, Doktors-House, wo Johnson und Bell sie mit einer guten Mahlzeit erwarteten.

Aber noch bevor sie sich zu Tisch setzten, rief der Doktor, auf seine beiden Jagdgenossen zeigend:

»Mein alter Johnson, ich hatte einen Engländer und einen Amerikaner mitgenommen, nicht wahr?

– Ja wohl, Herr Clawbonny, erwiderte der Rüstmeister.

– Nun, und zurück bringe ich zwei Brüder!«

Freudig reichten die beiden Seeleute Altamont die Hände; der Doktor erzählte ihnen, was der amerikanische Kapitän für den englischen getan hatte, und diese Nacht beherbergte das Eishaus fünf wahrhaft glückliche Menschen.

Achtzehntes Kapitel.

Die letzten Vorbereitungen.

Am anderen Tage wechselte die Witterung; es ward wieder kalt; Schnee, Regen und Wirbelstürme folgten einander mehrere Tage hindurch.

Bell war mit der Schaluppe fertig; sie entsprach vollkommen dem Zwecke, dem sie dienen sollte; in Bordhöhe zum Teil verdeckt, konnte sie mit ihrem Fockmast und Klüverbaum auch bei schwererem Wetter See halten; dabei erlaubte ihre Leichtigkeit, sie auf dem Schlitten mitzunehmen, ohne dem Hundegespann zu schwer zu sein.

Endlich vollzog sich in dem Polarmeere eine für die Überwinternden immerhin sehr wichtige Veränderung. Die Eishausen in der Mitte der Bay singen an sich in Bewegung zu setzen; die höheren, schon unterminiert durch das fortwährende Anprallen, brauchten nur noch einen kräftigen Sturm, um sich vom Ufer loszureißen und schwimmende Eisberge zu bilden. Doch wollte Hatteras nicht die Beseitigung des ganzen Eisfeldes erwarten, um den Ausflug anzutreten. Da die Reise über Land gemacht werden sollte, tat es nicht viel Eintrag, ob das Meer frei war oder nicht; er setzte also die Abreise auf den 25. Juni fest; bis dahin sollten alle Vorbereitungen vollkommen beendigt sein. Johnson und Bell beschäftigten sich mit der Instandsetzung des Schlittens, dessen Gestell verstärkt wurde, und verfertigten neue Schneeschuhe. Die Reisenden suchten für ihren Ausflug die wenigen Wochen schöner Witterung zu benutzen, welche die Natur diesen hochnördlichen Gegenden zuteilt. Die Beschwerden mussten da leichter zu ertragen, etwaige Hindernisse besser zu besiegen sein.

Einige Tage vor der Abfahrt, am 20. Juni, zeigte das Eis verschiedene offene Stellen, die man benutzte, um die Schaluppe bei einer Spazierfahrt nach Kap Washington zu erproben. Frei war das Meer freilich noch lange nicht, doch zeigte es keine feste Oberfläche mehr und eine Fußwanderung über die geborstenen Eisfelder wäre unmöglich gewesen.

Dieser halbe Tag Schifffahrt gestattete, die guten nautischen Eigenschaften der Schaluppe schätzen zu lernen.

Auf ihrer Rückfahrt waren die Reisenden Zeugen eines merkwürdigen Vorfalls. Es war die Jagd eines gewaltigen Bären auf eine Robbe; Ersterer war offenbar zu sehr in Anspruch genommen, um die Schaluppe zu bemerken, denn er würde nicht verfehlt haben, sie zu verfolgen. Er befand sich an einem Loch im Eisfelde, durch welches die Robbe jedenfalls entschlüpft war, auf der Lauer. Der Bär erwartete ihr Wiedererscheinen mit der Geduld eines Jägers oder vielmehr eines Fischers, denn er fischte ja in Wahrheit.

Schweigend, ohne Bewegung, ja, ohne jedes Lebenszeichen, lag er auf dem Anstand.

Plötzlich aber begann sich die Oberfläche des Wassers zu bewegen; die Amphibie tauchte zum Atemholen empor; der Bär streckte sich der Länge nach auf das Eis hin und legte die Tatzen rund um das Loch.

Einen Augenblick später erschien der Kopf der Robbe über dem Wasser; es blieb ihr aber nicht Zeit, wieder unterzutauchen; die Tatzen des Bären umfassten sie wie von einer Feder losgeschnellt, pressten das Tier mit unwiderstehlicher Gewalt zusammen und hoben es aus seinem Elemente empor.

Es war nur ein kurzer Kampf; die Robbe verteidigte sich einige Sekunden lang, wurde aber an der Brust des gigantischen Gegners erstickt; dieser, der sie trotz ihrer Größe leicht wegtrug, sprang behände von einer Scholle zur andern bis an das feste Land und verschwand mit seiner Beute.

»Glückliche Reise! Rief ihm Johnson nach; der Bär hat etwas zu viel Tatzen zur Verfügung.«

Die Schaluppe erreichte bald die kleine Bucht wieder, die ihr Bell im Eis ausgehauen hatte.

Noch vier Tage nur trennten Hatteras und seine Gefährten von dem zur Abreise bestimmten Zeitpunkt. Hatteras beeilte die letzten Zurüstungen; es drängte ihn, dieses Neu-Amerika zu verlassen, dieses Land, welches doch nicht das Seine war und dem er nicht seinen Namen gegeben hatte; er fühlte sich hier nicht zu Hause.

Am 22. Juni begann man den Schlitten mit den Lagergerätschaften zu beladen, mit dem Zelt und dem Proviant. Die Reisenden nahmen zweihundert Pfund gesalzenes Fleisch mit, drei Kisten mit konserviertem Gemüse und Fleisch; fünfzig Pfund Salzlake und Limonensaft; fünf Quarter (380 Pfd.)

Mehl; verschiedene Päckchen Kresse und Löffelkraut aus den Anpflanzungen des Doktors; rechnet man hierzu zweihundert Pfund Pulver, die Instrumente, die Waffen, die Küchengeräte, und dazu noch die Schaluppe, das Kautschukboot und das Gewicht des Schlittens, so ergab das eine Last von nahezu fünfzehnhundert Pfund, gewiss genug für vier Hunde, um so mehr, da diese nicht wie im Dienste der Eskimos, welche dieselben nur vier Tage hintereinander arbeiten lassen, keine Stellvertreter hatten, und alle Tage ziehen mussten; aber die Reisenden nahmen sich vor, ihnen im Notfalle zu helfen und nur kurze Tagemärsche zurückzulegen. Die Entfernung von der Bay Victoria bis zum Pol betrug höchstens hundertfünfundfünfzig Meilen, wozu sie, bei zwölf Meilen täglich, einen halben Monat bedurften.

Sollte übrigens das Land aufhören, so mussten sie die Reise mithilfe der Schaluppe ohne Anstrengung für die Menschen oder die Hunde vollenden können.

Alle befanden sich jetzt wohl; der allgemeine Gesundheitszustand war ausgezeichnet; der Winter, obgleich streng, schloss doch unter für ihr Wohlsein günstigen Verhältnissen; jeder entging, da sie alle dem Rate des Doktors Folge geleistet hatten, den jenen rauen Klimaten eigentümlichen Krankheiten. In summa, man war etwas abgemagert, was dem würdigen Clawbonny ganz erfreulich war. Aber man hatte auch Leib und Seele dieser rauen Lebensweise angepasst, und nun konnten diese akklimatisierten Männer den härtesten Proben der Ermüdung und der Kälte widerstehen, ohne zu unterliegen.

Und endlich, sie eilten ja dem Ziele der Reise zu, jenem unnahbaren Pol, an dem keine andere Frage als die der Rückkehr noch übrig blieb. Die Übereinstimmung, welche jetzt die fünf Mitglieder der Expedition beseelte, sollte ihnen helfen, ihre kühne Fahrt zu vollbringen, und keiner von ihnen zweifelte an dem Erfolge des Unternehmens.

In der Voraussicht einer lange dauernden Expedition hatte der Doktor seine Gefährten dahin vermocht, sich auch lange vorher darauf vorzubereiten.

Am 23. Juni waren die Reisenden bereit; es war ein Sonntag, der vollkommen der Ruhe gewidmet wurde.

Der Augenblick der Abreise nahte heran, und die Bewohner des Fort Providence sahen ihm nicht ohne Bewegung entgegen.

Es ging ihnen doch etwas ans Herz, diese Schneehütte zu verlassen, die ihren Zweck als Wohnung so gut erfüllt hatte; diese Bay Victoria, diese gastliche Küste, an der sie die letzten Wintermonate verbracht hatten.

Würde man diese Baulichkeiten bei der Rückkehr wiederfinden? Würden die Strahlen der Sonne diese zerbrechlichen Mauern nicht vollends schmelzen?

Alles in allem hatten sie hier schöne Stunden verlebt. Der Doktor rief beim Abendessen seinen Gefährten diese rührenden Erinnerungen wieder wach, und vergaß nicht, dem Himmel für seinen sichtbaren Schutz zu danken.

Endlich kam die Stunde der Ruhe. Jeder legte sich zeitig nieder, um früh aufzustehen. So verfloss die letzte im Fort Providence verbrachte Nacht.

Neunzehntes Kapitel.

Die Reise nach Norden.

Am anderen Tage gab Hatteras zeitig das Zeichen zur Abreise; die Hunde wurden vor den Schlitten gespannt; wohl ernährt und ausgeruht, und nach einem sehr bequem verbrachten Winter, waren sie gewiss imstande, für den Sommer große Dienste zu leisten. Sie ließen sich auch gar nicht bitten, ihr Reisegeschirr wieder anzulegen.

Nach allem zu urteilen, sind diese Grönländer Hunde sehr gute Tiere; ihre wilde Natur hatte sich nach und nach verändert; sie verloren ihre Ähnlichkeit mit dem Wolfe und wurden Duk, diesem vollendeten Beispiele aus der Hunderasse, ähnlicher; mit einem Worte, sie wurden zivilisiert.

Duk konnte sich gewiss einen guten Teil ihrer Erziehung zurechnen; er hatte sie gelehrt, sich gut zu vertragen, und war mit eigenem Beispiele vorangegangen; in seiner Eigenschaft als Engländer und etwas eigensinnig bezüglich der »Kunstsprache«, hatte es lange gedauert, bevor er mit diesen Hunden, »die ihm nicht vorgestellt waren«, vertraulicher wurde, und im Prinzip sprach er nicht mit ihnen. Da sie aber dieselben Gefahren, dieselben Entbehrungen, dasselbe Loos teilten, vertrugen sich endlich diese Tiere verschiedener Rasse ganz gut. Duk, der ein gutes Herz hatte, tat die ersten entgegenkommenden Schritte, und das ganze vierfüßige Volk war bald eine Herde Freunde.

Der Doktor liebkoste die Grönländer Hunde, und Duk sah es ohne Eifersucht auf seine Kameraden. In nicht weniger guten Verhältnissen befanden sich die Menschen; wenn jene tapfer ziehen mussten, so nahmen sich diese vor, gut zu marschieren.

Bei günstiger Witterung reiste man früh um sechs Uhr ab; nachdem man den Umgebungen der Bay gefolgt war und das Kap Washington überschritten hatte, ließ Hatteras die Richtung direkt nach Norden einschlagen; um sieben Uhr verloren die Reisenden im Süden den Leuchtturmkegel und Fort Providence aus dem Gesicht.

Die Reise begann unter guten Anzeichen, jedenfalls unter weit besseren, als die im tiefen Winter zur Aufsuchung von Kohlen unternommene! Hatteras ließ damals an Bord seines Schiffes die Empörung und die Verzweiflung zurück, ohne des Zieles, dem er nachstrebte, sicher zu sein; er verließ eine vor Kälte halb tote Mannschaft und reiste mit Begleitern, welche durch die Leiden des arktischen

Winters geschwächt waren; er, der Mann des Nordens, wandte sich nach Süden zurück. Jetzt dagegen strebte er, umgeben von kräftigen Freunden, im besten Wohlbefinden, unterstützt, ermutigt, fast gedrängt, nach dem Pol, nach diesem Zielpunkt seines ganzen Lebens. Niemals war ein Mensch näher daran gewesen, diesen für ihn und sein Vaterland hell strahlenden Ruhm zu erwerben!

Dachte er wohl an alle diese bei den gegenwärtigen Verhältnissen so selbstverständlich erscheinenden Dinge? Der Doktor nahm es gern an, und konnte kaum daran zweifeln, wenn er jenen so begierig sah. Der gute Clawbonny freute sich über das, was seinem Freunde offenbar Freude bereitete, und seit der Aussöhnung der beiden Kapitäne, seiner beiden Freunde, fühlte er sich als den glücklichsten der Menschen; er, dem die Empfindung des Hasses, der Missgunst, der Rivalität so fremd war, er, das beste aller Geschöpfe! Was würde aus dieser Reise werden, welchen Erfolg versprach sie? Er wusste es nicht; indes, sie fing gut an, das war schon viel.

Jenseits des Kap Washington verlängerte sich die westliche Küste Neu-Amerikas mittels einer Reihenfolge einzelner Bayen; um diese ungeheuren Bogen zu vermeiden, wandten sich die Reisenden, nachdem sie die ersten Abhänge des Mount-Bell erstiegen hatten, gegen Norden, um die höheren Ebenen zu gewinnen. Sie kürzten dadurch den Weg ganz wesentlich ab.

Hatteras wollte, wenn nicht durch Meerengen oder Berge unvorhergesehene Hindernisse dazwischen träten, eine gerade Linie von dreihundertfünfzig Meilen vom Fort Providence bis nach dem Pol ziehen.

Die Reise ging fröhlich vorwärts; die höheren Ebenen boten einen ungeheuren weißen Teppich dar, auf welchem der Schlitten, der mit geschwefelten Kufen versehen war, ohne Mühe dahinglitt, ebenso wie die Menschen mittels der Schneeschuhe einen raschen und sichern Gang hatten.

Das Thermometer zeigte siebenunddreißig Grad (+3° hunderteilig). Die Witterung war nicht beständig; bald war es klar, bald nebelig; aber weder Kälte noch Wirbelwinde hätten die Reisenden, welche so fest entschlossen waren, vorwärts zu dringen, aufzuhalten vermocht.

Nach dem Kompass war die Richtung leicht inne zu halten; die Nadel war weniger träge, da sie sich vom magnetischen Pol entfernte; freilich drehte sie sich, als dieser magnetische Punkt überschritten war, nach diesem um, und zeigte also für die nach Norden Wandernden jetzt eigentlich den Süden an; aber dieses verkehrte Anzeigen machte ja keine beschwerliche Rechnung notwendig.

Übrigens ersann der Doktor noch ein sehr einfaches Mittel zur Bestimmung der Richtung, welches das häufige Beobachten der Boussole unnötig machte; war ihre Lage einmal festgestellt, so suchten sie bei heiterem Wetter einen genau nördlichen, zwei bis drei Meilen entfernten Punkt; auf diesen gingen sie zu, bis er erreicht war, und bestimmten von da aus einen neuen ebenso gelegenen Punkt. So wichen sie gewiss nur wenig von dem geraden Wege ab.

Während der ersten beiden Reisetage legte man immer zwanzig Meilen in zwölf Stunden zurück; die übrige Zeit wurde den Mahlzeiten und der Ruhe gewidmet; zum Schutz während des Schlafes erwies sich das Zelt als ausreichend.

Die Temperatur hob sich dann und wann; stellenweise schmolz der Schnee, je nach der Art des Bodens, während andere Stellen ihre fleckenlose Weiße bewahrten, da und dort bildeten sich große Wasserflächen, manchmal wahre Teiche, welche mit etwas Fantasie wohl für Seen zu halten waren; sie mussten manchmal mit dem halben Bein im Wasser gehen, worüber sie nur lachten; ja der Doktor war über diese unerwarteten Bäder ganz glücklich.

»Dem Wasser ist's gleichwohl nicht gestattet, uns in diesen Ländern zu durchnässen, sagte er; hier hat es nur in festem oder gasförmigem Zustande Rechte; sein flüssiger Zustand ist ein Missbrauch. Eis oder Dampf, ganz schön, aber Wasser, nie!«

Unterwegs wurde auch die Jagd nicht vernachlässigt, denn sie musste frische Nahrungsmittel liefern; dazu durchstreiften Altamont und Bell, ohne sich zu weit zu entfernen, die Nachbarschaft; sie schossen Schneehühner, Taucherhühner, Gänse, einige graue Hasen u. dergl.; diese Tiere kamen übrigens bald von dem ersten Zutrauen zurück und wurden furchtsam; sie flohen scheu, und nu schwer konnte man sich ihnen nähern. Ohne Duk wären die Jäger häufig um ihr Pulver betrogen gewesen.

Hatteras befahl ihnen, sich nicht weiter, als eine Meile zu entfernen, denn er hatte keinen Tag, ja keine Stunde zu verlieren, da auf mehr als drei Monate geeigneter Witterung nicht zu rechnen war.

Außerdem musste jeder dem Schlitten nahe zur Hand sein, wenn eine schwierige Stelle, eine enge Schlucht oder stark geneigte Ebenen zu passieren waren; dann spannte oder stemmte sich jeder an den Schlitten, ihn ziehend, schiebend oder stützend; mehr als einmal musste man ihn ganz entladen, und auch das verhinderte noch nicht alle Stöße und infolgedessen Beschädigungen, welche Bell nach besten Kräften ausbesserte.

Am dritten Tage, mittwochs den 26. Juni, stießen die Reisenden auf einen See von mehreren Morgen Landes Ausdehnung, der in Folge seiner vor der Sonne geschützten Lage noch vollständig mit Eis bedeckt war; dieses zeigte sich auch stark genug, das Gewicht der Reisenden und des Schlittens zu tragen. Dieses Eis schien schon von einem früheren Winter herzurühren, denn in Folge seiner Lage konnte dieser See nie auftauen. Es war ein kompakter Spiegel, dem die arktischen Sommer Nichts anhaben konnten; was diese Ansicht noch bestätigte, war der trockene Schnee, der seine Ufer einrahmte, und dessen untere Schichten offenbar früheren Jahren angehörten.

Von diesem Punkte aus ward das Land merklich niedriger, woraus der Doktor den Schluss zog, dass es gegen Norden sich nicht allzu weit erstrecken dürfte; es wurde immer wahrscheinlicher, dass Neu-Amerika nur eine Insel sei, welche sich nicht bis zum Pol ausdehnte. Nach und nach flachte sich das Land mehr ab; kaum waren noch im Westen einige teils in der Entfernung, teils in einem bläulichen Nebel verschwindende Hügel sichtbar.

Bis hierher war die Expedition ohne Ermüdung verlaufen, die Reisenden litten höchstens durch die von dem Schnee zurückgeworfenen Sonnenstrahlen; durch diesen Reflex konnten sie der Schnee-Blindheit[2] kaum entgehen. Zu anderer Jahreszeit wären sie während der Nacht gereist, um diesem Übelstande zu entgehen, jetzt aber gab es ja keine Nacht. Glücklicherweise neigte sich der Schnee zum Schmelzen und verlor so, wenn er im Begriff war, in Wasser überzugehen, viel von seinem Glanze.

Am 28. Juni hob sich die Temperatur bis auf fünfundvierzig Grad über null (+7° hunderteilig); dieser Wärmegrad war von reichlichem Regen begleitet, den die Reisenden ruhig, selbst mit Vergnügen ertrugen, denn er beförderte das Schmelzen des Schnees; man musste wieder auf die Mokassins von Damleder zurückgreifen und auch das Gleitungsvermögen des Schlittens ändern. Der Marsch wurde dadurch zwar aufgehalten, da aber ernsthafte Hindernisse nicht auftraten, kam man doch vorwärts.

---

[2] Eine eigentümliche Erkrankung der Netzhaut, die durch den Widerschein des Schnees hervorgerufen wird.

Einige Male hob der Doktor unterwegs rundliche oder platte Steine auf, die das Ansehen der durch den Wellenschlag abgerundeten Steine am Seestrande hatten, und er glaubte deshalb, in der Nähe des Polar-Meeres zu sein; aber immer noch dehnte sich die Ebene zu unübersehbarer Ferne aus.

Sie bot kein Anzeichen von Bewohntsein, weder Hütten, noch Cairns, noch Eskimohöhlen; offenbar waren unsere Reisenden die Ersten, welche dieses neue Land betraten; diejenigen Stämme der Grönländer, welche die arktischen Länder besuchen, drangen nie soweit hinauf, obgleich die Jagd hier reiche Ergebnisse diesen immer hungrigen Unglücklichen liefern musste; manchmal bemerkte man Bären, die der kleinen Gesellschaft unter dem Winde folgten, aber keine Miene machten, sie anzugreifen; in der Ferne zeigten sich auch zahlreiche Herden von Bisonochsen und Rentieren, von welchen Letzteren der Doktor gern einige Exemplare zur Verstärkung der Schlittenbespannung gehabt hätte, doch waren diese sehr scheu und machten es unmöglich, sie lebend zu fangen.

Am 29. tötete Bell einen Fuchs, und Altamont war so glücklich, einen kleineren Bisonochsen zu erlegen, wobei er seinen Genossen eine hohe Meinung von seiner Kaltblütigkeit und Geschicklichkeit abnötigte; wirklich war er ein ausgezeichneter Jäger, und der Doktor, der sich darauf verstand, bewunderte ihn höchlich. Der Ochse ward ausgeweidet und lieferte reichlich frische Nahrung.

Dieses zufällige Glück guter und nahrhafter Mahlzeiten wurde immer freudig begrüßt; auch wer weniger Feinschmecker war, musste unwillkürlich einen Blick der Befriedigung auf diese Schnitten saftigen Fleisches werfen. Der Doktor selbst lachte, wenn er sich über der Bewunderung dieser köstlichen Stückchen ertappte.

»Wir wollen den Mund nicht zu spitz machen, sagte er da, bei Nordpol-Expeditionen ist die Mahlzeit eine Sache von Bedeutung.

– Zumal, erwiderte Johnson, wenn sie von einem mehr oder weniger geschickten Schusse abhängt.

– Sie haben recht, mein alter Johnson, versetzte der Doktor, wenn man den Kochtopf regelmäßig im Küchenofen brodeln sieht, denkt man weniger ans Essen.«

Am 30. wurde das Land ganz unerwartet sehr uneben, als wenn es durch eine vulkanische Bewegung gehoben wäre; kegelförmige und spitze Erhabenheiten wurden unzählig und erreichten große Höhen. Ein Südostwind begann mit Heftigkeit zu wehen und steigerte sich bald zum tüchtigen Orkan; er verfing sich an den schneebekrönten Felsen und zwischen den Eisbergen, die auf der Ebene die Form von Spitzhügeln und Eisinseln des Meeres nachahmten; ihre Anwesenheit auf diesen Hochebenen war ihnen unerklärlich, selbst dem Doktor, der doch sonst für alles eine Deutung hatte.

Dem Sturme folgte warme, feuchte Witterung, ein wahrhaftes Tauwetter; von allen Seiten erscholl das Krachen des Eises, das sich mit dem noch mächtigeren Donner der Lawinen mischte.

Die Reisenden vermieden sorgfältig, ihren Weg am Fuße der Hügel zu nehmen, ja sogar laut zu sprechen, denn schon das Geräusch der Stimme konnte durch die Bewegung der Luft Katastrophen herbeiführen; sie waren öfters Zeugen furchtbarer Stürze, vor denen sich zu schützen sie gar keine Zeit gehabt hätten; eine wesentlichste Eigentümlichkeit der polaren Lawinen ist in der Tat deren erschreckende Schnelligkeit; sie unterscheiden sich damit von denen in der Schweiz und in Norwegen; dort bildet sich zunächst eine Schneekugel, die zuerst wenig beträchtlich, durch den Schnee und wohl auch durch Felsstücke auf ihrem Wege an Größe zunimmt, mit wachsender Schnelligkeit niederstürzt, Felder verwüstet und Dörfer zerstört, aber immerhin eine gewisse Zeit zum Niederrollen braucht; anders aber ist es in den von arktischem Froste erstarrten Gegenden; die Ortsveränderung von Eisblöcken geschieht hier völlig unerwartet, blitzartig. Ihr Sturz fällt mit dem Augenblicke des Losbrechens zusammen, und wer sie gerade auf sich zustürzen sieht, wird von ihnen unrettbar zermalmt; die Kanonenkugel ist nicht schneller, der Blitz nicht sicherer. Sich ablösen, fallen und zerstören ist für die Lawinen der Polarländer ein und dasselbe, und das geschieht mit dem majestätischen Rollen des Donners und mit ganz fremdartigem, mehr Kläglichem als geräuschvollem Echo.

Vor den Augen der Zuschauer vollzogen sich auch nicht selten merkwürdige Veränderungen der umgebenden Ansichten; das Land wandelte sich um; der Berg wurde unter dem Einflusse eines plötzlichen Taues zur Ebene; oder, wenn das Regenwasser, das in die Sprünge großer Blöcke gedrungen war, durch den Frost einer einzigen Nacht gefror, sprengte es durch die unwiderstehliche Kraft der Expansion jedes Hindernis, eine Macht, die sich bei der Eisbildung noch stärker erwies, als bei der Dampfbildung, und auch diese Erscheinung vollzog sich mit erschreckender Augenblicklichkeit.

Dem Schlitten und seinen Führern drohte glücklicherweise kein Unfall; infolge ihrer Vorsichtsmaßregeln wurde jede Gefahr vermieden.

Übrigens hatte dieses durch Gebirgskämme und daran lagernde Anhöhen, durch Bergspitzen und Eisberge zerklüftete Land keine große Ausdehnung, und drei Tage darauf, am 3. Juli, befanden sich die Reisenden wieder auf bequemerer Ebene.

Da wurden sie aber durch eine andere Erscheinung in Erstaunen gesetzt, welche lange die mühsamsten Untersuchungen der Gelehrten beider Hemisphären erregte; die kleine Truppe folgte einer etwa fünfzig Fuß hohen Hügelkette, die sich mehrere Meilen weit zu erstrecken schien; ihr Abhang nach Osten war mit Schnee, aber mit vollkommen rotem Schnee bedeckt.

Man begreift das Erstaunen Aller, ihre Ausrufe der Verwunderung und selbst den etwas erschreckenden Eindruck dieses langen karmesinroten Abhangs. Der Doktor zögerte nicht, wenn nicht jenen zu heben, so doch wenigstens seine Gefährten zu unterrichten; er kannte das Wesen dieses roten Schnees aus den darüber ausgeführten chemisch-analytischen Arbeiten Wollastons, Candolles und Bauers; er erzählte also, dass sich dieser Schnee nicht allein in den arktischen Gegenden finde, sondern auch mitten in den Alpen der Schweiz. Saussure sammelte im Jahre 1760 eine beträchtliche Menge desselben, und später brachten auch die Kapitäne Roß, Sabine und andere Seefahrer von ihren Polar-Expeditionen ebensolchen mit.

Altamont befragte den Doktor über die Natur dieser außergewöhnlichen Substanz, und dieser belehrte ihn, dass die Farbe derselben einzig durch die Anwesenheit organischer Körperchen bedingt sei. Lange waren die Forscher im Zweifel, ob dieselben tierischer oder pflanzlicher Natur seien, aber sie erkannten endlich, dass sie zu der großen Familie mikroskopischer Pilze und zu der Art »Uredo« gehörten, welche Bauer »Uredo nivalis« zu nennen vorschlug.

Dann zeigte der Doktor seinen Genossen, indem er den Schnee mit seinem eisenbeschlagenen Stocke durchstieß, dass jene Scharlachkruste neun Fuß dick war, und gab ihnen zu berechnen auf, wie viel auf einen Raum von mehreren Meilen von diesen Pilzen, von denen die Gelehrten dreiundvierzigtausend auf einem Quadratzentimeter zählten, wohl vorhanden sein möchten.

Nach der Natur des Abhanges musste diese Färbung schon sehr alt sein, denn diese Pilze zersetzen sich weder durch Verdunstung, noch durch das Schmelzen des Schnees, und ebenso ist ihre Farbe unveränderlich.

Das Phänomen blieb, wenn auch erklärt, doch nicht minder fremdartig; die rote Farbe trifft man in der Natur nur selten in größerer Verbreitung an; der Widerschein der Sonnenstrahlen auf diesem Purpurteppich brachte eigentümliche Effekte hervor; er verlieh den benachbarten Gegenständen, den Felsen wie den Menschen und Tieren, ein feuriges Aussehen, so als ob sie von einer inneren Glut durchleuchtet wären, und als jener Schnee schmolz, schien es, als ob Bäche von Blut unter den Füßen der Reisenden dahinflössen.

Der Doktor, welcher diese Substanz, als er sie auf den Crimson-Klippen der Bassins-Bay sah, nicht hatte untersuchen können, sammelte sie sich jetzt nach Gefallen und füllte sorgsam mehrere Flaschen damit an.

Dieser rote Boden, dieses »Blutfeld«, wie er es nannte, wurde erst nach dreistündigem Marsche überschritten; dann nahm das Land sein gewöhnliches Aussehen wieder an.

Zwanzigstes Kapitel.

Abdrücke im Schnee.

Der 4. Juli verlief mitten in dichtem Nebel. Die Richtung nach Norden konnte nur mit größter Mühe eingehalten und musste jeden Augenblick durch den Kompass verbessert werden. Kein Unfall ereignete sich glücklicherweise während dieser Finsternis, nur verlor Bell seine Schneeschuhe, die er an einem Felsenvorsprunge zerbrach.

»Meiner Treu, sagte Johnson, ich glaubte, dass man, wenn man an der Mersey und der Themse bekannt ist, in Hinsicht der Nebel etwas schwer zu befriedigen sei, aber ich sehe, dass ich mich getäuscht habe.

– Nun, sagte Bell, wir sollten Fackeln anzünden, wie in London und Liverpool!

– Warum das nicht? Versetzte der Doktor; wirklich, das ist eine Idee! Den Weg würden wir zwar nur wenig heller machen; doch wenigstens den Führer erkennen können, und besser in gerader Richtung vorwärtskommen.

– Aber, meinte Bell, wie sollen wir Fackeln herstellen?

– Durch Werg, welches mit Weingeist getränkt und an das Ende der Stöcke befestigt wird.

– Gut ausgedacht, erwiderte Johnson, und das wird nicht lange Zeit erfordern, um hergerichtet zu sein.«

Eine Viertelstunde später nahm die kleine Gesellschaft bei Fackelschein den Weg durch den feuchten Nebel wieder auf.

Wenn man nun aber auch mehr gerade vorwärtskam, so geschah das doch nicht schneller, und diese dunkeln Dünste zerstreuten sich nicht vor dem 6. Juli; dann, als die Erde wieder kalt geworden war, verscheuchte ein frischer Nordwind den ganzen Nebel, wie Fetzen eines zerrissenen Stoffes.

Der Doktor nahm alsbald die Ortslage, wo sie sich befanden, auf und fand, dass sie während dieser dunstigen Tage nur acht Meilen im Mittel zurückgelegt hatten.

Am 6. beeilte man sich nun, die verlorene Zeit wieder einzuholen, und man brach schon früh am Morgen auf. Altamont und Bell nahmen ihre Stelle als Vortrab wieder ein, sondierten das Terrain und spürten das Wild auf; Duk begleitete sie; das Wetter war in Folge seiner erstaunlichen Veränderlichkeit sehr klar und trocken geworden, und trotzdem, dass die Führer wohl zwei Meilen dem Schlitten voraus waren, entging dem Doktor doch keine einzige ihrer Bewegungen.

Er war daher nicht wenig erstaunt, sie plötzlich innehalten und mit offenbarem Erstaunen stehen bleiben zu sehen; sie schienen neugierig in die Ferne zu sehen, wie Leute, welche nach dem Horizonte ausschauen.

Dann bückten sie sich nieder, prüften aufmerksam den Boden und erhoben sich mit Zeichen des Erstaunens. Bell schien selbst vorwärtsgehen zu wollen, aber Altamont hielt ihn zurück.

»Nun, was machen denn diese da? Sagte der Doktor zu Johnson.

– Ich mustere sie ebenso, wie Sie, Herr Clawbonny, antwortete der alte Seemann, aber ich verstehe ihre Bewegungen nicht.

– Sie werden Spuren von Tieren gefunden haben, versetzte Hatteras.

– Das kann nicht sein, sagte der Doktor.

– Warum nicht?

– Weil Duk bellen würde.

– Es sind doch wohl Abdrücke im Schnee, die sie betrachten.

– Nun vorwärts nur, sagte Hatteras, so werden wir bald sehen, woran wir sind.«

Johnson trieb die Hunde an, welche hintrabten.

Nach zwanzig Minuten waren die fünf Reisenden beisammen, und Hatteras, der Doktor und Johnson teilten die Verwunderung Altamonts und Bells.

Wirklich zeigten sich auf dem Schnee deutliche, unzweifelhafte Fußspuren von Menschen, und zwar so frisch, als ob sie erst am Tage vorher entstanden wären.

»Das sind Eskimos, meinte Hatteras.

– In der Tat, antwortete der Doktor, da sind Abdrücke von ihren Schneeschuhen.

– Sie glauben ...? Sagte Altamont.

– Gewiss.

– Nun, aber dieser Schritt hier? Fragte Altamont weiter, auf eine sich mehrfach wiederholende Fußspur zeigend.

– Dieser Schritt?

– Meinen Sie, dass der auch einem Eskimo angehöre?«

Aufmerksam betrachtete ihn der Doktor mit größtem Erstaunen, der Abdruck eines europäischen Schuhes mit Nägeln, der Sohle und dem Absatze war tief in dem Schnee ausgehöhlt; ein Mann, und zwar ein Fremder war hier gegangen.

»Europäer hier! Rief Hatteras aus.

– Unleugbar! Sagte Johnson.

– Und doch, fügte der Doktor hinzu, ist es so unglaublich, dass man zweimal hinsehen muss, bevor man das behauptet!«

Der Doktor prüfte die Fußtapfen zwei-, dreimal, er musste aber ihren ganz außergewöhnlichen Ursprung anerkennen.

Der Held Daniel de Foës war gewiss nicht mehr erstaunt, im Sande seiner Insel eingedrückte Fußtapfen zu finden; jener aber fürchtete sich deshalb, hier ärgerte sich Hatteras nicht wenig darüber. Ein Europäer, so nahe am Pol!

Man ging weiter, um diese Spuren zu deuten; eine Viertelmeile weit wiederholten sie sich, vermischt mit anderen Spuren von Schneeschuhen und Mokassins; dann verliefen sie sich nach Westen zu.

An diesem Punkte angelangt, fragten sich die Reisenden, ob sie jene Spuren noch weiter verfolgen sollten.

»Nein, entschied Hatteras. Vorwärts ...!«

Da unterbrach ihn ein Ausruf des Doktors, der aus dem Schnee einen noch überzeugenderen Gegenstand aufhob, über dessen Ursprung kein Zweifel sein konnte. Es war das Objektivglas eines Taschenfernrohres.

»Nun kann man freilich, sagte dieser, die Anwesenheit eines Fremden in diesem Lande nicht mehr in Zweifel ziehen! ...

– Vorwärts!« trieb Hatteras.

Er sprach dieses Wort so energisch aus, dass ihm jeder folgte, und der Schlitten setzte sich nach kurzer Unterbrechung wieder in Bewegung.

Jeder sah gespannt nach dem Horizont, außer Hatteras, den ein stummer Zorn aufregte und der Nichts sehen wollte. Da man aber auf eine Abteilung Reisender zu stoßen befürchten musste, galt es, die nötigen Vorsichtsmaßregeln zu treffen; wahrlich, das hieß doch wirklich ein schlimmes Spiel, sich jetzt auf diesem unbekannten Wege überholt zu sehen. Der Doktor, wenn er auch nicht den Zorn Hatteras' teilte, konnte sich doch, trotz seiner natürlichen Philosophie, eines gewissen Verdrusses nicht entschlagen. Altamont schien ebenso unangenehm berührt; Johnson und Bell murmelten drohende Worte zwischen den Zähnen.

»Nun wohlan, sagte endlich der Doktor, wir wollen gute Miene zum bösen Spiel machen.

– Ich muss gestehen, sagte Johnson, ohne von Altamont gehört zu werden, es könnte einem die ganze Lust zur Reise nach dem Pol nehmen, wenn der Platz schon in Besitz genommen wäre.

– Und doch, erwiderte Bell, ist daran fast gar nicht zu zweifeln.

– Nein, meinte der Doktor, wenn ich das Abenteuer noch einmal überlege, und mir immerhin sage, dass es unglaublich, dass es unmöglich ist, – wir müssen uns doch darein ergeben! Jener Schuh hat sich eben nicht in den Schnee eingedrückt, ohne an einem Bein zu sitzen, und ohne dass dieses Bein einem menschlichen Körper angehörte. Wären hier Eskimos, ich ließe es noch hingehen, aber ein Europäer!

– Die Sache ist die, sagte Johnson, dass es sehr ärgerlich wäre, in der Herberge am Ende der Welt die Wohnung bereits in Besitz genommen zu finden.

– Gewiss, höchst ärgerlich, erwiderte Altamont.

– Nun, wir werden das ja am Ende sehen«, sagte der Doktor.

Man machte sich wieder auf den Weg.

Der Tag verlief, ohne dass ein neues Zeichen die Anwesenheit von Fremden in Neu-Amerika verraten hätte, und man richtete sich endlich abends zum Lagern ein.

Von Norden her hatte sich ein heftiger Wind erhoben, sodass für das Zelt ein geschützter Standort in einem Hohlwege gesucht werden musste; drohend sah der Himmel aus; lang gezogene Wolken jagten schnell durch die Luft; fast streiften sie den Boden, und das Auge hatte Mühe, ihrem wirren Laufe zu folgen; manchmal hingen Fetzen dieser Nebelmassen wirklich bis zur Erde, und nur schwierig widerstand das Zelt dem tobenden Orkan.

»Das wird eine abscheuliche Nacht werden, sagte Johnson nach dem Abendessen.

– Nicht kalt, aber geräuschvoll, erwiderte der Doktor, wir wollen auch vorsichtig sein und das Zelt durch große Steine sichern.

– Sie haben Recht, Herr Clawbonny; wenn der Sturm unsere schützende Leinwand entführte, weiß es Gott nur, wo wir sie wieder antreffen würden.«

Die sorgsamsten Vorsichtsmaßregeln wurden also getroffen, um diese Gefahr zu vermeiden, und dann versuchten die müden Wanderer zu schlafen.

Aber das war unmöglich; der Sturm hatte sich entfesselt und blies mit unglaublicher Heftigkeit von Norden nach Süden; die Wolken zerstreuten sich in der Luft, wie etwa die Dämpfe aus einem explodierten Dampfkessel. Unter den Stößen des Orkanes prasselten die letzten Lawinen nieder in die Hohlwege, und das Echo gab seinen dumpfen Widerhall zurück; die Atmosphäre schien der Schauplatz eines entsetzlichen Kampfes zwischen Luft und Wasser zu sein, zwei Elemente, welche jedes allein furchtbar genug sind, und nur das Feuer fehlte noch bei dem Kampfe.

Das überreizte Ohr vernahm zwischen dem allgemeinen dumpfen Getöse noch eigentümliche Töne; nicht das Gepolter herunterstürzender schwerer Massen, sondern mehr den hellen Laut zerbrechender Körper. Man hörte deutlich das kurze und glatte Zerbrechen, wie von zerspringendem Stahl, mitten durch das lange Rollen in Begleitung des Sturmes.

Das Letztere fand seine natürliche Erklärung in den durch den Wirbelsturm hervorgerufenen Lawinenstürzen; das andere Geräusch aber wusste der Doktor zunächst nicht zu deuten.

In den Augenblicken beängstigenden Schweigens, in denen der Orkan nur Atem zu schöpfen schien, um desto heftiger zu wüten, tauschten die Reisenden ihre Vermutungen aus.

»Man hört die Stöße, sagte der Doktor, als ob Eisberge und Eisfelder gegeneinanderstießen.

– Ja, bestätigte Altamont, es ist, als ob die ganze Erdkruste ihre Lage veränderte. Geben Sie Acht! Hören Sie es?

– Wenn wir nahe dem Meere wären, fuhr der Doktor fort, so würde ich wirklich an einen Eisaufbruch denken.

– Wirklich, sagte Johnson, der Lärm ist gar nicht anders zu deuten.

– Demnach wären wir also an der Küste angelangt? Fragte Hatteras.

– Das wäre nicht unmöglich, antwortete der Doktor; hören Sie da, fuhr er nach einem furchtbaren Krachen, das eben auftrat, fort, sollte man das nicht für das Bersten von Eisschollen halten? Wir dürften wohl dem Ozean nahe sein.

– Wenn dem so ist, fiel Hatteras ein, würde ich keinen Augenblick zögern, über die Eisfelder vorwärts zu dringen.

– O, sagte der Doktor, die dürften denn doch wohl bei einem derartigen Sturme gesprengt sein. Wir werden morgen darüber Gewissheit haben; doch wie es auch sei, ich bedauere alle diejenigen, welche in einer solchen Nacht zu reisen gezwungen sind, von ganzem Herzen.«

Zehn Stunden dauerte der Orkan ohne Unterbrechung fort, und keiner der Inwohner des Zeltes konnte nur einen Augenblick schlafen; die Nacht verging in fortwährender Unruhe.

Jeder neue Unfall, ein Sturm, eine Lawine konnte unter den gegebenen Verhältnissen wichtige Verzögerungen herbeiführen; gern wäre der Doktor einmal hinausgegangen, um sich von dem Stande der Sachen zu überzeugen, aber sollte er sich bei diesem fessellosen Winde einer Gefahr aussetzen?

Mit den ersten Tagesstunden legte sich glücklicherweise der Wind; endlich konnte man das Zelt, welches tüchtig ausgehalten hatte, verlassen; der Doktor, Hatteras und Johnson wendeten sich nach einem etwa dreihundert Fuß hohen Hügel, den sie leicht erstiegen.

Ihre Blicke schweiften über ein gänzlich verändertes Land, das aus liegenden Felsen und scharfen Spitzen bestand, aber gänzlich frei von Eis und Schnee war.

Der Sommer folgte hier ohne Übergangszeit dem von dem Sturme verjagten Winter; der Schnee, welcher durch den Orkan wie mit einer scharfen Klinge weggefegt war, hatte zum Schmelzen keine Zeit gehabt, und der Boden erschien in seiner ganzen ursprünglichen Rauheit.

Wohin sich aber Hatteras' Blicke fast gierig wendeten, das war der Norden. Der Horizont erschien dort in schwärzlichen Dünsten gehüllt.

»Dort, das könnte durch den Ozean hervorgebracht sein, sagte der Doktor.

– Sie haben recht, bemerkte Hatteras, dort muss das Meer sein.

– Das ist die Farbe, welche wir den 'Blick' (Schimmer) des offenen Wassers nennen, erwähnte Johnson.

– Genau diese, versetzte der Doktor.

– Nun denn, zum Schlitten, rief Hatteras, marschieren wir nach dem neuen Ozean!

– Das ist ja herzerfreuend, sagte Clawbonny zum Kapitän.

– Ja, ganz gewiss, erwiderte dieser mit Enthusiasmus. In Kurzem werden wir den Pol erreicht haben! Und Sie, mein guter Doktor, macht Sie diese Aussicht nicht auch etwas glücklich?

– Ich, ich bin immer glücklich, und vor allem über das Glück Anderer.«

Die drei Engländer kehrten zu dem Hohlwege zurück, und man hob, nachdem der Schlitten instand war, das Lager auf; der Weg wurde fortgesetzt; noch fürchtete jeder, die Spuren vom gestrigen Tage wiederzufinden; aber auf dem ganzen weiteren Wege fanden sich weder Fußtapfen von einem Ausländer, noch solche von Eingeborenen auf dem Boden. Drei Stunden später gelangte man an die Küste.

»Das Meer! Das Meer! Riefen alle einstimmig.

– Und das eisfreie Meer!« setzte der Kapitän hinzu.

Es war um zehn Uhr morgens.

Wirklich hatte der Orkan in dem polaren Bassin rein ausgefegt; nach allen Richtungen verschwanden die zerbrochenen Schollen. Die Größten, welche Eisberge bildeten, »lichteten eben die Anker«, wie die Seeleute sagen, und schwammen im offenen Meere. Das Eisfeld war dem heftigen Anprall des Windes ausgesetzt gewesen; ein Hagel von spitzen Eiszapfen und eisigem Staube überdeckte die benachbarten Felsen. Das wenige Eis, welches noch an der Uferwand haftete, erschien morsch; an den der Brandung ausgesetzten Vorsprüngen hingen lange Seealgen und Büschel von entfärbtem Tang.

Der Ozean erstreckte sich über Sehweite hinaus, ohne dass eine Insel oder ein neues Land den Gesichtskreis beschränkte. Im Osten und im Westen bildete die Küste zwei Vorsprünge, die sich in sanfter Abdachung in den Wellen verloren; das Meer brach sich an ihrer Spitze, und ein Seiner Schaum wurde gleich weißen Tüchern von den Flügeln des Windes fortgeführt; der Boden Neu-Amerikas verschwand also in dem Polarmeer, ohne Zuckung, ruhig und sanft abfallend; er rundete sich zu einer weit offenen Bay ab und bildete eine von den beiden Vorgebirgen begrenzte offene Reede. Im Mittelpunkte bildete ein vorspringender Felsen einen natürlichen nach drei Richtungen hin geschützten Hafen, der mit der breiten Rinne eines Baches sich in das Land hinein fortsetzte; der gewöhnliche Weg des Schneewassers nach dem Winter und jetzt ein reißender Sturzbach.

Nachdem Hatteras sich bezüglich der Küstenbildung unterrichtet hatte, beschloss er, noch denselben Tag die Weiterfahrt vorzubereiten, nämlich die Schaluppe aufs Meer zu setzen, den Schlitten zu entladen und diesen selbst zu späteren Ausflügen einzuschiffen.

Das erforderte wohl den Rest des Tages; das Zelt wurde also aufgeschlagen und nach einer kräftigenden Mahlzeit begannen die Arbeiten; während dieser Zeit holte der Doktor die Messinstrumente, um die hydrografische Lage eines Teils der Bay zu bestimmen.

Hatteras beeilte die Arbeit; er trieb zur Abreise; er wollte schon das feste Land verlassen und einen Vorsprung gewonnen haben, für den Fall, dass eine andere Gesellschaft an das Meer käme.

Um fünf Uhr abends konnten Johnson und Bell die Arme in den Schoß legen. Graziös wiegte sich die Schaluppe in dem kleinen Hafen; ihr Mast war aufgerichtet, der Klüverbaum niedergeholt, und das Focksegel hing an den Leinen; die Nahrungsmittel und die auseinandergenommenen Teile des Schlittens waren darin untergebracht; nur das Zelt und einige Lagergeräte waren am andern Tage einzuschiffen.

Bei seiner Rückkehr fand der Doktor diese Zurüstungen beendigt. Als er die Schaluppe ruhig, vor dem Winde geschützt, erblickte, kam ihm der Gedanke, den kleinen Hafen zu benennen, und er schlug für ihn den Namen Altamonts vor.

Das erregte keine Schwierigkeiten, da es jeder ganz gerechtfertigt fand.

Der Hafen wurde folglich »Altamont-Harbour« genannt.

Nach den Berechnungen des Doktors lag er 87°5' nördlicher Breite und 118°35' östlicher Länge von Greenwich, d. h. also nicht mehr drei Grade vom Pol entfernt. Von der Bay Victoria bis nach Altamonts Hafen hatten die Reisenden zweihundert Meilen zurückgelegt.

Einundzwanzigstes Kapitel.

Das offene Meer.

Am folgenden Morgen beschäftigten sich Johnson und Bell mit der Einschiffung der Lagergeräte. Um acht Uhr war alles zur Abfahrt bereit. In dem Augenblicke, da sie diese Küste verlassen wollten, erinnerte der Doktor seine Gefährten an das Auffinden jener Fußspuren, ein Ereignis, das ihm doch gar nicht aus dem Sinne wollte.

Wollten jene Menschen den Norden erreichen? Hatten sie irgendein Hilfsmittel, das Polarmeer zu überschreiten, bei sich? Würde man ihnen auf diesem neuen Wege wieder begegnen?

Kein Anzeichen hatte seit drei Tagen auf die Anwesenheit jener Reisenden hingedeutet, und wer sie auch waren, gewiss waren sie in Altamont-Harbour nicht gewesen. Das war ein noch von keines Menschen Fuß betretener Ort.

Trotzdem wollte der Doktor, dem seine Gedanken keine Ruhe ließen, einen letzten Blick über die Landfläche werfen; er erklomm also eine etwa hundert Fuß hohe Anhöhe; dort konnte er nach Süden hin den ganzen Horizont übersehen.

Oben angekommen brachte er sein Fernrohr vor das Auge. Wie war er aber erstaunt, Nichts zu erkennen, nicht etwa weit draußen in den Ebenen, sondern auch nur auf einige Schritte Entfernung. Das war einzig in seiner Art; er versuchte es von Neuem, endlich sah er das Fernrohr selbst an ... das Objektivglas fehlte daran.

»Das Objektivglas!« rief er aus.

Man begreift, wie plötzlich es in seinem Geiste tagte; er stieß einen so lauten Schrei aus, dass seine Gefährten ihn hören konnten, und ihre Angst war groß, als sie ihn vollen Laufes den Hügel herabeilen sahen.

»Ei! Was ist das?« fragte Johnson.

Der atemlose Doktor konnte kein Wort hervorbringen. Endlich sagte er:

»Die Spuren ... die Schritte ... die Reisegesellschaft! ...

– Nun, was? Forschte Hatteras, ... Fremde hier!

– Nein! ... Nein! Erwiderte der Doktor, das Objektiv ..., mein Objektiv ... mir ...«

Er zeigte das unvollständige Instrument.

»Ah, rief der Amerikaner, ... Sie hatten das verloren?

– Ja!

– Nun aber, die Fußtapfen ...

– Waren die Unsrigen, Freunde, die Unsrigen! Rief der Doktor. Wir hatten uns im Nebel verirrt, sind im Kreise gegangen und auf unsere eigenen Spuren zurückgekommen.

– Aber dieser Abdruck von Schuhen? Sagte Hatteras.

– Rührt von Bells Schuhen, von Bell selbst her, der, nachdem er seine Schneeschuhe zerbrochen hatte, einen ganzen Tag durch den Schnee wanderte.

– Das ist wirklich wahr«, bekräftigte Bell.

Der Irrtum war so augenscheinlich, dass alle laut auflachten, nur Hatteras nicht, der bei dieser Entdeckung doch sicher nicht der am wenigsten Glückliche war.

»Da haben wir uns recht lächerlich gemacht, fuhr der Doktor fort, als sich der Ausbruch der Heiterkeit legte. Hübsche Voraussetzungen, die wir machten! Fremde auf dieser Küste! Da sieht man, dass man sich erst überlegen soll, bevor man spricht. Doch da wir in dieser Hinsicht unserer Unruhe enthoben sind, bleibt uns nur übrig, abzufahren.

– Vorwärts denn!« befahl Hatteras.

Nach einer Viertelstunde hatte jeder in der Schaluppe seinen Platz eingenommen, und diese verließ, als das Focksegel entfaltet und der Klüverbaum gehisst war, rasch Altamont-Harbour.

Diese Meerüberfahrt begann mittwochs, am 10. Juli; die Schiffer befanden sich dem Pol sehr nahe, genau hundertfünfsiebzig Meilen. Für den Fall, dass an diesem Punkte der Erdkugel noch ein Land lag, musste die Seefahrt also eine sehr kurze sein.

Der Wind war schwach, aber günstig; das Thermometer zeigte fünfzig Grad über null (+10° hunderteilig); es war ordentlich warm.

Die Schaluppe hatte durch den Schlittentransport nicht gelitten; sie war in vollkommen gutem Zustande und lenkte sich leicht. Johnson führte das Steuer. Der Doktor, Bell und der Amerikaner hatten sich mitten zwischen den Reise-Effekten, die über und unter dem Deck verstaut waren, bestens eingerichtet. Hatteras, der vorn saß, heftete seinen Blick nach dem geheimnisvollen Punkte, nach dem er sich mit geheimer Kraft, wie die Magnetnadel nach ihrem Pol, hingezogen fühlte. Wenn irgendein Ufer in Sicht käme, wollte er es zuerst entdecken. Diese Ehre verdiente er wohl vollkommen.

Er bemerkte übrigens, dass die Oberfläche des Polarmeeres solche kurze Wellen zeigte, wie sie auf den Binnenmeeren vorzukommen pflegen. Er sah darin ein Vorzeichen nicht zu fernen Landes, und der Doktor teilte in dieser Beziehung seine Meinung.

Man begreift unschwer, wie Hatteras so lebhaft wünschen musste, einen Kontinent am Nordpol anzutreffen. Welche Enttäuschung harrte seiner, wenn da das unbeständige, unfassbare Meer sich ausdehnte, wo ein Stückchen Land, und wenn es noch so klein war, dazugehörte, seine Projekte zu krönen! Und wirklich, wie sollte man einem unbestimmten Meeresteile einen speziellen Namen geben? Wie sollte er auf offenem Wasser die Flagge seines Vaterlandes aufpflanzen? Wie endlich im Namen Ihrer huldvollen Majestät von einem Teile des flüssigen Elementes Besitz ergreifen?

So blickte denn auch Hatteras unverwandten Auges, die Bussole in der Hand, in äußerster Spannung nach dem Norden.

Nichts aber zeigte sich bis zum Horizont, was die Fläche des Polarbeckens begrenzte; weit entfernt verschmolz es mit dem reinen Himmel dieser Gegenden. Einige ins weite Meer entfliehende Eisberge schienen den Schifffahrern freie Fahrt zu machen.

Der Anblick dieser Gegend war ein besonders fremdartiger. Machte er diesen Eindruck nur auf den hocherregten und überreizten Geist der Reisenden? Es ist das schwer zu entscheiden. Doch hat der Doktor in seinen Tagesnotizen die bizarre Physiognomie dieses Ozeans gezeichnet; er spricht darüber, wie Penny, nach welchem diese Gegenden einen Anblick, »der im stärksten Kontrast zu einem von Millionen lebender Wesen bevölkerten Meere« steht, bieten sollen.

Die Wasserfläche, welche in den unbestimmten Nuancen von Lasurblau gefärbt war, sah auffallend durchsichtig aus und hatte eine unglaubliche licht zerstreuende Kraft, als ob sie aus Schwefelkohlenstoff bestände. Jene Durchsichtigkeit gestattete mit den Blicken in unmessbare Tiefen zu dringen; es hatte den Anschein, als ob das Polarbecken, wie ein ungeheures Aquarium, vom Boden aus beleuchtet wäre. Irgendein im Meeresgrunde erzeugtes elektrisches Phänomen beleuchtete wohl auch die untersten Lagen; so schien die Schaluppe über einer bodenlosen Tiefe zu schweben.

Über der Oberfläche dieses wunderbaren Wassers flogen die Vögel in unzähligen Schaaren wie große dichte Sturmwolken. Zugvögel, Strandvögel, Meerhähne zeigten zusammen alle Arten jener großen Familie von Wasservögeln, von dem in südlichen Meeren so häufigen

Albatros, bis zu dem Pinguin der arktischen Meere, aber mit riesenhaften Verhältnissen. Unaufhörlich ertönte ihr betäubendes Geschrei. Bei ihrer Betrachtung ging dem Doktor seine Kenntnis in der Naturwissenschaft zu Ende; er wusste die Namen dieser merkwürdigen Arten nicht zu nennen, und ließ den Kopf sinken, wenn ihre Flügel mit unbeschreiblicher Gewalt die Lüfte peitschten.

Manche dieser Luftungeheuer hatten wohl bis zwanzig Fuß Flügelweite; sie bedeckten die Schaluppe vollständig, und hier waren regionenweise Vögel, deren Namen niemals im »Index Ornithologus« von London erschienen.

Der Doktor war wie betäubt davon, und jedenfalls erstaunt, seine Wissenschaft so lückenhaft zu finden.

Wenn dann sein Blick sich von den Wundern des Himmels weg nach der Oberfläche dieses friedlichen Ozeans wandte, begegnete er nicht weniger wunderbaren Schöpfungen des Tierreichs; unter anderen Medusen, die eine Länge bis zu dreißig Fuß erreichten. Sie dienten dem beflügelten Volke als Hauptnahrung und schwammen wie vollständige Inseln zwischen den gigantischen Algen und Meermoosen umher. Wie wunderbar war das! Welche Verschiedenheit von jenen mikroskopischen Medusen, welche Scoresby im grönländischen Meere beobachtet hatte, und deren Anzahl auf einen Raum von zwei Quadratmeilen jener Seefahrer auf dreiundzwanzig Trilliarden, achthundertachtundachtzig Billiarden von Milliarden schätzte.[3]

Tauchte der Blick nun von der Oberfläche in das durchsichtige Wasser hinab, so war das Bild des von Tausenden von Tieren durchfurchten Wassers nicht minder übernatürlich; bald gingen diese Tiere schnell in die größten Tiefen des flüssigen Elementes, und das Auge sah sie nach und nach kleiner und weniger sichtbar werden, und zuletzt nach Art der Phantasmagorien verschwinden; bald stiegen sie von unten auf und wuchsen, je nachdem sie sich der Oberfläche des Ozeans näherten. Diese Seeungeheuer schienen über die Schaluppe nicht im Mindesten erschreckt; sie streiften sie im Vorüberschwimmen mit ihren enormen Flossen; da, wo Wallfischfahrer mit gutem Rechte erschrocken wären,

---

[3] Diese Zahl entzieht sich ganz unserem Begriffsvermögen, deshalb sagte der englische Wallfischjäger, um sie anschaulicher zu machen, achtzigtausend Individuen würden von Erschaffung der Welt ab bis heute Tag und Nacht daran zu zählen haben.

hatten unsere Seefahrer gar keinen Gedanken an eine drohende Gefahr, trotzdem dass verschiedene dieser Meeresbewohner eine wahrhaft ungeheure Größe erreichten.

Junge Seekälber spielten umher; der Narwal, ebenso fantastisch wie das See-Einhorn, verfolgte mit seiner langen Geraden und konischen Waffe, die übrigens ein sehr nützliches Werkzeug ist, um Eisschollen zu zerteilen, die furchtsameren Wallfische, deren unzählige aus den Luftöffnungen Wasser und Schaumstrahlen auswarfen und die Luft mit eigentümlichem Pfeifen erfüllten; der Nord-Kaper mit seinem zarten Schwanze und breiten Schwanzflossen durchschoss die Wogen mit unmessbarer Schnelligkeit, wobei er im Laufe sich mit ebenso schnellen Tieren, wie Schellfischen und Makrelen, ernährte, während der trägere weiße Walfisch stille Mollusken, die ebenso indolent waren, wie er selbst, verschluckte.

Mehr in der Tiefe schwammen die Balenopteren mit spitziger Schnauze, die langen und schwärzlichen Grönländer Anarnaks, riesige Pottfische, eine in allen Meeren weitverbreitete Spezies, zwischen Bänken von grauer Ambra, oder lieferten sich gewaltige Schlachten, die den Ozean mehrere Meilen weit röteten. Die zylindrischen Blasenquallen, der große Tegusik von Labrador, Meerschweine, in Sandwellen liegend, die ganze Familie der Robben und Walrosse, Meer-Hunde, –Pferde und –Bären, See-Löwen und –Elefanten schienen die feuchten Flächen des Ozeans abzuweiden, und der Doktor konnte diese unzähligen Tiere eben so leicht bewundern, wie die Schaltiere und Fische durch die Glasbassins des zoologischen Gartens.

Welche Schönheit, welche Mannigfaltigkeit, welche Machtfülle in der Natur! Wie erschien alles seltsam und wunderbar im Innern dieser Polargegenden!

Die Luft war von übernatürlicher Reinheit; man hätte sagen können, sie sei mit Sauerstoff überladen; mit Wonnegefühlen sogen die Seefahrer diese Luft ein, die ihnen eine größere Lebenswärme eingoss; ohne sich darüber Rechenschaft zu geben, unterlagen sie einem schnelleren Verbrennungsprozess, von dem man keine auch nur abgeschwächte Beschreibung geben kann; ihre geistigen Funktionen, ebenso wie die der Verdauung und der Atmung, vollzogen sich mit übermenschlicher Energie; Gedanken entwickelte ihr überreiztes Gehirn bis ins Ungeheuerliche: in einer Stunde lebten sie das Leben eines ganzen Tages.

Mitten unter diesen staunenerregenden Wundern wiegte sich die Schaluppe friedlich bei mäßigem Winde.

Gegen Abend verloren Hatteras und seine Gefährten Neu-Amerika aus dem Gesicht. Die Stunden der Nacht schlugen wohl für die gemäßigten Zonen nicht anders, als für diese polaren; hier aber beschrieb die Sonne in immer weiteren Kreisen eine dem Umkreise des Meeres ganz parallele Bahn. Die von den schiefen Strahlen beschienene Schaluppe konnte diesen Mittelpunkt des Lichtes, der mit ihr fortrückte, nicht verlassen.

Dennoch fühlten die lebenden Wesen der hochnördlichen Regionen den Abend kommen, ebenso als ob das strahlende Gestirn unter den Horizont versunken wäre; Vögel, Fische und Wale verschwanden. Wohin? Wer könnte es sagen? Aber auf ihr Geschrei, Gepfeife, auf das Erschüttern der durch das Atmen der Seeungeheuer bewegten Wogen folgte bald eine schweigende Ruhe; die Wellen schliefen unter kaum fühlbarem Auf- und Niedersteigen ein, und die Nacht gewann trotz der Strahlen der Sonne ihren Frieden ausstreuenden Einfluss.

Seit der Abfahrt von Altamont-Harbour hatte die Schaluppe einen Breitegrad nach Norden zurückgelegt; am andern Tage erschien auch noch Nichts am Horizont; weder jene hohen Bergspitzen, welche schon von fern das Land melden, noch jene besonderen Zeichen, aus denen die Seefahrer die Nähe von Inseln oder Kontinenten schließen.

Der Wind blieb gut, ohne stark zu sein; das Meer war wenig unruhig; die Begleitung von Vögeln und Fischen erschien ebenso wie am Tage vorher; der Doktor, der sich nach dem Wasser hinauslehnte, konnte sehen, wie die Wale ihre tiefen Zufluchtsstätten verließen und allmählich zur Meeresoberfläche aufstiegen. Einige Eisberge und hier und da verstreute einzelne Schollen unterbrachen allein die ungeheure Eintönigkeit des Ozeans.

Im Ganzen war das Eis selten und konnte den Lauf des Schiffes nicht hindern; es sei hier bemerkt, dass die Schaluppe sich zehn Grad oberhalb des Kältepols befand, und bezüglich der Linien gleicher Temperatur – Isothermen – war das dasselbe, als ob sie zehn Grad unterhalb desselben gewesen wäre.

Es war demnach gar nicht zu verwundern, dass das Meer um diese Jahreszeit offen war, wie es etwa so in der Linie der Bay Disko im Bassins-Meere sein musste. Ein Schiff würde da also während der Sommermonate freie Fahrt gehabt haben.

Diese Beobachtung ist von großem praktischen Werte; wenn die Wallfischfänger wirklich einmal, sei es vom Norden Amerikas oder

Asiens aus, bis in das Polarbecken vorzudringen vermögen, können sie sicher sein, dort sehr bald eine volle Ladung zu bekommen; denn dieser Teil des Ozeans scheint der Fischkasten der Erde, der Hauptaufenthaltsort der Wallfische, Robben und überhaupt aller Seetiere zu sein.

Zu Mittag fiel die Wasserlinie immer noch mit der des Himmels zusammen; der Doktor begann an dem Vorhandensein eines festen Landes in diesen hohen Breiten zu zweifeln.

Und doch, wenn er darüber näher nachdachte, war er fast gezwungen, an die Existenz eines solchen zu glauben. In den ersten Tagen der Erde nach der Erkaltung ihrer Kruste musste doch das durch den Niederschlag der in der Luft enthaltenen Dämpfe entstandene Wasser der Zentrifugalkraft gehorchen und sich nach den Äquatorialgegenden hindrängen, woraus notwendig das Emportauchen der dem Pol benachbarten Gegenden zu folgern ist.

Der Doktor fand diesen Schluss ganz richtig.

Und so erschien er auch Hatteras!

Immer suchten die Blicke des Kapitäns die Nebel am Horizont zu durchdringen. Das Fernrohr kam nicht mehr von seinen Augen weg. Aus der Farbe des Wassers, aus der Form der Wogen, aus dem Wehen des Windes suchte er die Nähe eines Landes zu erspähen. Seine Stirn war nach vorn geneigt, und wer seine Gedanken nicht gekannt hätte, würde ihn doch bewundert haben, so sprachen sich in seiner ganzen Erscheinung die brennendsten Wünsche und die ängstlichsten Fragen aus!

Zweiundzwanzigstes Kapitel.

Annäherung an den Pol.

In dieser spannenden Ungewissheit verfloss die Zeit. An dem so klar gezeichneten Umkreis ließ sich nichts wahrnehmen: Nichts als Himmel und Meer; nicht einmal auf der Oberfläche des Wassers ein Hälmchen von Landgewächsen, wie es einst Columbus das Herz erfreute.

Hatteras schaute unablässig.

Endlich, gegen sechs Uhr abends, zeigte sich über dem Meeresspiegel ein Dampf von unbestimmter Gestalt, aber merklich hoch aufsteigend, fast wie eine Rauchsäule. Bei völlig reinem Himmel konnte man es nicht für eine Wolke halten; mitunter verschwand er, dann kam er wieder zum Vorschein, wie in heftiger Bewegung.

Hatteras beobachtete die Erscheinung zuerst, richtete sein Fernrohr auf den unerklärlichen Dampf und beobachtete ihn eine volle Stunde unausgesetzt.

Plötzlich kam ihm vermutlich ein sicheres Kennzeichen zur Anschauung; er streckte den Arm nach dem Horizont aus, und rief mit laut hallender Stimme:

»Land! Land!«

Bei diesem Wort sprang jeder auf, wie von einem elektrischen Schlag getroffen.

Eine Art Rauch stieg merklich hoch über der Meeresfläche auf.

»Ich sehe es! Ich sehe es! Rief der Doktor aus.

– Ja! Gewiss! ... Ja, fiel Johnson ein.

– Eine Wolke, sagte Altamont.

– Land! Land!« erwiderte Hatteras mit unerschütterlicher Überzeugung.

Die fünf Seeleute fuhren fort, mit gespanntester Aufmerksamkeit zu beobachten.

Aber wie es oft geschieht, wenn man der Entfernung wegen Gegenstände unbestimmt sieht, der beobachtete Punkt schien wieder verschwunden. Endlich konnten die Blicke ihn von Neuem wahrnehmen, und der Doktor glaubte sogar zwanzig bis fünfundzwanzig Meilen weit nordwärts einen flüchtigen Schimmer zu erkennen.

»Es ist ein Vulkan! Rief er aus.

– Ein Vulkan? Fragte Altamont.

– Ganz gewiss.

– Unter so hohem Breitegrad!

– Und warum nicht? Fuhr der Doktor fort; ist nicht Island ein vulkanisches Land, und sozusagen durch Vulkane entstanden?

– Ja! Island, versetzte der Amerikaner; aber so in der Nähe des Pols!

– Nun, hat nicht unser berühmter Landsmann, der Kommandeur James Roß, festgestellt, dass es auf dem Südpol-Land unter 170° Länge und 78° Breite zwei Vulkane, Erebus und Terror, in voller Tätigkeit gibt? Warum sollten nicht ebenso am Nordpol Vulkane existieren?

– Wohl möglich, erwiderte Altamont.

– Ei! Nun sehe ich's deutlich, rief der Doktor, es ist ein Vulkan!

– Nun denn, sagte Hatteras, steuern wir gerade darauf los.

– Der Wind fängt an, widrig zu werden.

– Ziehen Sie das Focksegel bei, so nahe wie möglich.«

Aber dieses Manöver führte die Schaluppe nur von dem beobachteten Punkt ab, und man konnte ihn mit den achtsamsten Blicken nicht wieder zu sehen bekommen.

Doch war an der Nähe der Küste nicht mehr zu zweifeln. Hier lag also das Reiseziel vor Augen, wenn es auch noch nicht erreicht war, und es sollte wohl keine vierundzwanzig Stunden mehr dauern, bis dieser neue Boden von eines Menschen Fuß betreten ward. Nachdem die Vorsehung den kühnen Seeleuten so nahe zu kommen gestattet, würde sie ihnen doch wohl das Landen nicht versagen.

Dennoch gab unter den gegenwärtigen Umständen niemand eine solche Freude kund, wie sie solch' eine Entdeckung hervorrufen musste; jeder verschloss sich in seinem Innern und fragte sich, was es wohl mit diesem Pol-Land für eine Bewandtnis habe. Die Tiere schienen es zu meiden; am Abend sah man die Vögel, anstatt daselbst eine Zuflucht zu suchen, raschen Flugs nach dem Süden eilen! War's denn ein so ungastliches Land, dass eine Möwe oder ein Ptarmigan daselbst keine Zuflucht fand? Selbst die Wallfische sah man in den durchsichtigen Gewässern eilig von dieser Küste flüchten. Woher kam das Gefühl des Widrigen, wo nicht des Schreckens, wovon alle lebenden Wesen in dieser Weltgegend beseelt waren?

Unsere Seefahrer teilten die allgemeine Empfindung; sie gaben sich den Gefühlen ihrer Lage hin, und allmählich fand sich der Schlaf ein, ihre müden Augenlider zu schließen.

Hatteras hatte Wache zu halten! Er fasste das Steuer; der Doktor, Altamont, Johnson und Bell schliefen, auf die Bänke gelagert, einer nach dem andern ein, und waren bald ins Reich der Träume versenkt.

Hatteras bemühte sich, dem Schlaf zu widerstehen; er wollte nichts von dieser kostbaren Zeit verlieren; aber die langsame Bewegung der Schaluppe wiegte ihn allmählich ein, und er sank trotz aller Anstrengung in unwiderstehlich bewältigenden Schlummer.

Inzwischen kam das Fahrzeug kaum vorwärts; der Wind vermochte das ausgespannte Segel nicht zu schwellen. In der Ferne warfen einige unbewegliche Eisblöcke im Westen die Lichtstrahlen zurück, und bildeten auf dem Ozean glühende Streifen.

Hatteras versank in Träume. In raschem Flug schweifte sein Gedanke über sein ganzes Dasein; er durchlief seine Lebensbahn mit der den Träumen eigentümlichen Schnelligkeit, welche sich jeder Berechnung entzieht, dann warf er einen Rückblick über die letztverflossene Zeit, sein Winterlager, die Bay Victoria, das Fort Providence, das Doktors-House, das Auffinden des Amerikaners unterm Eis.

Darauf kehrte er weiter in die Vergangenheit zurück; träumte von seinem Schiff, dem verbrannten Forward, seinen Genossen, den Verrätern, welche ihn im Stich gelassen. Was war aus ihnen geworden? Er dachte an Shandon, an Wall, den brutalen Pen. Wo mochten sie jetzt sein? War es ihnen gelungen, über die Eisflächen bis zum Bassins-Meer zu dringen?

Sodann schweifte seine träumende Fantasie noch weiter hinauf zu seiner Abfahrt aus England, seinen früheren Fahrten, seinen misslungenen Versuchen, seinen unglücklichen Erlebnissen. Da vergaß er seinen gegenwärtige Lage, sein nahes Gelingen, seine schon halb verwirklichten Hoffnungen. Aus der Freude verfiel er in Besorgnisse.

In solchen Träumen lag er zwei Stunden lang, dann führte ihn der Schwung seiner Gedanken wieder dem Pol zu, wie er endlich dieses englische Land betreten und die Flagge des Vereinigten Königreichs aufpflanzen sollte.

Während er so in träumendem Schlummer lag, stieg am Horizont ungeheures, olivengraues Gewölk auf und verdüsterte den Ozean.

Man kann sich kaum eine Vorstellung machen, wie blitzschnell in den arktischen Meeren die Orkane entstehen. Wenn die in den Gegenden des Äquators entstandenen Dünste über den unermesslichen Eisflächen sich verdichten, strömen die zu ihrem Ersatz dienenden Luftmassen mit unwiderstehlicher Gewalt heran. Daraus erklärt sich das energische Auftreten der Polarstürme.

Beim ersten Windstoß raffte sich der Kapitän mit seinen Genossen aus dem Schlaf auf, zum Manövrieren bereit.

Die Wellen türmten sich hoch auf schwach entwickelter Basis; die Schaluppe, von heftigem Wogendrang hin- und hergeworfen, sank bald in tiefe Wasserschlünde hinab, bald schwebte sie oben auf spitzen Wellen in Winkeln von mehr als fünfundvierzig Grad geneigt.

Hatteras ergriff mit fester Hand das Steuer, das aber mitunter infolge heftigen Gierschlags ihn zurückwarf und wider Willen krümmte. Johnson und Bell waren unablässig bemüht, das in die Schaluppe gedrungene Wasser wieder hinauszuschaffen.

»Eines solchen Sturmes hatten wir uns doch nicht versehen, sagte Altamont, an seine Bank sich klammernd.

– Hier muss man auf alles gefasst sein«, erwiderte der Doktor.

So sprachen sie mitten unterm Zischen der Luft und dem Getöse der Wellen, welche vom Sturm gepeitscht in Staub zerstoben; es wurde fast unmöglich sich zu verstehen.

Es war schwer, die nördliche Richtung zu halten; die dichten Staubregen gestatteten kaum einige Klafter weit den Blick über das Meer; jedes Merkzeichen verschwand.

Dieser plötzliche Sturm im Moment, wo man sich am Ziele sehen konnte, schien ernste Mahnungen zu enthalten; er erschien den aufgeregten Gemütern wie ein Verbot, weiter vorzudringen. Wollte die Natur den Zugang zum Pol verwehren?

Doch sah man das energische Antlitz dieser Männer, so begriff man, dass sie Sturm und Wogen zu trotzen verstanden, um bis ans Ende auszuhalten.

So kämpften sie den ganzen Tag lang, jeden Augenblick dem Tode trotzend, ohne weiter nördlich zu kommen, aber auch nicht zurückgeworfen, vom Regen durchnässt und von entgegenspritzenden Wellen triefend; durch die pfeifenden Lüfte vernahm man unheimliches Vogelgeschrei.

Endlich, gegen sechs Uhr abends, legte sich plötzlich der Sturm, und das Meer zeigte sich so ruhig und eben, als wäre es seit zwölf Stunden nicht aufgeregt worden.

Der Grund dieses plötzlichen Wechsels lag in einem außerordentlichen Phänomen, wie es einst der Kapitän Sabine in den Meeren Grönlands erlebte.

Der Nebel ward, ohne aufzusteigen, in seltsamer Weise von Licht durchdrungen.

Die Schaluppe fuhr in einem Streifen elektrischen Lichtes; einem ungeheuren Sankt Elmsfeuer voll Glanz, aber ohne Wärme. Der Mast, das Segel, das Takelwerk hob sich schwarz auf dem phosphoreszierenden Hintergrund des Himmels mit unvergleichlicher Klarheit ab. Die Schiffenden waren rings von durchsichtigen Strahlen umspielt, und ihre Gesichter färbten sich in feurigem Reflex.

Die plötzlich eintretende Windstille an dieser Stelle des Ozeans rührte ohne Zweifel von der aufsteigenden Bewegung der Luftsäulen her, während der Sturm als eine Art Wirbelwind mit reißender Schnelligkeit rings um dieses stille Zentrum fortwütete.

Aber diese feurige Atmosphäre regte bei Hatteras einen anderen Gedanken an.

»Der Vulkan! Rief er aus.

– Ists möglich? Sagte Bell.

– Nein! Nein! Entgegnete der Doktor; solche Flammen würden, wenn sie bis hierher drängen, uns ersticken.

– Vielleicht ist's sein Widerschein im Nebel, äußerte Altamont.

– Ebenso wenig. Man müsste denn annehmen, wir seien nahe dem Lande und in diesem Falle würden wir das Getöse des Ausbruchs vernehmen.

– Aber dann? ... fragte der Kapitän.

– Es ist ein kosmisches Phänomen, erwiderte der Doktor, welches bis jetzt noch wenig beobachtet worden ist! ... Fahren wir weiter, so werden wir bald aus dieser erleuchteten Sphäre heraus- und wieder in das Dunkel und das Sturmwetter hineinkommen.

– Wie dem auch sein mag, vorwärts! Versetzte Hatteras.

– Vorwärts!« stimmten seine Gefährten ein, und dachten nicht einmal daran, an dieser ruhigen Stelle sich zu erholen.

Das Segel mit feurigen Falten hing am Funken sprühenden Mast herab; die Ruder tauchten in glühende Wogen und schienen Wellen von Funken aufzurühren, die aus hell leuchtenden Wassertropfen bestanden.

Hatteras schlug nach Maßgabe des Kompasses wieder die nördliche Richtung ein; allmählich verlor der Nebel seinen Lichtgehalt, dann seine Durchsichtigkeit; man hörte in der Nähe Windessausen, und bald kam die Schaluppe wieder in die Zone der Stürme.

Aber der Wind schlug glücklicherweise südwärts um, und das Fahrzeug konnte mit dem Wind gerade auf den Pol zufahren, zwar mit Gefahr zu scheitern, aber mit unsinniger Schnelligkeit; jeden Augenblick konnte es auf eine Klippe, Felsen oder eine Eismasse stoßen, wodurch es unfehlbar in Stücke gehen musste.

Inzwischen wurde die Nähe der Küste merkbar; es ergaben sich dafür auffallende Anzeichen. Plötzlich spaltete sich der Nebel wie ein Vorhang, den der Wind zerriss und man konnte einen Moment am Horizont eine ungeheure Flammensäule himmelwärts aufsteigen sehen.

»Der Vulkan! Der Vulkan! ...«

So rief's aus allen Kehlen, aber die fantastische Erscheinung verschwand wieder; der Wind schlug in Südost um, fasste das Fahrzeug quer, und trieb sie nochmals von diesem unnahbaren Lande zurück.

»Verdammt! Rief Hatteras, und zog sein Segel ein; wir waren nur noch drei Meilen von der Küste!«

Hatteras vermochte der Gewalt des Sturmes nicht zu widerstehen; aber, ohne zu weichen, lavierte er im Wind, der mit unbeschreiblichem Ungestüm tobte. Mitunter ward die Schaluppe auf die Seite gelegt, dass zu befürchten war, ihr Kiel möge völlig emportauchen; doch gelang es mithilfe des Steuerruders, sie wieder aufzurichten.

Hatteras, mit flatternden Haaren, die Hand wie ans Steuerruder geschmiedet, schien die Seele der Barke zu sein.

Mit einem Mal bot sich ein schrecklicher Anblick seinen Augen dar.

Keine sechzig Fuß weit entfernt schaukelte ein Eisblock auf der Spitze hochgetürmter Wellen; gleich der Schaluppe wogte er auf und nieder; er drohte herabzustürzen, wobei er sie dann schon bei einer Berührung zertrümmern würde.

Aber neben dieser Gefahr, in den Grund hinabgerissen zu werden, zeigte sich noch eine andere, nicht minder schreckliche; denn dieser aufs Geratewohl treibende Block war mit weißen Bären besetzt, die wider einander gedrängt vor Schrecken betäubt waren.

»Bären! Bären!« rief Bell mit stockender Stimme.

Und jeder sah mit Entsetzen dasselbe.

Der Eisblock schwankte erschrecklich; mitunter neigte er sich in so spitzen Winkeln, dass die Tiere in wildem Durcheinander wider einander rollten. Dann stießen sie ein Gebrumm aus im Wettstreit mit dem Toben des Sturmes, und es ließ sich ein furchtbares Konzert von dieser schwimmenden Menagerie aus vernehmen.

Wenn dieses Eisfloß umstürzte, so würden die dem Fahrzeug zugeworfenen Bären auf dasselbe zu klimmen versuchen.

Eine volle Viertelstunde lang wogten dergestalt die Schaluppe und der Eisblock nebeneinander, bald zwanzig Klafter weit auseinander weg geschleudert, bald nahe zum Zusammenstoßen; bald ragte der eine, bald der andere in die Höhe, und die Ungetüme brauchten nur sich fallen zu lassen. Die Grönländer Hunde zitterten; Duk blieb unbeweglich.

Hatteras und seine Gefährten verhielten sich stumm; es kam ihnen gar nicht in den Sinn, mithilfe des Steuers aus dieser gefährlichen Nachbarschaft wegzukommen, und sie hielten unabänderlich strenge ihre Richtung ein.

Ein unbestimmtes Gefühl, mehr Staunen wie Schrecken, hielt ihren Geist befangen.

Endlich kam der Block allmählich weiter ab, da der Wind ihn schneller trieb, als die Schaluppe.

Jetzt erhob sich der Sturm mit doppelter Wut zu einer unbeschreiblichen Entfesselung der Atmosphäre; das Fahrzeug, aus den Wogen gehoben, fing an mit schwindelhafter Schnelligkeit sich im Kreise zu drehen; sein Focksegel wurde losgerissen und entflatterte, wie ein Vogel; im Wirbel der Wellen bildete sich ein rundes Loch gleich einem Maelstrom; die Schiffenden wurden in diesen Wirbel hineingezogen und fuhren mit solcher Schnelligkeit, dass trotz dieser ihre Wasserlinien unbeweglich schienen. Allmählich wurden sie hineingedrängt. Im Mittelpunkt des Schlundes bildete sich eine mächtige Anziehung, die sie lebendig hinabzuziehen drohte.

Alle Fünf sprangen sie mit verstörtem Blick auf. Schwindel erfasste sie mit unbeschreiblicher Gewalt. Plötzlich stellte sich die Schaluppe senkrecht auf. Ihr Vorderteil ward der Wirbelbewegung Meister; die eigene Geschwindigkeit warf sie aus dem Kreis der Anziehung heraus, und sie ward mit der Schnelle einer Kanonenkugel weggeschleudert.

Altamont, der Doktor, Johnson, Bell, wurden auf ihre Bänke niedergeworfen.

Als sie wieder aufstanden, war Hatteras verschwunden.

Es war um zwei Uhr früh.

Dreiundzwanzigstes Kapitel.

Die englische Flagge.

Ein vierfacher Schrei des Entsetzens entfuhr im ersten Moment der Brust der Männer.

»Hatteras! Schrie der Doktor.

– Verschwunden! Riefen Johnson und Bell.

– Verloren!«

Sie blickten rings umher. Nichts war zu sehen auf den tobenden Wogen.

Duk bellte mit verzweifeltem Ton; er wollte mitten in die Fluten springen, und Bell konnte ihn kaum zurückhalten.

»Treten Sie ans Steuerruder, Altamont, sagte der Doktor, dass wir alles tun, unsern verunglückten Kapitän aufzufinden!«

Johnson und Bell setzten sich wieder auf ihre Plätze, Altamont fasste das Ruder, und die unstete Schaluppe kam wieder in die Richtung des Windes.

Johnson und Bell ruderten aus Leibeskräften; eine volle Stunde lang hielt man sich an der Stelle der Katastrophe und suchte, aber vergeblich! Hatteras war, vom Sturme fortgerissen, leider nicht aufzufinden.

Verloren! So nahe dem Pol! Das Ziel schon vor Augen!

Der Doktor rief, schrie, feuerte sein Gewehr ab; Duk heulte jammervoll; aber die Antwort blieb aus. Da ward Clawbonny von tiefem Schmerz ergriffen; sein Kopf sank ihm auf die Hände, und seine Genossen hörten ihn weinen.

In der Tat, so weit vom Lande entfernt, ohne Ruder, ohne ein Stück Holz, um sich daran zu halten, war es unmöglich, dass Hatteras die Küste erreichte, und wenn etwas von ihm ans Land gelangte, war's sein Leichnam.

Nachdem man eine Stunde lang gesucht, musste man wieder nordwärts fahren im Kampf mit der Wut des Sturmes.

Um fünf Uhr früh, am 11. Juli, legte sich der Wind; die Wellen wurden allmählich ruhig; der Himmel ward wieder klar, und kaum drei Meilen weit sah man das Land in vollem Glanze vor Augen.

Dieses neue Land war nur eine Insel, oder vielmehr ein Vulkan, der einem Leuchtturme gleich auf dem Nordpol emporragte.

Der Berg, in vollem Ausbruch, warf eine Masse brennenden Gesteins und glühender Felsstücke aus; es war, als keuche ein Riese unter krampfhafter Erschütterung wiederholter Stöße; die ausgeschleuderten Massen flogen himmelhoch in die Lüfte, inmitten mächtiger Flammenstrudel und Lava-Ergießungen die in reißenden Strömen sich seitwärts hinabwälzten: hier glühende Schlangen zwischen rauchenden Felsen; dort sprühende Kaskaden inmitten purpurnen Dampfes, und weiter abwärts ein Feuerstrom mit tausend funkelnden Zuflüssen durch die aufsprudelnde Mündung ins Meer stürzend.

Der Vulkan schien nur einen einzigen Krater zu haben, woraus die Feuersäule aufstieg, quer von leuchtenden Blitzen durchzuckt; ein deutlicher Beweis des Anteils elektrischer Wirkung bei dem prachtvollen Phänomen.

Über den keuchenden Flammen wogte eine ungeheure Rauchsäule empor, unten rot, oben schwarz. Diese stieg mit unvergleichlicher Majestät auf und wirbelte weithin in dichten Windungen.

Die Luft war himmelhoch aschfarbig; die während des Sturms verspürte Dunkelheit, welche der Doktor nicht zu erklären wusste, kam offenbar von Aschensäulen her, von welchen die Sonne wie von einem undurchdringlichen Vorhang verhüllt war.

Dieser enorme, feuerspeiende Felsen, der weit ins Meer vorsprang, maß tausend Klafter, eine Höhe, die ungefähr der des Hekla gleichkommt.

Die von seinem Gipfel zur Basis gezogene Linie bildete mit dem Horizont einen Winkel von etwa elf Grad.

Er schien, im Verhältnis wie die Schaluppe nahe kam, allmählich aus den Wellen aufzusteigen. Man sah keine Spur von Vegetation; selbst ein Uferrand ging ihm ab, und seine Seiten fielen senkrecht ins Meer ab.

»Werden wir landen können? Fragte der Doktor.

– Der Wind treibt uns hin, erwiderte Altamont.

– Aber ich sehe kein Stückchen eines Uferrandes, worauf wir Fuß fassen könnten!

– Das scheint nur so von Weitem, erwiderte Johnson; aber es wird nicht daran fehlen, um mit unserem Fahrzeug anzulegen, und mehr bedarf es nicht.

– Also voran!« versetzte Clawbonny traurig.

Der Doktor hatte kein Auge mehr für das merkwürdige Festland, welches vor seinen Blicken heraustrat. Wohl war nun hier das Pol-Land, aber nicht der Mann, welcher es entdeckt hatte!

Fünfhundert Schritte weit von dem Felsen war das Meer siedend heiß durch Einwirkung unterirdischer Feuer. Die Insel, welche es umfloss, mochte acht bis zehn Meilen Umfang haben, mehr nicht, und, wie man schätzen konnte, lag sie dem Pol sehr nahe, sofern nicht die Erdachse genau hinein ablief.

Als die Schiffenden nahe waren, bemerkten sie eine kleine Bucht, die zum Einlaufen und Schutz des Fahrzeugs hinreichte; sie fuhren augenblicklich hinein, voll Besorgnis, den Leichnam des Kapitäns hier ans Land gespült zu finden.

Doch schien ein Leichnam schwerlich daselbst ruhig liegen zu können; flaches Ufer war nicht vorhanden, und das Meer brach sich an steilen Felsen; dichte, von keines Menschen Fuß betretene Asche bedeckte die Oberfläche des Landes, wo die Wellen aufhörten.

Endlich glitt die Schaluppe zwischen zwei Klippen, die an den Meeresspiegel reichten, durch ein schmales Fahrwasser, und fand sich da vollkommen geschützt gegen den Wellenschlag der Brandung.

Jetzt fing Duk an noch kläglicher, wie zuvor zu heulen; das arme Tier sehnte sich rührend nach dem Kapitän, verlangte ihn von diesem erbarmungslosen Meer, von seinen Felsen ohne Echo. Er bellte vergebens, und des Doktors liebkosende Hand vermochte ihn nicht zu beruhigen; das treue Tier, als wolle es seines Herrn Stelle vertreten, setzte mit einem mächtigen Sprung zuerst ans Land, und lief die Felsen hinan mitten durch die Asche, welche es wie ein Gewölk umgab.

»Duk! Ici, Duk!« rief der Doktor.

Aber Duk hörte nicht darauf und verschwand. Man schritt nun zur Landung: Clawbonny und seine drei Gefährten stiegen aus und die Schaluppe wurde festgeankert.

Altamont war im Begriff, einen ungeheuren Steinhaufen zu erklettern, als man Duk weithin ungewöhnlich laut bellen hörte; und dies Bellen hatte den Ausdruck des Schmerzes, nicht des Zorns.

»Hört! Hört! Sagte der Doktor.

– Ein Tier, das nichts aufgespürt hat? Fiel der Rüstmeister ein.

– Nein! Nein! Entgegnete der Doktor zitternd, dieser Klageton bedeutet Jammer! Er hat die Leiche des Kapitäns gefunden!«

Auf diese Äußerung stürzten die vier Männer seiner Spur nach mitten durch die Asche, die ihren Blick verdüsterte.

Sie gelangten in der Tiefe eines Fjords an eine zehn Fuß große Stelle, wo die Wellen unmerklich ihre Kraft verloren.

Hier bellte Duk neben einem von der Flagge Englands umhüllten Leichnam.

»Hatteras! Hatteras!« schrie der Doktor, und stürzte sich über den Körper seines Freundes.

Aber sogleich stieß er einen Schrei aus, der sich nicht schildern lässt.

Der blutige, dem Anschein nach entseelte Körper zuckte, als seine Hand ihn anrührte.

»Noch bei Leben! Bei Leben! Rief er aus.

– Ja! Sagte eine schwache Stimme, noch lebend auf dem Land des Pols, wohin mich der Sturm geworfen hat! Lebend auf der Insel der Königin!

– Hurra für England! Riefen die fünf Männer einstimmig.

– Und für Amerika!« fuhr der Doktor fort und reichte Hatteras die eine Hand, die andere dem Amerikaner.

Duk rief ebenfalls sein Hurra in seiner eigenen Weise, die ebenso viel galt, wie eine andere.

In den ersten Augenblicken gaben sich diese wackeren Leute ganz dem Gefühl des Glücks hin, ihren Kapitän wieder zu haben; ihre Augen füllten sich mit Tränen.

Der Doktor vergewisserte sich über Hatteras' Zustand. Dieser war nicht schwer verwundet. Der Wind hatte ihn bis zur Küste getrieben, wo die Landung sehr gefährlich war; dem kühnen Seemann gelang es, nachdem er mehrmals zurückgeworfen worden war, endlich durch seine Energie sich an ein Felsstück anzuklammern und über die Wogen emporzuschwingen.

Hier verlor er, nachdem er sich in seine Flagge gehüllt, das Bewusstsein, und es kam ihm erst bei Duks Liebkosungen, und als er dessen Bellen vernahm, wieder.

Die erste Pflege wirkte so gut, dass Hatteras wieder aufstehen und am Arm des Doktors nach der Schaluppe zurückgehen konnte.

»Der Pol! Der Nordpol! Sprach er unterwegs.

– Nun sind Sie glücklich! Sagte der Doktor zu ihm.

– Ja! Glücklich! Und Sie mein Freund, haben Sie keine Empfindung für dieses Glück, diese Freude, dass wir uns hier befinden? Dieses Land, auf welchem wir jetzt wandeln, ist das Land des Pols! Dieses Meer, welches wir durchschifft haben, ist das Meer des Pols! Diese Luft, welche wir einatmen, ist die Luft des Pols! O! Der Nordpol! Der Nordpol!«

Indem Hatteras dieses sprach, war er von heftiger Aufregung fortgerissen. Es war eine Art Fieber, und der Doktor versuchte vergeblich, ihn zu beruhigen. Seine Augen strahlten von einem außergewöhnlichen Glanz und seine Gedanken sprudelten im Gehirn. Clawbonny schrieb diesen Zustand der Überreizung dem Umstande zu, dass der Kapitän eben die fürchterlichsten Gefahren bestanden hatte.

Hatteras bedurfte offenbar der Erholung und man war bemüht, ihm eine Lagerstelle zu suchen.

Altamont fand bald eine natürliche Felsengrotte; Johnson und Bell brachten die Lebensmittel dahin und ließen die Grönländer Hunde frei.

Gegen elf Uhr war alles für eine Mahlzeit fertig; das Segel diente als Tischtuch; das Frühstück, bestehend aus Pemmikan, gesalzenem Fleisch, Tee und Kaffee, wurde auf dem Boden aufgetischt; man brauchte nur zuzulangen und zu verzehren.

Zuvor aber begehrte Hatteras, dass die Lage der Insel aufgenommen werde; er wollte genau wissen, wie er damit daran war.

Der Doktor und Altamont nahmen darauf ihre Instrumente, und nach angestellter Beobachtung erhielten sie für die Lage der Grotte 89°59'15" Breite. Die Länge war bei dieser Höhe der Breite nicht mehr von Belang, denn einige hundert Fuß weiter oben liefen alle Meridiane zusammen.

Demnach lag die Insel wirklich unterm Nordpol und der neunzigste Breitegrad war nur noch fünfundvierzig Sekunden von da entfernt, gerade dreiviertel Meile, d. h. beim Gipfel des Vulkans.

Als Hatteras das Ergebnis erfuhr, begehrte er, dass darüber ein Protokoll in zwei Exemplaren ausgefertigt und an der Küste in einem Cairn niedergelegt werde.

Der Doktor ergriff also augenblicklich die Feder und redigierte das folgende Dokument, wovon gegenwärtig ein Exemplar sich im Archiv der königlichen geografischen Gesellschaft zu London befindet:

»Am 11. Juli 1861 ward unter 89°59'15" nördlicher Breite die 'Insel der Königin' beim Nordpol entdeckt vom Kapitän Hatteras, Kommandanten der Brigg Forward aus Liverpool, welcher samt seinen Genossen hier unterzeichnet hat.

Wer dieses Dokument auffinden wird, ist gebeten, es der Admiralität zu Händen zu stellen.

Unterzeichnet: John Hatteras, Kommandant des Forwards; Doktor Clawbonny, Arzt; Altamont, Kommandant des Porpoise; Johnson, Rüstmeister; Bell, Zimmermann.«

– »Und jetzt, Freunde, zu Tisch!« sagte fröhlich der Doktor.

Vierundzwanzigstes Kapitel.

Eine Lektion in der polaren Kosmografie.

Es verstand sich von selbst, dass man sich zum Tafeln auf die Erde setzte. »Aber, sagte Clawbonny, wer gäbe nicht alle Tafeln und alle Speisesäle der Welt hin, um unter neunundachtzig Grad, neunundfünfzig Minuten und fünfzehn Sekunden nördlicher Breite zu speisen!«

Alle Gedanken waren natürlich auf die gegenwärtige Lage gerichtet. Die Idee des Nordpols beherrschte alle Geister. Der Erfolg ohne Gleichen ließ alle Gefahren vergessen, die bestanden wurden, um dies Ziel zu erreichen, und die noch zu bestehen waren, um zurückzukehren.

Es war vollbracht, was bis jetzt weder das Altertum, noch die Neuzeit, weder Europa noch Amerika noch Asien zustande zu bringen vermocht hatten.

Daher hörten auch dem Doktor seine Gefährten gerne zu, wenn er alles erzählte, was seine Wissenschaft und sein unerschöpfliches Gedächtnis ihm in Beziehung auf die gegenwärtige Lage an die Hand gaben.

Mit wahrem Enthusiasmus wurde sein Vorschlag aufgenommen, vor allem dem Kapitän einen Toast zu bringen.

»Es lebe John Hatteras! Rief er.

– John Hatteras lebe! Riefen einstimmig seine Gefährten.

– Dieses Glas dem Nordpol!« erwiderte der Kapitän, mit einer Betonung, die bei diesem Charakter auffallen musste, der bisher so kalt, so verschlossen war und nun einer beherrschenden Aufregung sich hingab.

Man stieß an mit den Tassen, und auf die Toasts folgte warmer Handschlag.

»Das ist nun, sagte der Doktor, doch das allerbedeutendste geografische Ereignis unserer Epoche! Wer hätte denken können, dass diese Entdeckung der des Innern Afrikas oder Australiens vorausgehen würde. Wahrhaftig, Hatteras, Sie gehen über Sturt und Livingstone, über Burton und Barth! Ihr Ruhm sei gepriesen!

– Sie haben Recht, Doktor, erwiderte Altamont; die Schwierigkeiten der Unternehmung ließen vermuten, der Nordpol werde die letzte der Entdeckungen auf der Erde sein. An dem Tage, wo die Regierung den entschiedenen Willen hätte, das Innere Afrikas kennenzulernen, würde sie durch Opfer an Menschen und Geld das Ziel erreichen; hier aber war der Erfolg höchst unsicher, und man konnte auf absolut unüberwindliche Hindernisse stoßen.

– Unüberwindliche! Rief Hatteras heftig, unüberwindliche Hindernisse gibt's nicht; es bedarf nur mehr oder minder energischer Willenskraft, das ist alles!

– Genug, sagte Johnson, wir sind jetzt glücklicherweise hier. Aber schließlich, Herr Clawbonny, wollten Sie die Güte haben, mir zu erklären, was es für eine besondere Bewandtnis mit dem Pol hat?

– Was für eine Bewandtnis, mein wackerer Johnson? Der Pol ist der einzige unbewegliche Punkt des Erdballs, während alle anderen Punkte sich mit äußerster Schnelligkeit umdrehen.

– Aber ich merke gar nichts davon, erwiderte Johnson, dass wir hier unbeweglicher sind, wie zu Liverpool!

– Ebenso wenig, als Sie zu Liverpool von Ihrer Bewegung etwas merken; das kommt daher, dass in beiden Fällen Sie selbst an dieser Bewegung oder Ruhe teilnehmen! Aber die Tatsache ist darum nicht minder gewiss. Es wohnt der Erdkugel eine Rundbewegung um sich selbst inne, die binnen vierundzwanzig Stunden vor sich geht, und man nimmt an, diese Bewegung geschehe um eine Achse, deren äußerste Enden zum Nord- und Südpol werden. Nun, jetzt befinden wir uns an einem solchen Ende, und diese Achse ist notwendig unbeweglich.

– Also, sagte Bell, während unsere Landsleute sich rasch umdrehen, bleiben wir ruhig?

– Beinahe, denn wir befinden uns nicht gerade auf dem Pol!

– Sie haben Recht, Doktor, sagte Hatteras ernst und mit Kopfschütteln, es fehlen noch fünfundvierzig Sekunden, um gerade auf dem Punkt zu sein!

– Das macht nicht viel aus, erwiderte Altamont, und wir können uns schon als unbeweglich ansehen.

– Ja, fuhr der Doktor fort, während die Bewohner des Äquators an jedem Punkt dreihundertsechsundneunzig (franz.) Meilen in der Stunde zurücklegen!

– Und dabei werden sie nicht müde! Sagte Bell.

– Richtig! Erwiderte der Doktor.

– Aber, fuhr Johnson fort, unabhängig von dieser Achsenbewegung hat die Erde doch noch eine andere um die Sonne herum?

– Ja! Eine Fortbewegung im Verlauf eines Jahres.

– Ist diese schneller, als die andere? Fragte Bell.

– Unendlich rascher, und ich muss sagen, dass sie uns, obwohl wir uns am Pol befinden, gleich allen anderen Erdbewohnern mit fortreißt. So ist also unsere angebliche Unbeweglichkeit nur ein Hirngespinst: Unbeweglich sind wir in Beziehung auf andere Punkte der Erdkugel, nicht aber in Beziehung auf die Sonne.

– Schau, sagte Bell, mit komischem Bedauern, ich meinte doch, ich sei so ruhig! Diese Täuschung muss ich aufgeben! Man kann wahrhaftig in dieser Welt nicht einen Augenblick in Ruhe sein!

– So ist's, Bell, erwiderte Johnson; und wollen Sie, Herr Clawbonny, uns lehren, wie groß diese Fortbewegung ist?

– Sehr bedeutend, versetzte der Doktor; die Erde läuft um die Sonne mit einer Schnelligkeit, die sechsundsiebzig Mal größer ist, als die einer vierundzwanzigpfündigen Kugel, die doch in der Sekunde hundertfünfundneunzig Klafter zurücklegt; Sie sehen, das ist wohl etwas anderes, als die Bewegung der Punkte des Äquators.

– Teufel! Sagte Bell, das ist nicht zu glauben, Herr Clawbonny! Mehr als sieben Meilen in der Sekunde, und es wäre doch so leicht gewesen, unbeweglich zu bleiben, wenn Gott nur gewollt hätte!

– Gut! Sagte Altamont, stellen Sie sich vor, Bell, dann gäbe es auch weder Tag noch Nacht, weder Frühling noch Sommer, Herbst oder Winter!

– Ohne ein ganz entsetzliches Ergebnis in Anschlag zu bringen! Fuhr der Doktor fort.

– Und was für eins? Fragte Johnson.

– Wir würden auf die Sonne gefallen sein!

– Auf die Sonne gefallen! entgegnete Bell voll Staunen.

– Allerdings. Wenn diese Fortbewegung aufhörte, würde die Erde binnen vierundsechzig und einem halben Tage auf die Sonne stürzen.

– Ein Fallen in vierundsechzig Tagen! Erwiderte Johnson.

– Nicht mehr, noch minder, versetzte der Doktor; denn es ist eine Entfernung von achtunddreißig Millionen französischen Meilen zurückzulegen.

– Was hat denn die Erdkugel für ein Gewicht? Fragte Altamont.

- Es beträgt fünftausendachthunderteinundachtzig Quadrillionen Tonnen.

- Gut! Sagte Johnson; das sind aber Zahlen, welche dem Ohre nichts mitteilen! Man versteht sie nicht mehr!

- So will ich Ihnen, mein wackerer Johnson, zur Vergleichung zwei Ausdrücke geben, die in Ihrem Geist haften werden. Erinnern Sie sich, dass auf das Gewicht der Erde fünfundsiebzig Monde kommen, und auf die Sonne kommt dreihundertundfünfzigtausend Mal das Gewicht unserer Erdkugel.

- Dies alles ist überwältigend! sagte Altamont.

- Überwältigend, das ist das richtige Wort, erwiderte der Doktor; aber ich komme wieder auf den Pol, weil eine kosmografische Belehrung über diesen Teil der Erde jetzt mehr wie je an der Stelle ist, sofern es Sie nicht langweilt.

- Fahren Sie nur fort, Doktor! sagte Altamont.

- Ich habe Ihnen gesagt, fuhr der Doktor fort, dem es ebenso viel Vergnügen machte, seine Gefährten zu belehren, als diesen, belehrt zu werden, - ich habe gesagt, der Pol sei ein unbeweglicher Punkt im Verhältnis zu den anderen Punkten der Erde. Dies ist aber nicht völlig richtig.

- Wie, sagte Bell, man muss noch einen Abzug machen?

- Ja, Bell, der Pol nimmt, genau genommen, nicht immer dieselbe Stelle ein; ehemals ist der Polarstern weiter vom Himmelspol entfernt gewesen, wie jetzt. Unser Pol hat also eine gewisse Bewegung für sich; er beschreibt binnen etwa sechsundzwanzigtausend Jahren einen Kreis. Das kommt vom Fortrücken der Tag- und Nacht-Gleichen – Äquinoktien – worauf ich gleich zu reden kommen werde.

- Aber, sagte Altamont, wäre es nicht möglich, dass der Pol einmal seine Stelle in einem weiteren Verhältnis ändert?

- Ei, lieber Altamont, erwiderte der Doktor, Sie rühren da an eine sehr bedeutende Frage, worüber die Gelehrten in Folge einer ganz besonderen Entdeckung lange Zeit stritten.

- Was für eine Entdeckung?

- Hören Sie. Im Jahre 1774 fand man den Leichnam eines Rhinozeros an den Gestaden des Eismeeres und im Jahre 1799 den eines Elefanten an den Küsten Sibiriens. Wie kam es, dass diese Vierfüßler aus den heißen Zonen unter einem solchen Breitegrad sich vorfanden? Daraus entstand ein seltsamer Lärm unter den Geologen, die nicht so gescheit waren, wie späterhin ein Franzose, Elie de Beaumont, welcher den Satz aufstellte, dass diese Tiere bereits unter höheren Breitegraden lebten, und dass ihre Leichname ganz einfach von Strömen und Flüssen dahin gefördert wurden, wo man sie fand. Aber bevor diese Erklärung gegeben war, was meinen Sie, worauf die Fantasie der Gelehrten kam?

– Die Gelehrten sind zu allem fähig, sagte Altamont lachend.

– Ja, zu allem, um eine Tatsache zu erklären. So stellten sie die Vermutung auf, der Pol der Erde sei ehemals am Äquator gewesen, und der Äquator an den Polen.

– Gerade so, wie ich sagte, und in vollem Ernst. Nun aber, wäre das der Fall gewesen, so würden, weil die Erde an den Polen um mehr als fünf Lieues abgeplattet ist, die Meere durch die zentrifugale Kraft nach dem neuen Äquator getrieben, Gebirge von doppelter Höhe des Himalaja überschwemmt haben; alle Länder in der Nähe des Polarkreises, Schweden, Norwegen, Russland, Sibirien, Grönland, Neu-Britannien, würden fünf Lieues unter Wasser gesetzt worden sein, während die Äquatorial-Gegenden, an den Pol verpflanzt, fünf Lieues hohe Plateau bildeten.

– Was für eine Umänderung! sagte staunend Johnson.

– O! Die Gelehrten erschraken gar nicht davor.

– Und wie erklärten sie diese Umkehrung? fragte Altamont.

– Durch Zusammenstoßen mit einem Kometen. Der Komet muss für alles aushelfen. Altamont, wenn man auf dem Gebiet der Kosmografie in Verlegenheit gerät, ruft man den Beistand eines Kometen an. Dieses Gestirn ist dann so gefällig, auf den ersten Wink eines Gelehrten sich einzufinden, um alles in seine Fugen zu bringen!

– Also, sagte Johnson, Ihrer Ansicht nach, Herr Clawbonny, ist so eine Umänderung nicht möglich.

– Unmöglich!

– Und wenn der Fall doch einträte?

– Dann würde der Äquator in vierundzwanzig Stunden zu Eis gefroren sein!

– Richtig! Und wenn die Änderung jetzt vorginge, sagte Bell, wäre man imstande zu sagen, wir seien gar nicht bis zum Pol gekommen.

– Seien Sie ruhig, Bell. Um wieder auf die Unbeweglichkeit der Erdachse zu kommen, so ergibt sich daraus Folgendes. Befänden wir uns während des Winters an dieser Stelle, so sähen wir die Sterne einen vollständigen Kreis um uns herum beschreiben. Die Sonne würde zur Zeit des Frühlings-Äquinoktiums, 22. März, uns erscheinen (die Strahlenbrechung nicht in Anschlag gebracht), als sei sie vom Horizont gerade in zwei Teile zerschnitten, und steige in sehr langen Kurven allmählich aufwärts; hier aber tritt der merkwürdige Fall ein, dass sie, nachdem sie aufgegangen, nicht mehr untergeht und sechs Monate lang sichtbar bleibt; hernach streift ihre Scheibe zur Zeit des Herbst-Äquinoktiums, 22. September, abermals auf dem Horizont, und sobald sie untergegangen ist, sieht man sie den ganzen Winter über nicht mehr.

– Sie sprachen vorhin von der Abplattung der Erde an den Polen, sagte Johnson; haben Sie doch, Herr Clawbonny, die Güte, mir dies zu erklären.

– Damit verhält sich's so, Johnson. Als in den ersten Tagen der Welt die Erde flüssig war, so musste, begreifen Sie wohl, die Achsenbewegung einen Teil ihrer beweglichen Masse nach dem Äquator hin drängen, wo die zentrifugale Kraft stärker wirkte. Hätte die Erde unverändert ihre Stelle eingenommen, so wäre sie eine vollständige Kugel geblieben; aber in Folge der vorhin geschilderten Erscheinung hat sie die Form einer Ellipsoide, und die Punkte des Pols stehen etwa fünf und ein drittel Lieues dem Zentrum der Erde näher als die Punkte des Äquators.

– Also, sagte Johnson, wenn unser Kapitän uns zum Mittelpunkt der Erde führen wollte, hätten wir einen um fünf Lieues kürzeren Weg dahin zu machen?

– So ist's, mein Freund.

– Ei nun! Kapitän, dann hätten wir um so viel einen Vorsprung! Die Gelegenheit wäre wohl zu benutzen ...«

Hatteras gab keine Antwort. Offenbar folgte er nicht dem Faden der Unterhaltung, oder er hörte wohl zu, ohne aufzumerken.

»Wahrhaftig! Erwiderte der Doktor, hört man gewisse Gelehrten, so läge in diesem Umstand wohl ein Grund, diese Unternehmung zu wagen.

– Wirklich! sagte Johnson.

– Doch lassen Sie mich zu Ende reden, fuhr der Doktor fort, ich will Ihnen dies später erzählen; zuvor will ich Ihnen zeigen, wie die Abplattung der Grund des Vorrückens der Äquinoktien ist, d. h. weshalb alljährlich das Frühlings-Äquinoktium um einen Tag früher eintritt, als es der Fall sein würde, wenn die Erde vollständig rund wäre.

Das rührt ganz einfach daher, dass die Anziehung der Sonne in verschiedener Weise auf den unter dem Äquator befindlichen höher gehobenen Teil des Erdballs wirkt, welcher dann eine Bewegung rückwärts erleidet. Infolgedessen verändert der Pol ein wenig seine Stelle, wie ich vorhin gesagt habe. Aber unabhängig von dieser Wirkung, müsste die Abplattung eine noch merkwürdigere und persönlichere haben, welche wir wahrnehmen würden, wenn wir einen empfänglichen mathematischen Sinn hätten.

– Was meinen Sie damit? Fragte Bell.

– Das wir hier mehr Schwere haben, als zu Liverpool.

– Mehr Schwere?

– Ja! Wir, unsere Hunde, unsere Gewehre, unsere Instrumente!

– Ists möglich?

– Ohne Zweifel, und aus zwei Gründen: erstens, weil wir dem Mittelpunkt der Erde näher sind.

– Wie! Sagte Johnson, in allem Ernst, wir haben also nicht an allen Orten das nämliche Gewicht?

– Nein, Johnson; nach Newtons Gesetz ziehen sich die Körper an in direktem Verhältnis der Massen und in umgekehrtem Verhältnis des Quadrats der Entfernungen. Hier bin ich schwerer, weil ich dem Mittelpunkt der Anziehung näher bin, und auf einem anderen Planeten würde ich mehr oder weniger Gewicht haben, je nach der Masse des Planeten.

– Wie? sagte Bell, auf dem Mond? ...

– Auf dem Mond würde mein Gewicht, welches zu Liverpool zweihundert Pfund beträgt, nicht mehr als zweiunddreißig ausmachen!

– Und auf der Sonne?

– O! Auf der Sonne würde ich über fünftausend Pfund wiegen!

– Großer Gott! Rief Bell aus, da wäre also eine Winde erforderlich, um Ihre Beine aufzuheben!

– Vermutlich! Erwiderte der Doktor, über Bells Verwunderung lachend; aber hier ist die Differenz nicht merkbar, und bei Entwickelung einer entsprechenden Muskelkraft wird Bell eben so hoch springen, als auf den Quais der Mersey.

– Ja! Aber auf der Sonne? Fragte Bell abermals, indem er nicht davon loskommen konnte.

– Lieber Freund, erwiderte ihm der Doktor, aus alledem ergibt sich, dass wir da, wo wir uns befinden, wohl aufgehoben sind, und nicht anderswohin zu eilen brauchen!

– Sie sagten vorhin, fuhr Altamont fort, es sei vielleicht der Mühe wert, einen Ausflug nach dem Mittelpunkt der Erde hin zu machen! Hat man jemals den Gedanken gehabt, eine solche Reise vorzunehmen?

– Ja, und damit will ich beschließen, was ich Ihnen in Beziehung auf den Pol zu sagen habe. Es gibt auf der Welt keinen Punkt, der zu mehr Hypothesen und Hirngespinsten Anlass gegeben hätte! Die Alten, sehr unwissend in der Kosmografie, verlegten dahin den Garten der Hesperiden. Im Mittelalter meinte man, die Erde ruhe auf Türmchen, die sich auf den Polen befänden, und worauf sie sich umdrehe; aber als man sah, dass sich die Kometen frei in den Regionen um den Pol herum bewegten, musste man auf diese Art von Stütze verzichten. Später fand sich ein französischer Astronom, Bayly, der behauptete, das gebildete verloren gegangene Volk der Atlantiden, wovon Plato spricht, habe daselbst gelebt. Endlich hat man in unseren Tagen behauptet, es sei an den Polen eine ungeheure Öffnung, wo sich der Glanz der Nordlichter entwickele, und durch welche man ins Innere der Erde dringen könne. Sodann bildete man sich ein, in der hohlen Erdkugel befänden sich zwei Planeten, Pluto und Proserpina und eine Luft, die infolge starken Druckes leuchte.

– Das alles hat man gesagt? Fragte Altamont.

– Und man hat's in vollem Ernst geschrieben. Der Kapitän Synnes, unser Landsmann, hat Humphry Davy, Humboldt und Arago den Vorschlag gemacht, die Reise zu wagen! Sie lehnten aber ab.

– Und das war wohl getan!

– Ich glaub es wohl. Wie dem auch sein mag, Sie sehen, meine Freunde, dass die Einbildungskraft in Hinsicht auf den Pol freien Spielraum hatte und dass man früher oder später auf die einfache Wahrheit zurückkam.

– Übrigens werden wir's wohl sehen, sagte Johnson, der an seinen Ideen festhielt.

– Dann, sagte der Doktor, Exkursionen auf morgen, – dabei lächelte er, dass er den alten Seemann nicht überzeugen konnte, – und wenn es eine besondere Öffnung gibt, um ins Innere der Erde zu dringen, so wollen wir miteinander dabei sein!«

Fünfundzwanzigstes Kapitel.

Der Berg Hatteras.

Nach dieser gehaltvollen Unterredung richtete sich jeder in der Grotte so gut wie möglich ein und sank bald in Schlaf.

Nur Hatteras nicht. Was raubte dem außerordentlichen Manne den Schlaf?

Hatte er nicht seinen Lebenszweck erreicht? Hatte er nicht die kühnen Entwürfe, welche ihm so sehr am Herzen lagen, in Erfüllung gebracht? Weshalb wurde die Unruhe dieser glühenden Seele nun nicht gestillt? Hätte man nicht glauben sollen, Hatteras werde nach Ausführung seiner Projekte in eine Art Abspannung verfallen, und seine gespannten Nerven nach Ruhe trachten?

Aber nein. Er zeigte sich nur noch mehr aufgeregt. Doch war's nicht der Gedanke an die Rückkehr, welcher ihn so unruhig machte. Wollte er noch weiter dringen? Fand er die Welt zu klein, weil er bis an ihr Ende gedrungen war?

Wie dem auch sein mochte, er konnte nicht schlafen. Und doch war diese erste am Pol verbrachte Nacht rein und ruhig. Die Insel war völlig unbewohnt: kein Vogel in der vulkanischen Luft, kein Tier auf dem aschebestreuten Boden, kein Fisch in seinem siedenden Gewässer; nur in der Ferne vernahm man das dumpfe Getöse des Berges, aus dessen Gipfel glühende Rauchsäulen empordrangen.

Als Bell, Johnson, Altamont und der Doktor aufwachten, fanden sie Hatteras nicht in ihrer Nähe. Sie verließen unruhig die Grotte und sahen den Kapitän auf einem Felsen stehen, den Blick unverwandt auf den Gipfel des Vulkans gerichtet. Er hielt seine Instrumente in der Hand und hatte offenbar eine genaue Aufnahme des Berges vorgenommen.

Der Doktor ging auf ihn zu und redete ihn mehrmals an, ehe er ihn aus seiner Gedankenvertiefung ziehen konnte. Endlich schien der Kapitän ihn zu verstehen.

»Vorwärts! Sagte der Doktor zu ihm, der ihn aufmerksam betrachtete, vorwärts; wir wollen unsere Insel ganz durchstreifen; wir sind zu unserm letzten Ausflug bereit.

– Dem letzten, sagte Hatteras mit der Betonung von Leuten, welche laut träumen; ja, dem letzten, wirklich. Der ist aber auch, fuhr er mit großer Lebhaftigkeit fort, der Merkwürdigste!«

Indem er so sprach, strich er mit beiden Händen über seine Stirn, um die Wallungen im Innern zu beruhigen.

In diesem Augenblick kamen Altamont, Johnson und Bell dazu, und Hatteras schien aus seinem Traumzustande heraus zu kommen.

»Meine Freunde, sprach er mit gerührter Stimme, ich danke für Ihren Mut, Ihre Ausdauer, Ihre übermenschlichen Anstrengungen, durch welche es uns möglich geworden ist, dies Land zu betreten!

– Kapitän, sagte Johnson, wir haben nur gehorcht, und Ihnen allein gebührt die Ehre.

– Nein! Nein! Fuhr Hatteras mit leidenschaftlicher Wärme fort, Euch Allen gleich mir! Altamont ebenso wie uns Allen! Wie dem Doktor selbst! O, lassen Sie mein Herz seine Empfindungen ausgießen! Es kann seine Freude und Erkenntlichkeit nicht mehr zurückhalten!«

Hatteras drückte seinen Gefährten aufs Herzlichste die Hand. Er ging unruhig hin und her und war nicht mehr Herr seines Geistes.

»Wir haben nur als Engländer unsere Schuldigkeit getan, sagte Bell.

– Unsere Freundespflicht, erwiderte der Doktor.

– Ja! Fuhr Hatteras fort, aber diese Pflicht haben nicht alle zu erfüllen verstanden. Einige sind erlegen! Doch muss man ihnen verzeihen, denen, welche Verrat geübt haben, wie denen, welche sich zum Verrat fortreißen ließen! Die Armen! Ich verzeihe ihnen. Sie verstehen mich, Doktor!

– Ja, erwiderte dieser, ernstlich beunruhigt durch die erhöhte Geistesspannung Hatteras'.

– Auch will ich nicht, fuhr der Kapitän fort, dass das kleine Vermögen, um dessentwillen sie die weite Fahrt unternahmen, ihnen verloren sei. Nein! Nichts soll an meinen Verfügungen geändert werden, und sie sollen reich sein … wenn sie jemals nach England zurück kommen!«

Man konnte sich der Rührung nicht erwehren, wenn man den Ton hörte, womit Hatteras diese Worte sprach.

»Aber, Kapitän, sagte Johnson, der zu scherzen suchte, man sollte meinen, Sie machen Ihr Testament.

– Vielleicht, erwiderte Hatteras ernst.

– Doch haben Sie ein schönes und langes Leben voll Ruhm vor Augen, versetzte der alte Seemann.

– Wer weiß!« sagte Hatteras.

Langes Schweigen folgte auf diese Äußerung. Der Doktor wagte nicht, den Sinn dieser letzten Worte zu deuten.

Aber Hatteras ließ bald die Deutung finden; mit hastiger, kaum zurückgehaltener Stimme fuhr er fort:

»Meine Freunde, hören Sie mich an. Bis jetzt haben wir viel geleistet, und doch bleibt noch viel zu tun übrig.«

Mit tiefem Erstaunen sahen die Gefährten des Kapitäns einander an.

»Ja, wir sind am Land des Pols, aber noch nicht am Pol selbst!

– Wie so? Fragte Altamont.

– Das wäre! Rief der Doktor mit ahnender Besorgnis.

– Ja! Fuhr Hatteras mit Nachdruck fort. Ich habe gesagt, ein Engländer werde den Fuß auf den Pol des Erdballs setzen; das hab' ich gesagt, und ein Engländer wird es ausführen.

– Was? ... erwiderte der Doktor.

– Wir sind noch fünfundvierzig Sekunden von dem unbekannten Punkt entfernt, fuhr Hatteras mit zunehmendem Feuer fort, und da, wo er ist, werd' ich hindringen!

– Aber der Gipfel dieses Vulkans ist's, sagte der Doktor.

– Ich dringe hin!

– Ein unzugänglicher Kegel!

– Ich gehe hin.

– Ein klaffender Krater in Glut und Flammen!

– Ich dringe hinein.«

Die energische Überzeugung, womit Hatteras diese letzteren Worte sprach, lässt sich nicht darstellen. Seine Freunde waren voll Bestürzung; sie blickten mit Schrecken auf den Berg, welcher rauchende Feuersäulen in die Lüfte schoss.

Der Doktor ergriff darauf wieder das Wort; er setzte Hatteras dringend zu, auf sein Vorhaben zu verzichten; er sagte alles, was sein Herz ihm einzugeben vermochte, von dringender Bitte bis zu freundlicher Drohung; aber er vermochte nichts über die reizbare Seele des Kapitäns.

Es gab nur noch Mittel der Gewalt, um den Wahnsinnigen abzuhalten, dass er sich nicht ins Verderben stürze. Da er aber einsah, dass sie zu großen Unordnungen führen würden, wollte der Doktor nur im äußersten Notfall dazu schreiten.

Er hoffte übrigens, dass Hatteras durch physische Unmöglichkeit, unübersteigliche Hindernisse, sich werde an der Ausführung seines Vorhabens hindern lassen.

»Weil dem so ist, sagte er, wollen wir Sie begleiten.

– Ja! Erwiderte der Kapitän, bis zur Hälfte der Bergeshöhe! Weiter nicht! Müsst Ihr nicht das Duplikat des Protokolls über unsere Entdeckung nach England bringen, falls ...?

– Doch ...

– Abgemacht, erwiderte Hatteras mit unerschütterlichem Ton, und weil die Bitten des Freundes nicht ausreichen, befiehlt der Kapitän.«

Der Doktor wollte ihm nicht länger zusetzen, und nach einer kleinen Weile setzte sich die kleine Truppe, für eine schwierige Besteigung gerüstet, Duk voran, in Bewegung.

Der Himmel glänzte im Widerschein. Das Thermometer zeigte zweiundfünfzig Grad (+11° hunderteilig). Die Atmosphäre war reichlich von der klaren Helle durchdrungen, welche jenen hohen Breitegraden eigentümlich ist. Es war um acht Uhr früh.

Hatteras mit seinem braven Hund ging voran; Bell und Altamont, der Doktor und Johnson folgten ihm unmittelbar.

»Es ist mir angst, sagte Johnson.

– Nein, nein, es ist nichts zu befürchten, erwiderte der Doktor, wir sind ja dabei.«

Das Inselchen hatte etwas sehr Eigentümliches von neuem, jugendlichem Charakter; der Vulkan schien nicht alt zu sein.

Die über einander gewürfelten Felsen hielten sich wie durch ein Wunder im Gleichgewicht. Der Berg bestand, genau genommen, nur aus einer Zusammenhäufung herabgefallener Steine. Nichts von Erde, nicht das kleinste Moos, nicht die magerste Flechte, keine Spur von Vegetation. Die vom Krater ausgespiene Kohlensäure hatte noch nicht Zeit gehabt, sich mit dem Wasserstoff des Wassers, noch mit dem Ammonium der Wolken zu vereinigen, um unter Einwirkung des Lichtes organisierte Stoffe zu bilden.

Diese im Meere verlorene Insel war lediglich durch allmähliche Anhäufung vulkanischer Auswürfe entstanden, gleich dem Ätna, welcher bereits eine weit beträchtlichere Menge Lava ausgeworfen hat, als seine eigene Masse beträgt.

Diese Steinhaufen, welche die Insel der Königin bildeten, waren offenbar aus dem Innern der Erde ausgeworfen worden; jene hatte den plutonischen Charakter im höchsten Grad. An ihrer Stelle befand sich früher das unermessliche Meer, welches in der Urzeit durch Verdichtung der Wasserdämpfe auf dem erkalteten Erdball entstanden ist; aber in dem Verhältnis, wie die Vulkane der alten und neuen Welt erloschen, oder besser gesagt, verstopft wurden, mussten sie durch neue feuerspeiende Krater ersetzt werden.

In der Tat kann man die Erde mit einem ungeheuren Kessel vergleichen, worin durch Wirkung des Zentralfeuers unermessliche Quantitäten von Dünsten entstehen, welche in einem umschlossenen Raum bis zu einer Spannung von vielen Tausend Atmosphären getrieben, den Erdball auseinandersprengen würden, wenn nicht nach außen hin Sicherheitsventile angebracht wären.

Diese Ventile nun sind die Vulkane; wenn einer sich schließt, öffnet sich ein anderer, und an den Polen, wo ohne Zweifel in Folge der Abplattung die Erdrinde minder dick ist, kann es nicht auffallend sein, dass sich durch eine Erhebung des Erdkerns unter der Flut unvermutet ein neuer Vulkan bildet.

Der Doktor nahm, während er Hatteras folgte, diese auffallenden Eigentümlichkeiten wahr; sein Fuß betrat einen vulkanischen Tuff und Bimssteine, die aus Schlacken sich bildeten, Asche, ausgeworfene Steine, gleich den Syeniten und Graniten Islands.

Den fast modernen Ursprung des Eilands nahm er deshalb an, weil das sedimentäre Terrain noch nicht Zeit gehabt hatte, sich zu bilden.

An Wasser fehlte es gänzlich. Wäre die Insel der Königin schon mehrere Jahrhunderte alt, so würden heiße Quellen, wie sie in der Nähe der Vulkane häufig sind, aus ihrem Innern gesprudelt sein. Nun aber fand man hier nicht allein kein Tröpfchen Wassers, sondern die Dünste, welche aus Lavaströmen entstanden, schienen durchaus ohne Wassergehalt zu sein.

Also war diese Insel neuerer Bildung, und so wie sie eines Tages zum Vorschein kam, so konnte sie eines anderen Tages wieder verschwinden und von Neuem in die Tiefe des Ozeans versinken.

Im Verhältnis, wie man höher kam, wurde das Besteigen schwieriger die Seiten des Berges waren fast senkrecht, und man musste äußerst vorsichtig sein, um ein Zusammenstürzen zu vermeiden. Ost wirbelten Aschensäulen um die Reisenden und drohten sie zu ersticken, oder Lavaströme versperrten ihnen den Weg. An einigen horizontalen Stellen waren die Ströme eben erkaltet und fest geworden, während unter dieser Rinde noch siedende Lava floss, sodass also jeder sondieren musste, um nicht plötzlich in solchen glühenden Stoff einzusinken.

Von Zeit zu Zeit spie der Krater Felsstücke aus, welche in brennendem Gas rotglühend geworden; manche von diesen Massen zerplatzten wie Bomben in der Luft, und ihre Trümmer zerstreuten sich weit und breit in allen Richtungen.

Man begreift, wie diese Besteigung des Berges mit unzähligen Gefahren verbunden war, und nur von einem Narren vorgenommen werden konnte.

Doch Hatteras stieg mit auffallender Behändigkeit immer weiter, und klomm, die Stütze seines eisenbeschlagenen Stockes verschmähend, die schroffsten Abhänge hinan.

Er gelangte bald zu einem kreisrunden Felsen, der eine Art von Plateau von zehn Fuß Breite bildete; ein glühender Strom floss um denselben herum, nachdem er an der Spitze eines höheren Felsens sich gabelförmig geteilt hatte, sodass nur ein schmaler Weg dazwischen blieb, welchen Hatteras tollkühn betrat.

Hier blieb er stehen, und seine Gefährten konnten ihn einholen. Darauf schien er mit den Augen den Raum zu messen, welcher ihm noch zu steigen blieb; horizontal befand er sich noch über hundert Klafter vom Krater, d. h. vom mathematischen Punkt des Pols entfernt; aber vertikal waren noch über fünfzehnhundert Fuß zu ersteigen.

Bereits seit drei Stunden war man im Aufsteigen begriffen; Hatteras schien noch nicht müde; seine Gefährten waren schon fast erschöpft.

Der Gipfel des Vulkans schien unzugänglich zu sein. Der Doktor entschloss sich, Hatteras um jeden Preis vom Weitersteigen abzuhalten. Zuerst versuchte er's mit der Güte, aber die Aufregung des Kapitäns steigerte sich bis zum Wahnsinn; bereits während des Steigens hatte er alle Anzeichen wachsenden Irrsinns wahrnehmen lassen, und wer ihn kannte, wer ihn durch alle Phasen seines Lebens begleitete, konnte es nicht überraschend finden. Im Verhältnis wie Hatteras höher über den Meeresspiegel drang, wuchs seine Überspannung; er lebte nicht mehr in der Menschenregion.

»Hatteras, sagte zu ihm der Doktor, nun ist's genug! Weiter können wir nicht.

– So bleibet, erwiderte der Kapitän mit auffallendem Ton, ich steige höher hinauf!

– Nein! Das wäre auch unnötig! Hier sind Sie am Pol der Erde!

– Nein! Nein! Noch höher!

– Mein Freund! Ich, der Doktor Clawbonny, rede zu Ihnen! Kennen Sie mich nicht?

– Höher! Höher! Rief er wiederholt im Wahnsinn.

– Nein! Nein! Wir dulden es nicht ...«

Ehe noch der Doktor diese Worte zu Ende gesprochen, sprang Hatteras mit übermenschlicher Anstrengung über den Lavastrom, von seinen Gefährten getrennt, welche nicht zu ihm gelangen konnten.

Diese schrien laut auf, in der Meinung, Hatteras sei in den siedenden Strom gestürzt; aber der Kapitän war jenseits hingesunken, und Duk, der ihn nicht verlassen wollte, sprang ihm nach.

Er verschwand hinter einer Hülle von Rauch, und man hörte seine Stimme, die in der Entfernung immer schwächer tönte:

»Nordwärts! Nordwärts! Schrie er. Zum Gipfel des Hattera-Berges! Gedenken Sie des Hattera-Berges!«

Den Kapitän einzuholen, daran war nicht zu denken; es waren zwanzig Gründe dafür, dass man an der Stelle blieb, welche er mit dem Glück und der Geschicklichkeit, wie sie Narren eigen ist, verlassen hatte; den feurigen Strom zu überspringen war unmöglich; ebenso unmöglich, ihn zu umgehen. Altamont versuchte vergeblich über ihn hinüber zu kommen; wollte man über den Lavastrom dringen, so hätte man sein Leben daran gesetzt; wider Willen mussten seine Gefährten zurückbleiben.

»Hatteras! Hatteras!« rief der Doktor.

Aber der Kapitän gab keine Antwort, und nur dass kaum vernehmliche Bellen Duks verhallte im Gebirge.

Inzwischen sah man Hatteras in Zwischenräumen mitten durch Rauchsäulen und unter dem Aschenregen. Bald ragte sein Arm, bald sein Kopf aus dem Wirbel heraus. Dann verschwand er wieder den Blicken und zeigte sich höher oben auf den Felsen. Seine Figur sah immer kleiner aus, je höher er hinauf kam.

Dumpfes Getöse des Vulkans füllte die Luft; es tobte in dem Berge gleich wie in einem siedenden Kessel. Hatteras ließ sich nicht aufhalten, von Duk begleitet.

Von Zeit zu Zeit rutschte hinter ihm das Gestein, und ein Felsblock stürzte mit wachsender Schnelligkeit an den Spitzen abprallend bis zum Grund des Polarmeeres hinab.

Hatteras wendete sich nicht einmal um. Sein Stab diente ihm als Schaft, um die englische Flagge daran zu befestigen. Voll Schrecken verfolgten seine Gefährten alle seine Bewegungen, während seine Gestalt sich mehr und mehr verkleinerte; Duk schien nicht mehr größer, als eine Ratte.

Einen Moment verdeckte sie der Wind mit einem feurigen Vorhang. Der Doktor erhob ein Angstgeschrei; doch kam Hatteras wieder zum Vorschein, wie er aufrecht stand und seine Flagge schwang.

Über eine Stunde lang dauerte das Schauspiel dieser erschrecklichen Besteigung. Eine Stunde des Ringens mit wackelnden Felsen, mit tiefen Aschenschichten, worin der Heros des Unmöglichen bis zu halbem Leibe einsank.

Bald kletterte er, mit den Knien und Hüften wider die Spalten sich stemmend, bald hing er mit den Händen an einem Grat und flatterte im Winde gleich einem trockenen Büschel.

Endlich langte er auf dem Gipfel des Vulkans an, unmittelbar an des Kraters Mündung. Da schöpfte der Doktor Hoffnung, der Unglückliche, nachdem er an seinem Ziele angelangt, werde vielleicht nun zurückkehren, und hätte dann nur noch das Gefährliche des Herabsteigens zu bestehen.

Er schrie aus voller Brust und zum letzten Mal auf:

»Hatteras! Hatteras!«

Des Doktors Rufen drang dem Amerikaner bis auf den Grund der Seele.

»Ich will ihn retten«, rief Altamont.

Dann setzte er mit einem gewaltigen Sprunge über den feurigen Strom, mit Gefahr hineinzufallen, und verschwand in der Mitte der Felsen.

Clawbonny hatte nicht Zeit ihn aufzuhalten.

Inzwischen drang Hatteras, als er auf dem Gipfel ankam, über den Schlund hinaus auf einen überhängenden Felsen. Die Steine regneten um ihn herum. Duk sprang ihm stets zur Seite. Das arme Tier schien bereits vom Schwindel ergriffen. Hatteras schwang sein Banner im Widerschein der Glut, und das gerötete Tuch flatterte in langen Streifen beim Luftstrom des Kraters.

Mit der einen Hand schwang es Hatteras hin und her. Mit der anderen wies er im Zenit auf den Pol der Himmelskugel. Inzwischen schien er zu zaudern. Er suchte nach dem mathematischen Punkt, wo alle Meridiane des Erdballs zusammenlaufen, auf den er in erhabenem Starrsinn den Fuß setzen wollte.

Plötzlich wankte der Fels unter seinen Füßen; er verschwand. Ein fürchterliches Geschrei seiner Gefährten drang bis zum Gipfel hinan. Clawbonny hielt seinen Freund für verloren und auf ewig begraben in den Tiefen des Vulkans. Aber Altamont war noch da, auch Duk. Der Mann und der Hund erfassten den Unglücklichen im Moment, wo er in den Abgrund stürzte. Hatteras war gerettet, gerettet wider Willen, und eine Viertelstunde nachher lag der Kapitän des Forwards bewusstlos in den Armen seiner verzweifelnden Freunde.

Als er wieder zu sich kam, fragte der Doktor in stummer Befürchtung seinen Blick. Aber dieser bewusstlose Blick, gleich dem eines Blinden, der ohne zu sehen anschaut, antwortete ihm nicht.

»Großer Gott! Sagte Johnson, er ist blind!

– Nein, erwiderte Clawbonny, nein! Meine armen Freunde, wir haben nur den Körper gerettet! Hatteras' Seele ist auf dem Gipfel des Vulkans geblieben! Seine Vernunft ist gestorben!

– Wahnsinnig! Riefen Johnson und Altamont voll Bestürzung.

– Wahnsinnig!« antwortete der Doktor.

Und Tränen rannen aus ihren Augen.

Sechsundzwanzigstes Kapitel.

Rückkehr nach dem Süden.

Drei Stunden nach diesem traurigen Ausgange der Abenteuer des Kapitäns Hatteras fanden sich Clawbonny, Altamont und die beiden Matrosen in der Grotte am Fuße des Vulkans zusammen. Clawbonny wurde ersucht, seine Meinung über das, was nun geschehen solle, abzugeben.

»Meine Freunde, sagte er, wir können auf der Insel der Königin nicht lange verweilen: Das Meer vor uns ist frei, wir haben hinreichenden Proviant und werden in aller Eile nach Fort Providence zurückkehren müssen, um dort bis nächsten Sommer zu überwintern.

– Das ist auch meine Ansicht, sagte Altamont, der Wind ist günstig und morgen wollen wir wieder zur See gehen.«

In tiefer Niedergeschlagenheit verging vollends der Tag. Die Geistesstörung des Kapitäns erschien von schlimmer Vorbedeutung, und als Johnson, Bell und Altamont ihre Gedanken bezüglich der Rückkehr austauschten, erschraken sie über ihre Verlassenheit und die weite Entfernung. Hatteras' unerschrockene Seele fehlte ihnen.

Doch als geistesstarke Männer rüsteten sie sich, um von Neuem gegen die Elemente und gegen sich selbst zu kämpfen, wenn sie sich schwach fühlen sollten.

Am anderen Tage, Sonnabend den 13. Juli, wurden die Lagergerätschaften eingeschifft, und bald war alles zur Abfahrt bereit.

Bevor sie aber diesen Felsen auf Nimmerwiedersehen verließen, ließ der Doktor, um Hatteras' Absichten zu entsprechen, an dem Punkte, wo der Kapitän an der Insel gelandet war, einen Cairn errichten, der, aus großen, übereinander gelagerten Blöcken gebildet, ein leicht sichtbares Merkzeichen darstellte, vorausgesetzt, dass er von den Folgen der Eruptionen verschont blieb.

In einen der Seitensteine grub Bell mit dem Meißel die einfache Inschrift:

John Hatteras.

1861.

Im Innern des Cairn und in einem vollkommen geschlossenen Blechzylinder wurde eine Abschrift des Dokumentes niedergelegt, und so ruhte das Zeugnis der großen Entdeckung verlassen unter den wüsten Felsen.

Dann schifften sich die vier Männer und der Kapitän, – ein armer Körper ohne Seele – samt dem treuen Duk, der jetzt so traurig war, zur Rückkehr ein. Es war um zehn Uhr des Morgens. Aus der Leinwand des Zeltes wurde ein neues Segel hergestellt. Die Schaluppe verließ, den Wind im Rücken, die Insel der Königin und am Abend warf der Doktor, auf seiner Bank stehend, einen letzten Blick zurück nach dem Mount-Hatteras, der noch am Horizont Flammen sprühte.

Die Überfahrt ging sehr schnell vonstatten; das überall freie Meer erleichterte die Schifffahrt, und es schien wirklich, es sei angenehmer, dem Pol zu entfliehen, als sich ihm zu nähern.

Nur Hatteras verstand nicht, was um ihn her vorging. Er lag in der Schaluppe mit stummem Munde, gebrochenem Blicke, die Arme über der Brust gekreuzt und Duk zu seinen Füßen. Vergeblich richtete der Doktor das Wort an ihn, – Hatteras verstand ihn nicht.

Während achtundvierzig Stunden blieb der Wind sehr günstig und das Meer ziemlich ruhig. Clawbonny und seine Genossen ließen den Nordwind gewähren.

Am 15. Juli bekamen sie im Süden Altamont-Harbour in Sicht; da aber das Polarmeer der ganzen Küste frei war, beschlossen sie, statt sich über Neu-Amerika hinweg des Schlittens zu bedienen, dieses bis zur Bay Victoria zu umsegeln.

Dieser Weg war schneller und kürzer. In der Tat hatten die Reisenden denselben Weg, zu dem sie mittels Schlitten vierzehn Tage gebraucht hatten, unter Segel in kaum acht Tagen zurückgelegt, und waren dabei noch der durch Fjorde unterbrochenen Küste gefolgt, deren Entwicklung sie bestimmten. Montag abends, am 23. Juli, erreichten sie die Bay Victoria.

Die Schaluppe wurde am Ufer sicher verankert, und man begab sich nach Fort Providence. Aber welche Verwüstung zeigte sich da! Doktors-House, die Magazine, die Pulverkammer und die Befestigungen waren unter den Strahlen der Sonne zu Wasser zerflossen; die Vorräte von reißenden Tieren beraubt.

Ein trauriger, trostloser Anblick!

Die Seefahrer waren mit ihren Lebensmitteln fast zu Ende und hofften sie in Fort Providence zu erneuern. Die Unmöglichkeit, jetzt einen Winter hier zuzubringen, lag auf der Hand. Als Leute, die gewöhnt waren, einen schnellen Entschluss zu fassen, entschieden sie sich, das Bassins-Meer auf kürzestem Wege zu gewinnen zu suchen.

»Wir können keinen anderen Ausweg ergreifen, sagte der Doktor; das Bassins-Meer ist kaum sechshundert Meilen entfernt. Solange unserer Schaluppe das Wasser nicht mangelt, können wir segeln, den Jones-Sund und von da aus die dänischen Niederlassungen erreichen.

– Gut, antwortete Altamont, so wollen wir den Rest der Provision sammeln und abreisen.«

Bei genauerem Nachsuchen fand man einige da und dorthin verschleppte Kisten mit Pemmikan und zwei Fässer kondensiertes Fleisch, die der Zerstörung entgangen waren, zusammen Proviant für sechs Wochen und einen Überfluss an Pulver. Alles wurde sorgfältig gesammelt; man benutzte den Tag noch, die Schaluppe zu kalfatern und instand zu setzen, und am folgenden Tage, am 24. Juli, stach man wieder in See.

Unter dem dreiundachtzigsten Breitengrade fiel das Land nach Osten ab, und es war nicht unmöglich, dass es mit den unter den Namen Grinnell-Land, Ellesmeer und Nord-Lincoln bekannten Ländern, welche die Küste der Bassins-Bay bilden, in Verbindung stand. Man konnte demnach als ziemlich sicher ansehen, dass der Jones-Sund sich wie die Lancaster-Straße nach den inneren Meeren zu öffne.

Die Schaluppe segelte von nun an ohne besondere Schwierigkeiten; die schwimmenden Eisblöcke waren leicht zu vermeiden. Der Doktor setzte jedoch mit Rücksicht auf unvorhergesehene Verzögerungen seine Gefährten auf halbe Speiserationen; dennoch kamen diese dabei nicht sonderlich von Kräften und blieben bei guter Gesundheit.

Übrigens konnten sie auch wiederholt von den Gewehren Gebrauch machen; sie erlegten Enten, Gänse und Taucherhühner, die ihnen frische Nahrung und gesunde Nahrung lieferten. Ihr Wasserbedarf ward leicht durch Süßwasserschollen, deren sie genug antrafen, gedeckt, denn sie achteten immer darauf, sich nicht zu weit von der Küste zu entfernen, da sie es nicht wagten, mit der Schaluppe in das ganz freie Meer zu steuern.

Zu dieser Jahreszeit hielt sich das Thermometer durchschnittlich schon immer unter dem Gefrierpunkte; das Wetter, das anfangs sehr regnerisch gewesen war, neigte sich zum Schneien und wurde düster; die Sonne begann den Horizont zu streifen und tagtäglich wurde ein größerer Teil ihrer Scheibe verdeckt. Am 30. Juli verloren sie die Reisenden zum ersten Male aus dem Gesicht, d. h. sie hatten eine wenige Minuten dauernde Nacht.

Inzwischen segelte die Schaluppe recht gut und legte in vierundzwanzig Stunden manchmal sechzig bis fünfundsechzig Meilen zurück; nicht einen Augenblick wurde angehalten. Man wusste aus Erfahrung, welche Anstrengungen zu erleiden, welche Hindernisse zu überwinden waren, wenn man gezwungen wäre, auf das Land zurückzukehren; schon bildete sich hier und da junges Eis. Unter jenen hohen Breiten folgt der Winter ganz plötzlich dem Sommer; es gibt weder Frühling noch Herbst, die Übergangszeiten fehlen. Man musste sich also beeilen.

Am 31. Juli bemerkte man, da der Himmel bei Sonnenuntergang heiter war, die ersten Sterne von den Sternbildern im Zenit. Von diesem Tage ab herrschte aber ein fortdauernder Nebel, der die Schifffahrt sehr behinderte.

Der Doktor wurde, da er die Vorzeichen des Winters sich häufen sah, sehr unruhig. Er wusste, welche Schwierigkeiten Sir John Roß vorgefunden hatte, nachdem er sein Schiff verlassen hatte, die Bassins-Bay zu erreichen; und zuletzt war dieser kühne Seefahrer, nachdem er einmal versucht hatte das Eis zu überschreiten, doch gezwungen gewesen, nach seinem Fahrzeuge zurückzukehren und ein viertes Mal zu überwintern; er hatte aber für die schlechte Jahreszeit doch wenigstens ein Obdach, Proviant und Heizmaterial.

Wenn den Überlebenden vom Forward ein ähnliches Unglück zustieß, wenn sie gezwungen waren, anzuhalten oder gar umzukehren, so waren sie verloren. Der Doktor teilte seinen Gefährten seine Beunruhigung zwar nicht mit, aber er trieb, soviel als möglich nach Osten zu gelangen.

Am 15. August endlich, nach einer schnellen dreißigtägigen Fahrt, nachdem sie achtundvierzig Stunden gegen sich häufende Eisschollen gekämpft, nachdem sie hundertmal ihre zerbrechliche Schaluppe in Gefahr gesetzt hatten, sahen sich die Schifffahrer vollkommen festgehalten, ohne weiter vorwärts zu können; das Meer war nach allen Seiten in Fesseln geschlagen, und das Thermometer zeigte im Mittel nur fünfzehn Grade unter null (-9° hunderteilig).

Übrigens war nach Norden und Westen hin die Nähe einer Küste an den platten und abgerundeten kleinen Steinen, welche die Wellen so an den Ufern abreiben, zu erkennen; auch dem Süßwasser-Eis begegnete man immer häufiger.

Altamont machte mit größter Sorgfalt eine Ortsaufnahme und erhielt als Resultat 77°15' Breite bei 85°2' östlicher Länge.

»Nun, dann ist unsere Lage also bestimmt, sagte der Doktor; wir haben Nord-Lincoln erreicht, und zwar genau am Kap Eden. Wir treten jetzt in den Jones-Sund ein; mit etwas mehr Glück hätten wir diesen bis zum Bassins-Meere offen gefunden. Doch wir dürfen nicht klagen; wenn mein armer Hatteras zuerst ein so leicht zugängliches Meer gefunden hätte, wäre er schnell bis zum Pol gelangt; seine Mannschaft hätte ihn nicht verlassen, und er hätte nicht unter dem Einfluss so schrecklicher Gemütsbewegungen den Verstand verloren!

– Nun, sagte Altamont, so haben wir keine andere Wahl, als die Schaluppe zu verlassen und die Ostküste von Lincoln mittels Schlitten zu erreichen.

– Die Schaluppe verlassen und wieder zum Schlitten greifen, ja wohl, antwortete der Doktor; aber statt über Lincoln zu fahren, schlage ich vor, über den Jones-Sund zu setzen und auf dem Eis Nord-Devon zu erreichen.

– Und warum?

– Weil wir, je mehr wir uns dem Lancaster-Sund nähern, desto mehr Aussicht haben, Wallfischfängern zu begegnen.

– Sie haben Recht, Doktor; doch glaube ich nicht, dass das Eis schon fest genug sein wird, uns den Übergang zu gestatten.

– Wir werden es versuchen«, erwiderte Clawbonny.

Die Schaluppe wurde entladen; Bell und Johnson setzten den Schlitten wieder zusammen, dessen Teile alle in gutem Zustande waren; andern Tags wurden die Hunde wieder angeschirrt und man zog längs der Küste hin, um das Eisfeld zu erreichen.

Nun begann diese schon so oft beschriebene, ermüdende und langsame Reise wieder. Altamont hatte recht gehabt, der Haltbarkeit des Eises zu misstrauen, man konnte nicht über den Jones-Sund setzen und musste sich an der Küste von Lincoln halten.

Am 21. August schnitten die Reisenden schräg zu und gelangten an den Eingang der Glacier-Meerenge; dort begaben sie sich nun auf das Eisfeld und erreichten andern Tags die Insel Cobourg, die sie in weniger als zwei Tagen trotz andauernder Schneestürme durchzogen.

Von hier aus konnten sie wieder den bequemeren Weg über das Eisfeld nehmen und setzten den Fuß endlich, am 24. August, auf Nord-Devon.

»Nun haben wir, sagte der Doktor, nur noch dieses Land zu durchziehen und Kap Warender am Eingange des Lancaster-Sund zu erreichen.«

Das Wetter wurde aber nun abscheulich und sehr kalt; Schneewehen und Wirbelstürme gewannen ihre winterliche Heftigkeit wieder; die Reisenden waren mit ihren Kräften zu Ende. Die Nahrungsmittel gingen auf die Neige und jeder musste sich mit einer Drittelration begnügen, um den Hunden ein ihren Anstrengungen entsprechendes Futter zu sichern.

Die Natur des Bodens steigerte die Strapazen der Reise; dieses Land, Nord-Devon, war ungemein zerklüftet; man musste das Trauter-Gebirge durch kaum zugängliche Schluchten überschreiten, und das im fortwährenden Kampfe gegen die entfesselten Elemente. Der Schlitten, die Menschen und die Hunde hätten beinahe nicht weiter gekonnt, und mehr als einmal bemächtigte sich die Verzweiflung der kleinen Truppe, welche doch so abgehärtet und an die Anstrengungen einer Polarexpedition gewöhnt war. Ohne sich davon Rechenschaft zu geben, waren diese armen Leute moralisch und physisch gebrochen; nicht ungestraft verträgt man achtzehn Monate lang unausgesetzte Anstrengungen und einen Nerven zerrüttenden unaufhörlichen Wechsel von Hoffnung und Verzweiflung. Zudem ist nicht zu vergessen, dass die Hinreise mit einem Feuereifer, einer Überzeugung, einem Glaubensmut ausgeführt wurde, welche der Rückreise abgingen. So schleppten sich auch die Unglücklichen nur mit Mühe vorwärts; man könnte sagen, sie marschierten aus Gewohnheit, getrieben durch ein Überbleibsel tierischer, von ihrem Willen unabhängiger Energie.

Erst am 30. August kamen sie aus jenem Chaos von Bergen heraus, von denen die Orografie niederer Breitegrade keine Idee gibt, aber sie kamen heraus halb tot und halb erfroren. Der Doktor war nicht mehr imstande, seine Genossen aufrechtzuerhalten, er fühlte selbst seine zunehmende Schwäche.

Die Trauter-Berge reichten bis zu einer zerrissenen und zerklüfteten Ebene.

Dort musste man wohl oder übel einige Tage ausruhen; die Wanderer konnten nicht mehr einen Fuß vor den anderen setzen; zwei Zughunde waren auch schon vor Erschöpfung verendet.

Man suchte also, bei einer Kälte von zwei Grad unter null (-19° hunderteilig) hinter einigen Eisschollen Schutz; niemand hatte den Mut, das Zelt aufzuschlagen.

Die Lebensmittelvorräte waren sehr zusammengeschmolzen und konnten trotz der äußersten Sparsamkeit bei den Rationen nur noch auf acht Tage hinreichen; das Wild wurde auch selten, indem es sich für den

Winter in mildere Gegenden zurückgezogen hatte. Der Hungertod nahte drohender den erschöpften Opfern.

Altamont, der eine große Ergebung und wahrhafte Selbstverleugnung bewies, raffte seine letzten Kräfte zusammen, um seinen Genossen mittels der Jagd einige Nahrungsmittel zu verschaffen.

Er nahm seine Flinte, rief Duk zu sich und wandte sich zu den Ebenen im Norden; fast gefühllos sahen ihn der Doktor, Johnson und Bell sich entfernen. Während einer Stunde vernahmen sie keinen einzigen Flintenschuss und sahen ihn auch zurückkehren, ohne dass er einen solchen abgegeben hätte; der Amerikaner lief aber wie jemand, der von Entsetzen ergriffen ist.

»Was gibt es? Fragte ihn der Doktor.

– Da unten! Unter dem Schnee! Antwortete Altamont mit dem Ausdruck des Entsetzens, indem er nach einem Punkt am Horizonte zeigte.

– Was denn?

– Eine ganze Gesellschaft Menschen.

– Lebende?

– Tot ... erfroren ... und sogar ...«

Der Amerikaner wagte seinen Gedanken nicht zu vollenden, aber sein Ausdruck verriet ein unsägliches Entsetzen.

Der Doktor, Johnson und Bell, die durch diesen Zwischenfall wieder aufgerüttelt wurden, erhoben sich und zogen, den Spuren Altamonts nachgehend, nach jenem Teile der Ebene, den Letzterer ihnen durch Handbewegungen bezeichnete.

Bald gelangten sie, im Grunde eines tiefen Hohlwegs, an eine enge Stelle – aber da – welches Schauspiel bot sich ihren Blicken!

Halb unter dem weißen Leichentuche begrabene Kadaver sahen da und dort nach aus dem Schnee hervor; hier ein Arm, dort ein Bein, weiterhin runzlig gewordene Hände, Köpfe mit dem noch erhaltenen Gesichtsausdruck der Drohung und Verzweiflung.

Der Doktor ging näher, aber schnell eilte er, erblasst und mit entstellten Zügen zurück, während Duk ein dumpfes, wie erschrockenes Bellen hören ließ.

»Entsetzlich! Grauenhaft! Rief er.

– Nun, was? Fragte der Rüstmeister.

– Sie haben sie nicht wiedererkannt? Versetzte der Doktor mit dem Ton der Bestürzung.

– Was sagen Sie?

– Sehen Sie nur hin!«

Der Hohlweg war unlängst der Schauplatz eines letzten Kampfes von Menschen gegen das Klima, gegen die Verzweiflung, ja gegen den Hunger gewesen; denn an einigen entsetzlichen Resten sah man, dass die Unglücklichen durch menschliche Kadaver ihr Leben gefristet, vielleicht noch zuckendes Fleisch gegessen hatten, und unter ihnen hatte der Doktor Shandon, Pen und die übrige nichtswürdige Mannschaft vom Forward erkannt. Kräfte und Lebensmittel waren diesen Unglücklichen ausgegangen; ihre Schaluppe war wahrscheinlich durch Lawinen zertrümmert worden oder in eine Schlucht gestürzt, sodass sie das Meer nicht hatten zur Schifffahrt benutzen können. Es war ja auch möglich, dass sie sich mitten in jenen Kontinenten verirrt hatten. Dazu kommt, dass Leute, welche unter der Aufregung der Empörung davongingen, doch nicht lange Zeit in solcher Einigkeit leben konnten, welche allein es möglich macht, große Taten zu vollbringen. Ein Anführer von Aufwieglern hat immer nur eine zweifelhafte Macht in den Händen. Ohne Zweifel wuchsen die anderen Shandon bald über den Kopf.

Doch wie dem auch sei, jedenfalls hatte die Mannschaft tausend Qualen, tausendfache Verzweiflung zu bestehen und brachte es doch nur bis zu dieser schrecklichen Katastrophe. Aber die geheime Geschichte ihrer Leiden ist für immer mit ihnen unter dem Schnee des Pols eingesargt.

»Entfliehen wir! Fort!« rief der Doktor.

Er zog seine Genossen weit weg von dem Orte des Schreckens. Das Entsetzen verlieh ihnen eine augenblickliche Energie wieder. – Sie setzten ihre Reise weiter fort.

Siebenundzwanzigstes Kapitel.

Schluss.

Warum sollte ich bei den Leiden, welche unablässig die Überlebenden der Expedition trafen, lange verweilen? Sie selbst vermochten niemals sich an alles Einzelne wieder zu erinnern, was sie in den acht Tagen nach der grässlichen Entdeckung der Reste der Mannschaft zu erleben hatten. Indessen gelangten sie am 9. September durch wunderhafte Energie zum Kap Horsburg, am Ende von Nord-Devon.

Sie waren ausgehungert bis zur Erschöpfung: seit achtundvierzig Stunden waren sie ohne Nahrung und ihre letzte Mahlzeit hatte aus dem letzten Stück Fleisch ihrer Eskimohunde bestanden. Bell konnte nicht weiter, und der alte Johnson fühlte sich dem Tode nahe.

Sie befanden sich am Ufer des Bassins-Meeres, das zum Teil festgefroren war, also auf dem Wege nach Europa. Drei Meilen von der Küste ab brandeten die eisfreien Wogen mit Getöse an den Spitzen des Eisfeldes.

Man musste auf das zufällige Vorüberkommen eines Wallfischfahrers warten, und wie lange konnte dies dauern? ...

Aber der Himmel erbarmte sich der Unglücklichen, denn am folgenden Tage gewahrte Altamont deutlich ein Segel am Horizont.

Man weiß, welche angstvolle Spannung herrscht, wenn ein Schiff sich zeigt, welche Furcht vor einer Täuschung dieser Hoffnung! Das Fahrzeug scheint bald näher zu kommen, bald sich wieder zu entfernen, in schrecklichem Wechsel von Hoffnung und Verzweiflung, und es geschieht nicht selten, dass ein am Horizont erblicktes Schiff wieder in der Ferne verschwindet.

Der Doktor und seine Gefährten hatten alle diese Prüfungen zu bestehen; sie waren, indem sie sich einander trugen und schoben, am westlichen Ende des Eisfeldes angelangt, und sahen allmählich das Schiff wieder verschwinden, ohne dass es ihre Anwesenheit gewahrt hatte. Sie riefen es an, doch vergebens!

Da kam dem Doktor zum letzten Mal ein sinnreicher Gedanke, wie sie diesem erfinderischen Kopf bisher so oft zustattenkamen.

Ein Eisblock, der in der Strömung trieb, stieß wider das Eisfeld.

»Dieser Eisblock!« rief er, und wies mit der Hand darauf hin.

Man verstand ihn nicht.

»Fahren wir auf ihm! Fahren wir mit!« rief der Doktor.

Es war ein Hoffnungsstrahl für alle.

»Ach! Herr Clawbonny, Herr Clawbonny!« rief Johnson, und drückte dem Doktor die Hände.

Bell eilte mithilfe Altamonts zum Schlitten, holte daraus einen Pfosten, steckte ihn wie einen Mast auf den Eisblock und band ihn mit Stricken fest; aus dem abgerissenen Zeltdach machte man wohl oder übel ein Segel. Der Wind war günstig; die armen Verlassenen stürzten sich auf das zerbrechliche Fahrzeug und fuhren ins weite Meer hinaus.

Schon nach zwei Stunden unerhörter Anstrengungen wurden die letzten der Mannschaft des Forwards an Bord des dänischen Wallfischfahrers Hans Christian, welcher nach der Davis-Straße zurückkehrte, aufgenommen.

Der Kapitän empfing diese Gespenster, welche kaum noch wie Menschen aussahen, als ein Mensch von Gemüt; beim Anblick ihrer Leiden begriff er ihre Geschichte; durch die sorgfältigste Pflege gelang es ihm, sie am Leben zu erhalten.

Zehn Tage darauf stiegen Clawbonny, Johnson, Bell, Altamont und der Kapitän Hatteras zu Korsør, auf Seeland, in Dänemark, ans Land; ein Dampfboot brachte sie weiter nach Kiel; von hier begaben sie sich über Altona und Hamburg nach London, wo sie am 13. desselben Monats ankamen, nachdem sie sich kaum von ihren langen Prüfungen erholt hatten.

Vor allen Dingen erbat sich der Doktor von der königlich geografischen Gesellschaft zu London die Erlaubnis, ihr eine Mitteilung zu machen; in der Sitzung des 15. Juli wurde ihm diese Gelegenheit zu Teil.

Man denke sich das Erstaunen dieser gelehrten Gesellschaft, welche nach Verlesung der Urkunde Hatteras' enthusiastischen Beifall spendete.

Diese Reise, einzig in ihrer Art, die in den Annalen der Geschichte ihres Gleichen nicht hatte, begriff alle früheren, in den Polarregionen gemachten Entdeckungen in sich; sie verband miteinander die Expeditionen von Parry, Roß, Franklin, Mac-Clure; sie vervollständigte zwischen dem hundertsten und hundertfünfzehnten Meridian die Karte der hohen Nordlande, und endlich, sie führte bis zu dem bisher unzugänglichen Punkte des Erdballs, dem Pol selbst.

Niemals, noch niemals hat eine so unerwartete Neuigkeit das staunende England überrascht.

Die Engländer haben eine leidenschaftliche Empfänglichkeit für so große geografische Tatsachen; man begrüßte sie mit Teilnahme und Stolz, vom Lord bis zum Cockney, vom größten Kaufmann bis zum Arbeiter der Docks.

Blitzschnell verbreitete sich die große Entdeckung mittels der Telegrafendrähte durch das Vereinigte Königreich; die Journale verehrten an der Spitze ihrer Spalten den Namen Hatteras' als eines Märtyrers, und England erhob ihn mit gerechtem Stolz.

Der Doktor und seine Gefährten wurden mit öffentlichen Festen geehrt, und sie wurden vom Lord-Kanzler in feierlicher Audienz Ihrer königlichen Majestät vorgestellt.

Die Regierung bestätigte die Benennungen: Königin-Insel für den Felsen des Nordpols, Hatteras-Berg für den Vulkan und Altamont-Hafen für den Hafen Neu-Amerikas.

Altamont trennte sich nicht mehr von den Genossen seines Elends und Ruhmes, welche seine Freunde geworden; er begleitete den Doktor, Bell und Johnson nach Liverpool, wo sie bei ihrer Rückkehr mit jubelndem Beifall begrüßt wurden, nachdem man sie längst für tot und im ewigen Eisgrab bestattet glaubte.

Aber der Doktor Clawbonny wies diesen Ruhm beständig dem zu, welcher ihn überall verdiente. In seinem Reisebericht: »Die Engländer und der Nordpol«, welcher im folgenden Jahre von der königlich geografischen Gesellschaft herausgegeben wurde, führte er John Hatteras unter den größten Reisenden auf, als Nacheiferer der kühnen Männer, welche sich ganz dem Fortschritt der Wissenschaft als Opfer hingaben.

Indessen lebte dieses traurige Opfer einer erhabenen Leidenschaft friedlich im Genesungshause zu Sten-Cottage, nächst Liverpool, wohin sein Freund, der Doktor, ihn selbst gebracht hatte. Sein Irrsinn war von milder Art, aber er sprach nicht, es mangelten die Begriffe, und mit der Vernunft schien ihm auch die Fähigkeit zu reden geschwunden zu sein. Ein einziges Gefühl knüpfte ihn noch an die Außenwelt, seine Freundschaft für Duk, der ihm ein treuer Gesellschafter war.

Diese Krankheit nahm dann ihren ruhigen Verlauf, ohne irgendein besonderes Symptom, als dem Doktor Clawbonny, der seinen armen Kranken oft besuchte, sein Benehmen auffiel.

Seit einiger Zeit machte der Kapitän Hatteras in Begleitung seines treuen Hundes, der ihn mit sanftem und traurigem Blick ansah, täglich stundenlang Spaziergänge, aber diese Gänge hatten unabänderlich dieselbe Richtung in einer gewissen Allee zu Sten-Cottage. War er am Ende der Allee angekommen, so kehrte er rücklings zurück. Wollte ihn jemand anhalten, in wies er mit dem Finger auf einen bestimmten Punkt am Himmel. Wollte man ihn nötigen umzukehren, so wurde er zornig, und Duk, der seine Gefühle teilte, bellte wütend.

Der Doktor beobachtete achtsam diese bizarre Manie, und der Grund dieser sonderbaren Hartnäckigkeit ward ihm klar; er erriet, weshalb dieser Spaziergang sich standhaft in derselben Richtung, so zu sagen, unter Einwirkung einer magnetischen Kraft erhielt:

Der Kapitän John Hatteras bewegte sich unabänderlich in nördlicher Richtung.